# 나쁜
# 제안

A Bad
Proposal

2

# 나쁜 제안 2

초판 1쇄 발행 2021년 2월 19일

지은이 | 황한영

발행인 | 김성룡
기획, 편집 | (주)스마트빅(쉼표)
교정 | 김은희
표지디자인 | 우물
출판등록 | 제2014-000017호 (2011년 6월 30일)

펴낸곳 | 도서출판 가연
주 소 | 서울시마포구 월드컵북로 4길 77, 3층 (동교동 ANT빌딩)
전 화 | 02-858-2217
팩 스 | 02-858-2219
ISBN | 978-89-6897-086-3  03810

# 나쁜

# 제안

## A Bad
## Proposal

2

황한영 장편소설

# 차 례

- 작가만의 글맛과 표현을 살리는 쪽으로 문장을 편집했습니다.

# 15. 그날

    희수는 커피숍 구석에 앉아 샌드위치를 한입 베어 물며 가게를 둘러보았다. 손님은 딱 두 팀이 있었다. 한 팀은 혼자 온 손님이었는데 노트북 자판을 열심히 두드리고 있었고, 다른 한 팀은 둘이서 조곤조곤 수다를 떨고 있었다.

    가게는 늘 조용했지만 오늘따라 유독 더 조용하게 느껴졌다. 은성과 석현이 자리를 비워서 더 그런 것 같았다. 두 남자는 조금 전에 점심을 먹으러 밖으로 나갔다. 보통 점심은 도시락을 사 오거나 배달 음식으로 간단하게 때우곤 했는데, 희수가 먼저 혼자

가게를 볼 테니 두 사람은 나가서 먹고 오는 게 어떻겠느냐고 제안한 것이었다.

*'난 정말 입맛이 없어서 그래요. 신경 쓰지 말고 다녀와요.'*

희수는 미안한지 선뜻 나서지 못하는 두 남자의 등을 억지로 떠밀었다.

동네에 부대찌개 가게가 새로 오픈을 했는데 맛있겠더라. 맞아요, 냄새 좋던데요. 배달은 안 하는 것 같던데.

아침부터 속닥거리던 두 남자의 대화를 똑똑히 기억하고 있었다. 물론 입맛이 없다는 것은 사실이었다. 한 달에 한 번 꼬박꼬박 돌아오는 그날이었다. 이 기간만 되면 식욕이 폭발한다는 사람들도 있지만, 그녀는 정반대였다. 끝나는 날까지 식욕도 컨디션도 완전히 꽝이었다.

손바닥만 한 샌드위치를 절반쯤 남긴 그녀는 진하게 커피 한 잔을 내렸다. 코끝을 듬뿍 적시는 고소한 원두 향과 입 안에 퍼지는 쌉싸름한 맛이 바닥까지 내려간 컨디션을 조금은 끌어 올려 주는 듯했다.

그날로부터 보름쯤 지났다. 휴대폰에 저장되어 있지 않은 번호로 전화가 걸려올 때마다 심장이 철렁하고, 조심스레 받은 전화에 작게 안도의 한숨을 내쉬는 나날들이 반복되고 있었다. 그는 아마도 그럴 일 없을 거라며 안심시켰고, 정말로 아직까지 그의 어머니에게선 아무런 연락도 없었다. 그러나 긴장의 끈을 놓을 순 없었다. 폭풍 전야의 고요임이 너무도 분명했기 때문이다. 모르면 몰랐지, 이미 다 알게 된 이상 이대로 조용히 지나갈 리가 없었다. 입장을 바꿔 생각해 봐도, 당연한 일이었다. 덕분에 요즘 그녀는 매일 생각했다. '매도 먼저 맞는 게 낫다'는 말은 이럴 때 쓰라고 있는 말이 아니었을까, 하고.

"결국엔 조삼모사겠지만, 그래도……."

마른 입술을 비집고 짙은 한숨이 흘러나왔다. 그때였다. 가게 입구에 달린 풍경 소리가 울린 것은. 희수는 얼른 커피를 내려놓고 입구를 바라보았다. 상대를 확인하자마자 그녀의 눈이 둥그렇게 커졌다.

"동은아!"

"완전 오랜만이지? 그동안 잘 지냈어?"

성큼성큼, 카운터 앞으로 다가온 동은이 싱긋 웃었다.

"응. 잘 지냈지. 근데 연락도 없이 어쩐 일이야?"

"근처로 외근 나왔는데, 잠깐 시간이 나서 들렀어."

동은은 오늘처럼 이쪽으로 외근을 나오거나 볼일이 있을 땐, 꼭 가게를 찾아오곤 했다. 평소 같았으면 친구의 등장이 마냥 반갑기만 했을 것이다. 하지만 오늘은 아니었다. 아직 동은에겐 석현에 대한 이야기를 하지 못했다. 아니, 아직이 아니라 앞으로도 아마 할 수 없을 테였다. 그와의 거래에 대해 솔직하게 말을 할 순 없는 노릇이었으니까 말이다. 동은은 석현을 보자마자 단번에 알아볼 게 분명했다. 게다가 석현 역시 동은을 기억하고 있는 눈치였고. 두 사람이 마주친다면…….

희수는 속으로 얼른 고개를 내저었다. 뒷일은 별로 생각하고 싶지 않았다. 그나마 다행인 점은, 그가 지금 자리를 비우고 있다는 것이었다. 나간 지 얼마 되지 않았으니 금방 돌아오진 않을 테다.

"서희수?"

동은이 멍한 그녀의 눈앞에서 손을 흔들었다.

"아, 미안. 잠깐 다른 생각을 하느라고."

희수는 얼른 생각을 갈무리하며 어색하게 웃어 보였다.

"근데 너 살 빠졌어?"

"응?"

"못 본 새 핼쑥해진 것 같아서."

"그래……?"

희수는 슬쩍 유리창에 비치는 제 모습을 확인했다. 티가 그렇게 심하게 나나? 최근에 살이 조금 빠지기는 했다. 원인은 하나였다. 하루걸러 하루, 밤마다 하는 격한 운동 때문이었다. 7년 동안 쌓아 온 걸 이번에 다 터뜨리기라도 하려는 듯 그는 밤마다 굶주린 짐승으로 변했다.

하룻밤에 한 번으로 끝나는 법이 없었다. 버겁다 못해 손 하나 까딱하지 못할 정도로 시체처럼 축 늘어졌을 때에서야 그는 겨우 멈춰 주었다. 느릿하게 떨어지는 그의 눈에서는 늘 아쉬움이 뚝뚝 흘렀다. 도대체 그가 만족하려면 얼마나 더 격해야 할지. 상상하기도 겁날 정도였다. 그나마 그녀가 동생 눈치 때문에 외박하기 힘들어한다는 걸 이해하고, 나름대로 배려해 줘서 망정이지. 그게 아니었으면 아마 하루도 빠짐없이 밤마다 불러 댔을 게 뻔했다.

"다이어트 하는 건 아니지?"

"아니야. 오늘 그날이라 컨디션이 조금 안 좋거든. 그래서 그런가 봐."

"아직도 생리 때 힘들어? 스무 살 때도 죽어나더니."

"그때에 비하면 많이 괜찮아졌어."

"그렇담 다행이고."

다행히도 동은은 별다른 의심을 하는 것 같지 않았다.

"아무튼 이젠 정말 몸 관리 좀 해. 잘 먹고 잘 자고. 응? 너 거기서 더 빠지면 진짜 큰일 나. 지금이야 그 몸매가 뭘 입어도 예쁠 몸매지만, 나이 먹으면 고생한다더라. 물론 질투 나서 하는 말이긴 해. 난 한 달 만에 2킬로그램이 불었거든."

덧붙여지는 친구의 너스레에 희수는 풋, 웃음을 터뜨렸다.

"나 커피 한 잔 줘."

동은이 카드를 내밀었다. 희수는 손을 내저었다.

"됐어. 돈은 무슨."

"받아. 사장도 아니면서."

"커피 한 잔 사 줄 능력은 돼. 나 이래 봬도 매니저야. 사장 다음으로 높은."

희수의 너스레에 동은은 능력 좋은 친구 두니까 이럴 때 편하네. 피식 웃으며 카드를 도로 집어넣었다.

"아이스 아메리카노. 테이크아웃. 맞지?"

"아이스 아메리카노는 맞는데, 테이크아웃은 땡."

"마시고 가려고?"

저도 모르게 되묻는 목소리가 컸다. 동은이 의아하다는 듯 그녀를 바라보았다.

"왜. 안 돼?"

"아니. 그건 아닌데……. 너 바쁜데 괜히 시간 내는 걸까 봐."

"괜찮아. 아직 시간 여유 있어."

동은은 카운터 바로 앞 테이블에 자리를 잡고 앉았다. 방긋 웃으며 커피를 기다리는 친구를 보며 희수는 속으로 깊게 한숨을 내쉬었다. 마음이 초조해 죽을 맛이었다. 그렇다고 일부러 찾아온 친구를 쫓아낼 수는 없지 않은가. 어쩔 수 없이 돌아서서 커피를 내리는 그녀의 손이 다급했다. 그런다고 기계가 커피를 내리는 속도가 줄어들 리가 없지만, 단 1초라도 더 단축됐으면 싶었다.

밥을 좀 천천히 먹고 오면 좋겠는데. 오면서 심부름이라도 부탁해 볼까. 뭘 사 와 달라고 해야 덜 어색할까……. 조금이라도 시간을 벌어 보기 위해 잔머리를 굴리며 휴대폰을 이제 막 드는 순간이었다. 딸랑, 풍경 소리가 들려왔다. 설마! 재빠르게 입구 쪽으로 고개를 돌렸다. 은성이 들어오고 있었다. '설마'가 기어코 사람을 잡은 것이다. 차출이 끝난 커피를 그대로 내팽개치고 희수는 은성을 향해 달려갔다.

"왜 벌써 왔어? 밥은? 안 먹었어?"

"먹었어요."

대꾸하는 은성의 얼굴이 뚱했다.

"먹었다고? 벌써?"

"앞으론 누나 놔두고 사장님이랑 단둘이선 밥 안 먹으려고요. 어찌나 빨리 먹으라고 눈치를 주던지."

은성이 가슴께를 주먹으로 가볍게 툭툭 치며 말했다.

"다 익지도 않은 라면 사리를 쌩으로 씹었더니 소화가 안 되는 것 같아요."

아무래도 그가 쓸데없는 배려를 한 모양이었다. 정말 괜찮다고. 신경 쓰지 말라고. 내가 몇 번을 말했는데……. 정말이지 곤란하게 만드는 재주가 탁월한 남자가 아닐 수 없었다. 의도하지는 않았겠지만. 울컥, 치밀어 오르는 짜증을 희수는 애써 삼켜 냈다.

"사장님은?"

"주차하고 계세요."

대답과 동시에 문이 열리고 석현이 들어왔다. 망했다. 희수의 얼굴이 와락 일그러졌다.

"문 앞에서 다들 뭐 해?"

"사장님, 잠시만요!"

희수는 덥석 그의 팔을 붙들었다. 동은의 눈에 띄기 전에 그를 내보내야 한다는 일념 하나로 대뜸 잡아끌기 시작했다.

"갑자기 왜 이래?"

"일단 나가요. 나가서 설명을……."

말이 채 끝나기도 전에 뒤에서 덜커덩, 하고 의자가 뒤로 밀려나는 소리가 들려왔다. 그리고 이어지는 건.

"……석현 선배?!"

경악 어린 동은의 음성이었다.

앞만 보고 걷는 정민의 걸음이 바빴다. 가운을 입은 채 그대로 나왔다는 사실을 깨달은 건, 신호등 앞에서였다. 황급히 가운을 벗어 팔에 걸쳤다. 초겨울의 찬바람이 촘촘하게 짜인 니트의 틈

새로 파고들어 몸이 절로 움츠러들었다.

"감기 걸리기 딱 좋은 상황이네."

그래도 명색이 의사인데. 그는 이 꼴로 겨울바람을 맞고 있는 스스로가 어이없어서 헛웃음을 흘렸다.

"아직 시차 적응이 덜 됐나……."

그는 한 달 일정의 봉사 활동을 끝내고 어제 아침 한국에 도착했다. 도착하자마자 쌓여 있던 피로에 기절해 버려 하루를 완전히 날려 버렸다. 그래도 여전히 피로감이 짙긴 했지만, 여독을 풀 새도 없이 병원을 오픈해야만 했다. 세미나부터 시삭해서 봉사 활동까지. 더 이상 병원 문을 닫고 있을 순 없어서였다.

오픈 시간이 되기도 전부터 기다리던 단골 환자들이 꽤 많았다. 그동안의 부재가 얼마나 길었는지 알려 주기라도 하려는 듯 환자들은 끊임없이 밀려들었다. 덕분에 점심시간도 놓치고 종일 정신없이 일만 했다. 그래도 직원들까지 굶길 순 없는 노릇이라 딱 30분을 확보하고 나오는 길이었다.

30분의 점심시간. 그가 택한 건 밥이 아니라 커피였다. 아니, 정확하게 말하자면 그에게 커피를 건네줄 그녀였다. 지난 한 달 동안 몸은 해외에 있었지만 마음은 이곳에 있었다. 그녀와 그 남자. 마지막으로 봤던 두 사람의 모습이 밤마다 떠올라 극심한 피로에도 쉽게 잠들지 못했다. 연락처라도 받아 올걸. 뒤늦게 후회했다. 물론 봉사 활동을 간 곳은 오지였고, 휴대폰이 거의 터지지 않는 곳이긴 했다. 그래도 모르는 것보단 훨씬 덜 답답하고 초조하지 않았을까. 오늘은 무조건 저녁 약속을 잡아야지. 결과가 어떻게 되든 고백하는 거야. 오랫동안 당신을 지켜봤다고…….

정민은 커피숍 입구에서 다시 한 번 마음을 다잡았다. 발바닥보다 더 아래에 숨어 있던 용기를 젖먹던 힘까지 쥐어짜 끌어 올리며 유리문을 열었다. 그런데 커피숍 안 분위기가 조금 이상했다. 어쩐지 묘한 기류가 흐르는 것 같다고 할까. 사장이라던 남자와 그녀, 그리고 어떤 여자가 서로를 마주 보고 있었는데. 이상하게도 그녀의 눈빛이 불안한 것처럼 보였다. 그들은 손님이 왔다는 것도 눈치채지 못한 것 같았다. 조심스럽게 한 걸음을 떼자 뒤늦게 그를 발견한 은성이 검지를 입술에 가져가며 쉿, 하는 제스처를 취했다. 심상치 않은 분위기를 감지한 정민은 걸음을 뚝 멈췄다.

"……선배가."

흐르던 정적을 깬 건, 낯선 여자였다.

"어떻게…… 여기에 있어요?"

여자는 눈을 끔뻑이며 남자를 바라보았다. 꼭 귀신이라도 본 듯한 얼굴이었다. 그러다 문득 뭔가가 떠올랐다는 듯, 그녀와 남자를 번갈아 보더니 입을 쩍 벌렸다.

"설마, 두 사람……."

그때였다. 남자의 시선이 이쪽을 향한 건. 허공에서 정민과 남자의 시선이 부딪혔다. 새카만 남자의 눈동자에 문득 이채가 감도는가 싶더니, 이내 입술 끝이 살짝 말려 올라갔다. 어쩐지 불길한 느낌이 드는 미소였다. 정민은 저도 모르게 마른침을 꼴깍 삼켰다.

"맞아."

남자는 정민에게 시선을 고정한 채로 입술을 달싹였다. 그러곤 옆에 서 있던 그녀의 어깨를 자신의 쪽으로 바짝 끌어당기며 싱긋 웃어 보였다.

"우리 다시 만나."

자신만만한 남자의 음성이 귓속으로 날카롭게 파고들었다.

― 정말이야?

그의 입에서 여보세요, 하는 말이 나오기도 전에 수화기 너머 상
대의 질문이 들려왔다.

― 너 정말로 커피숍까지 인수한 거냐고.

우진의 음성이 평소와 달리 한 톤 높았다. 책상 앞에 앉아 노트
북 모니터를 무심히 바라보며 스크롤을 내리고 있던 석현은 한숨
을 짧게 내쉬었다.

"문나정 만났어?"

― 주말에 잠깐.

어머니에 이어서 우진까지……. 이러다간 곧 전 세계 사람들이
다 알게 될 판이었다.

"또 화풀이 상대 해 줬구만. 속도 없이."

석현이 못마땅하다는 듯 혀를 낮게 차자, 우진이 빠르게 말을
돌렸다.

― 내가 먼저 물었거든?

마우스에서 손을 뗀 그는 의자 등받이에 몸을 깊숙하게 기대며
심드렁하니 대꾸했다.

"걔가 성격이 지랄맞고 입이 한없이 가벼워서 그렇지. 또 없는
소리는 안 하잖아."

16

— 네가 나정이 성격 지적할 입장은 아니지 않아?

"왜 못해. 겨 묻은 개가 뭐 묻은 개 나무랄 수도 있는 거지."

— 곧 죽어도 지가 더 낫다고.

우진은 기가 찬다는 듯 피식, 웃었다.

— 아무튼, 사실이란 말이지? 여자 하나 때문에 건물을 산 게.

"일종의 투자였어."

— 어쩜 그렇게 네 똘끼는 늘 내 상상을 초월할 수 있을까. 대단한 놈이야, 정말.

"칭찬 고마워."

끝까지 뻔뻔한 그의 대꾸에 질렸는지 우진은 그래, 칭찬이라고 치자. 한숨처럼 말했다.

— 그래도 투자가 성공은 했나 봐? 나정이가 아주 길길이 날뛰던데.

"글쎄. 아직 완벽한 성공은 아니고. 절반쯤?"

— 성공이면 성공이고. 실패면 실패지. 절반은 또 뭐야?

"뭐, 그런 게 있어."

의뭉스러운 그의 대꾸에 우진이 비싸게 군다며 가볍게 야유했을 때였다. 쿵쿵쿵. 2층 계단을 오르는 발걸음 소리가 들려왔다. 신경질적인 저 걸음이, 누구의 것인지는 뻔했다. 화 많이 났나 보네. 낮게 웃은 석현은 통화를 마무리 지었다.

"조만간 연락할게. 출근 전에 한번 봐."

휴대폰을 내려놓는 타이밍에 딱 맞춰서 문이 활짝 열렸다.

"얘기 좀 해요."

"친구는 벌써 갔어?"

느긋한 물음에 그녀는 대답 대신 석현을 찌릿, 노려보았다.

"눈 튀어나오겠다."

그는 작게 웃었지만 그녀의 굳은 얼굴은 풀어질 줄을 몰랐다.

"대체 무슨 생각이에요?"

"내가 뭘?"

"우리가 언제부터 다시 만나기로 했어요?"

"맞잖아? 우리 7년 만에 다시 만난 거."

덤덤하게 되묻자 그녀의 미간이 와락 일그러졌다.

"정말 나한테 왜 이래요? 선배는 내가 곤란해 하는 거 보는 게 그렇게 즐거워요?"

"곤란이라……"

낮게 중얼거리는 그의 입매가 살짝 비틀렸다.

"왜. 한의사 때문에?"

"뭐라고요?"

"언제는 그냥 단골손님이라더니. 그래도 여지는 남겨 두고 싶었나 보지?"

비꼬는 게 분명한 말투에 그녀의 미간이 조금 더 짙게 패였다.

"또 그 소리예요? 그 얘긴 이미 끝난 거 아니었어요?"

"끝이길 바랐지. 그런데 네가 또다시 그 말이 나오게 하고 있잖아."

"지금 내 탓이라는 거예요? 그때도, 지금도. 선배 혼자 억측하면서 사람 몰아세우고 있는 거잖아요."

"확실해?"

분노에 찬 그녀의 눈빛은, 그가 같은 질문을 한 번만 더 하면 당장이라도 목덜미를 물어뜯을 것처럼 보였다. 석현은 이쯤에서 접고 들어가기로 했다.

"그런 문제가 아니면 왜 이렇게 화를 내는 건데? 난 도저히 이해가 안 되는데."

석현은 기가 막힌다는 얼굴로 저를 보고 있는 희수를 향해 되물었다.

"그럼 솔직하게 말했어야 했나?"

그녀를 담은 그의 새카만 눈동자가 짙어졌다.

"서희수랑 나는, 밤마다 뜨겁게 섹스만 하는 사이라고?"

"선배!"

말이 끝나기가 무섭게 그녀는 기겁하며 소리를 내질렀다. 혹시라도 누가 듣기라도 했을까 걱정되는지 주위까지 얼른 살핀다.

"원한다면 얘기해."

발갛게 상기된 그녀의 얼굴을 바라보며, 그는 한껏 여유롭게 입꼬리를 말아 올렸다.

"지금 당장이라도 사람들 불러서 확실하게 정정해 줄 테니까."

"……"

말문이 막힌 듯 아랫입술을 질끈 깨무는 그녀를 보며, 석현은 눈을 반달로 접으며 싱긋 웃어 보였다. 승리의 미소였다.

샤워를 끝내고 방으로 돌아온 나정은 침대에 던져두었던 휴대폰부터 확인했다. 부재중 전화 0통. 깔끔하다 못해 썰렁하게까지 느껴지는 액정에 그녀의 얼굴이 일그러졌다.

"왜 이렇게 아무런 소식이 없는 건데!"

신경질적으로 집어 던진 휴대폰이 침대 위에서 퉁, 튕겨 올랐다 떨어졌다. 그럼에도 성에 차지 않아 머리에 둘둘 말고 있던 수건을 빼서 바닥에 내던지기까지 했다.

"도대체 어떻게 돼 가고 있는 거야……."

잘 다듬어진 손톱을 잘근잘근 씹으며 침대 가장자리에 걸터앉았다. 젖은 머리에서 떨어진 물방울이 이불에 흔적을 남겼지만, 기기까지 신경 쓸 여유가 없었다.

*'아줌마, 서희수 기억하시죠? 혹시 걔가 석현이 앞에 다시 나타난 거, 알고 계셨어요?'*

윤희에게 그 소식을 알렸던 게 벌써 보름 전 일이었다. 예상대로 윤희는 아무것도 모르고 있는 눈치였고, 나정은 제가 본 것 그 이상으로 상세하게 설명을 했었다.

*─ 그게…… 사실이니?*

수화기 너머로도 고스란히 느껴지던 떨리는 음성은, 윤희가 얼마나 충격을 받았는지를 설명해 줬다. 당연한 일이었다. 그의 옆에서 떨어지라며 직접 서희수에게 돈을 쥐여 준 게 윤희였으니까.

윤희는 욕심이 많은 여자였다. 모진 세월을 꿋꿋하게 버텨 끝내 오 여사의 빈자리를 차지하게 됐지만, 그건 속 빈 강정일 뿐이었다. 최치원이 허락하기 전엔 윤희는 평생 '첩' 딱지를 뗄 수 없었다. 이제 윤희에게 남은 희망은 단 하나뿐이었다. 제 배 속에서 나온 아들이 본처의 자식보다도 더 높은 자리를 차지하는 것.

태광그룹 임원의 절반 이상은 오 여사의 사람들이었다. 석현이 아무리 대단한 능력을 보여 준다고 한들, 치원이 아닌 석현의 편에 서 줄 확률은 제로에 가까웠다. 석현에겐 이러한 분위기를 뒤집을 한 방이 필요했다. 그리고 그에게 '한 방'이 되어 줄 수 있는 사람으로는, 정계와 연이 닿아 있는 그녀가 가장 적합했다. 그 사실은, 누구보다도 윤희가 가장 잘 알고 있을 것이다. 7년 전보다도 더욱더 서희수를 용납할 수 없을 터였다. 그것은 곧 문나정을, 아들에게 힘이 되어 줄 존재를, 결국엔 자신의 자리를 보장해 줄 존재를 포기한다는 것과 같은 뜻이었으니까. 손해가 막심할 게 뻔한데, 이제 와서 그런 선택을 할 리가 없었다. 그래. 분명 그래야 하는데…….

"왜 이렇게 조용하냐고. 불안하게."

잘근잘근 손톱을 씹던 그녀는 자리에서 벌떡 일어났다. 물론 종국엔 제 계획대로 흘러갈 테지만, 그래도 이렇게 마냥 손을 놓고 있을 수만은 없었다. 아직 제겐 패가 하나 더 남아 있었다.

"그래. 어디 누가 이기나 해보자."

표독스러운 얼굴로 낮게 중얼거린 나정은 문고리를 잡아 돌렸다.

차가 부드럽게 정차했다. 차창 밖으로 보이는 익숙한 풍경. 그녀의 동네였다.

"계속 그렇게 뚱하게 있을 거야?"

희수는 대꾸 없이 안전벨트를 풀었다. 그가 한쪽 눈썹을 찌푸렸다.

"알았어. 내가 잘못했어. 아깐 내가 너무 유치하게 굴었어. 사과할게. 됐어?"

귀찮아 죽겠다는 투였다. 미안한 마음이라고는 눈곱만큼도 찾아볼 수 없는. 그 뻔뻔한 모습을 보고 있자니 지금껏 애써 참고 있던 화가 불쑥 올라와 희수는 주먹을 꽈악 그러쥐었다. 내가 누구 때문에 오늘 무슨 고생을 했는데……!

그가 핵폭탄을 터뜨린 직후. 도대체 어떻게 된 일이냐고 그녀를 다그치던 동은은, 회사에서 걸려 온 전화를 받고 다음을 기약하며 커피숍을 나갔었다. 하지만 그 '다음'이라는 건, 너무도 빠르게 돌아왔다.

—제대로 설명 안 할래? 도대체 어떻게 된 거야? 정말로 다시 만나는 거야? 근데 어떻게 지금까지 아무 말도 안 했을 수가 있어? 난 너한테 사소한 것까지 다 얘기하는데. 나 정말 섭섭해.

동은은 자신의 퇴근 시간에 맞춰 전화해서 열변을 토했다. 일을 해야 해서 통화가 어렵다고 핑계를 대려고 했더니, 당장 커피숍으로 찾아오겠다고 했다. 결국 희수는 차마 말 못 할 진실 대신 그럴듯한 거짓을 꾸며 내야만 했다. 무려 한 시간 동안이나. 어디 그뿐

일까. 건수를 잡았다는 듯 틈만 나면 놀려 대던 은성까지……. 안 그래도 아침부터 컨디션이 꽝이었는데. 하루가 일 년처럼 길게 느껴졌다. 그러니 괜한 소리로 일을 쳐 놓고도 혼자 태평하게 구는 석현이 원망스럽지 않을 수가 없었다.

"선배가 미안할 게 뭐 있어요."

희수는 심드렁하게 말했다.

"선배가 솔직하게 말하지 않은 것만으로도 저는 고마워해야 하는 처지잖아요."

석현의 한쪽 눈썹이 치켜 올라갔다.

"계속 이럴래?"

"제가 뭘요."

"자꾸 삐딱선을 타잖아. 사람이 진심으로 사과하고 있는데."

진심이라니. 사과라니. 기가 막혀서 하마터면 코웃음을 크게 칠 뻔했다. 뭐 뀐 놈이 성낸다는 말은 이럴 때 쓰라고 있는 말이 아니었을까. 그러나 지금은 그와 쓸데없는 실랑이를 할 기력도 없었다. 이미 몸과 마음이 너덜너덜 걸레짝이었다.

"알았어요."

먼저 백기를 든 건 희수였다.

"안 그럴게요. 선배의 그 진심 어린 사과도 받고요. 이제 됐죠?"

여전히 못마땅한 듯 그녀를 빤히 바라보던 그가 자신의 손을 앞으로 척 내밀었다.

"뭐예요?"

"악수하자고. 화해한 기념으로."

"화해요?"

그건 보통 싸운 뒤에나 쓰는 말 아니었던가. 나는 일방적으로 당하기만 한 것 같은데? 희수가 황당하다는 듯 빤히 바라보자 그가 재촉하듯 손을 흔들었다.

"얼른."

당장 손을 잡고 악수하지 않으면 집에 보내 주지 않을 기세였다. ……그래. 그냥 원하는 대로 해 주고 치우자. 완전한 체념이었다. 속으로 짧게 한숨을 내쉰 희수는 그의 손바닥 위에 제 손을 올렸다. 그 순간이었다. 그가 손바닥 위에 겹쳐진 그녀의 손을 덥석 잡았다. 그러곤 놀랄 새도 없이 자신이 쪽으로 잡아당겼다. 가벼운 힘이었지만 방심하고 있던 희수의 몸은 속절없이 운전석 쪽으로 기울었다. 그의 입술이 다가왔다. 아니, 그녀의 입술이 다가간 것이었다.

버석한 입술에 촉촉한 온기가 닿았다. 뭉근하게 눌러지며 생긴 틈새로 더운 숨이 훅 끼쳐 왔다. 순식간에 일어난 일이었다. 뒤늦게 상황 파악을 한 희수가 얼른 몸을 뒤로 뺐다.

"이게 뭐 하는……."

따져 물으려고 했지만 그럴 수가 없었다. 말이 채 끝나기도 전에 그가 손을 뻗어 그녀의 이마를 틱, 짚은 탓이었다. 분명 당한 건 이쪽이건만 정작 미간을 잔뜩 찌푸린 건 그였다.

"열나는데?"

"알고 있어요."

"언제부터?"

밉게 그를 흘겨본 희수는 제 이마에 닿은 손을 가볍게 쳐내며 불퉁 대꾸했다.

"선배가 동은이 앞에서 헛소리했을 때부터?"

농담이었지만 그는 여전히 심각한 얼굴이었다. 갑작스럽지만 어쩐지 장난을 쳐선 안 될 분위기인 것 같았다. 희수는 얼른 뱉은 말을 정정했다.

"아픈 거 아니에요. 오늘 '그날'이라고 했잖아요. 그래서 그래요."

걱정하지 말라고 한 말이었는데, 오히려 그의 얼굴이 한층 더 어두워졌다.

"잊고 있었어."

"뭘요?"

"이 시기엔, 네가 유독 힘들어했던 거."

그는 마치 절대 잊어선 안 될 것을 잊은 것처럼 자책하는 얼굴이었다. 그래서 희수는 당황할 수밖에 없었다. 7년이나 지났고, 그런 사소한 것들을 잊는 건 너무도 당연한 일인데…….

"안전벨트 다시 매."

"네?"

"병원으로 갈 거야."

또 그놈의 병원 타령! 인상을 찌푸린 희수는 시동을 걸려는 그의 팔을 재빠르게 붙들었다.

"대체 병원을 왜 이렇게 좋아해요? 선배 때문에 저까지 병원 노이로제 걸리겠어요."

희수의 타박에 그는 인상을 찌푸렸다.

"또 쓰러지면 어떡하려고."

희수의 눈이 둥그렇게 커졌다. 가볍게 뱉어진 그의 말이, 저조차도 완전히 잊고 있던 옛 기억 하나를 끄집어낸 탓이었다. 열일곱부터 스물다섯까지 생리통이 보통 사람들보다 유독 심했었다. 진통제를 한 시간에 두 알씩 먹어야만 겨우겨우 버틸 수 있을 정도였다. 가장 심한 첫날은 학교를 빠지곤 했는데, 그날은 하필이면 시험날이랑 겹쳐 어쩔 수 없이 학교를 나가야만 했었다. 진통제의 힘을 빌려 겨우겨우 두 개의 시험을 연달아 치고 나왔을 때. 하늘이 노랗게 보이는가 싶더니 그대로 쓰러졌다. 눈을 떴을 땐 병원이었고, 옆엔 불편한 자세로 엎드린 채 잠들어 있는 석현이 있었다. 뒤늦게 동은에게 전해 들었다. 쓰러진 그녀를 보고 모두가 우왕좌왕할 때 어디선가 갑자기 석현이 나타나 그녀를 멋지게 안아 들었다고.

'솔직히 말하자면, 너랑 선배랑 사귀는 거. 너무 갑작스러워서 실감이 안 났었거든? 그런데 이번에 보니까 의심할 여지가 없더라. 널 덥석 안고 바로 달리는데⋯⋯. 와, 난 진짜 그 선배가 그런 표정도 지을 수 있는 사람인 줄 몰랐잖아. 이런 걸 보면 사랑이라는 게 위대하긴 한가 봐. 다른 애들도 난리도 아니었어. 너 부럽다고.'

넌 사랑 받아서 좋겠다. 부러움 섞인 친구의 말에도 희수는 그저 어색하게 웃어 보일 수밖에 없었다. 아직 그와 가짜 연애를 할 때였다.

"다녀왔어."

집으로 들어서는 희수를, 거실에서 공부하고 있던 연수가 눈을 동그랗게 뜨고 바라보았다.

"뭐야. 퐁당퐁당 아니었어?"

"퐁당퐁당?"

"하루걸러 하루. 어제 집에 들어왔으니까, 오늘은 외박하는 날 아닌가?"

정확한 추론이었다. 희수는 저도 모르게 헛기침을 했다.

"혹시 싸웠어?"

연수의 눈이 호기심에 반짝였다.

"쓸데없는 덴 관심 끄고 공부나 해."

희수는 동생에게 괜히 타박을 주고는 재빠르게 방으로 향했다.

"누가 잘못했는지는 모르겠지만, 절대 쉽게 져 주지 마. 재회한 연인들 사이에서는 기선 제압이 그렇게 중요하다더라."

닫히는 방문 틈으로 능글맞은 연수의 말이 흘러 들어왔다. 깔깔, 낭창한 웃음소리도 함께.

"쟤가 지금 뭐라는 거야, 정말."

얼굴이 화끈거렸다. 희수는 꽉 닫힌 문에 기댄 채 두 눈을 질 끈 감았다.

"그냥 계속 bar에서 일하는 척하는 건데······."

계산을 완전히 잘못했다. 이렇게 외박이 잦아질 거라고는 미처 예상하지 못했었다. 하루, 이틀까진 동은의 집에 간다고 핑계를 댔다. 남자 친구랑 헤어져서 힘들대. 꽤 그럴듯한 핑계까지 만들 었다. 하지만 원래 꼬리가 길면 밟히는 법이었다. 게다가 그녀는 거짓말에 서툴렀고, 연수는 눈치가 빠른 편이었다. 세 번째로 외박하고 들어온 다음 날. 연수는 모든 걸 다 안다는 듯한 얼굴로 씨익, 웃어 보였다.

'언니, 당당해도 돼. 그 나이 먹고 연애하는 게 죄도 아닌데.'

연수는 확신하는 것 같았다. 그리고 희수는 더 이상 반박하지 못했다. 그저 못 들은 척 무시하는 게 최선이었다. 사실 연수가 차라리 그렇게 알고 있는 게, 그녀로선 더 편하긴 했다. 아마 앞으로도 외박은 지금처럼 잦을 것 같으니까 말이다.

"오늘은 안 된다고 했을 때, 분명 엄청나게 실망한 얼굴이었지……."

'그날'이라는 말에 어쩔 수 없지. 대꾸하면서도 실망한 기색을 감추지 못하던 석현의 얼굴이 떠올라 희수는 작게 웃었다.

"일주일은 벌었네."

처음이었다. 늘 끔찍하게만 느껴졌던 생리 기간이 이토록 반가운 건. 그가 알면 꽤씸해하겠지만.

딩동. 옷을 갈아입은 그녀가 씻기 위해 방을 나섰을 때, 초인종이 울렸다. 그와 동시에 연수와 희수의 시선이 허공에서 마주쳤다.

"삼촌은 아니겠지……?"

연수의 눈동자가 불안함에 떨리고 있었다.

"아닐 거야. 삼촌이 언제는 신사적으로 벨 누르는 거 봤어?"

희수는 동생을 안심시켰다. 서글픈 위로였다.

"그럼 누구지? 이 시간에."

"잘못 누른 거겠지. 봐. 조용하잖아."

"그래도 왠지 찝찝한데……."

"찝찝하긴, 뭐가."

쓸데없는 생각 말라며 핀잔을 줬지만, 사실 찝찝한 건 희수도 마찬가지였다. 잠깐의 정적. 결국 연수가 호기심을 참지 못하고 자리에서 벌떡 일어났다.

"나가지 마. 위험해."

"안 나가. 구멍으로 잠깐 보려고."

연수는 아직 불편한 다리를 이끌고 현관문 앞으로 다가가 손톱만 한 구멍으로 바깥을 정찰했다.

"……어? 집 앞에 뭐가 있는데?"

"뭐가 있어?"

"모르겠어. 잘 안 보여. 흰 봉진데……. 음, 약국 마크인 것 같기도 하고?"

약국? 순간 뇌리를 스치는 생각에 희수가 현관으로 걸음을 옮겼다.

"잠깐 비켜 봐."

주춤거리며 비켜나는 연수를 뒤로한 채 희수는 현관문을 열었다. 연수의 눈이 정확했다. 집 앞에 놓여 있는 건 빵빵한 흰 봉지였고, 겉면에 새겨진 건 약국 마크였다.

[새마을 약국]

집에서 가장 가까운 약국이었다. 희수는 복도를 둘러보았다. 개미 새끼 한 마리 보이지 않고 고요했다.

"뭔지 알고 그걸 막 들고 와?"

희수가 봉지를 들고 집으로 들어오자 연수가 눈을 둥그렇게 떴다.

"보면 알지. 약이네."

"언니 거 맞아?"

"아마도."

의뭉스러운 대꾸에 고개를 갸웃하던 연수가 아! 하고 소리쳤다.

"그 오빠지? 그 오빠가 사 온 거지?"

쟤는 대체 누굴 닮아 저렇게 눈치가 빠른 걸까. 희수는 대답 대신 방을 향해 직진했다.

"이거 봐, 이거 봐! 빼박 연애 맞구만! 이렇게까지 들켰는데 앞으로 또 내숭 떨기만 해 봐, 어디!"

흥분해서 소리치는 연수의 목소리를 뒤로한 채 방으로 쏙 들어온 희수는 방문을 탁, 닫았다. 고요한 방 안. 희수는 고개를 숙여 봉지 안을 들여다보았다. 진통제가 종류별로 가득 들어 있었다.

"진통제 종류가 이렇게 많았나?"

새삼스럽게 바라보던 희수는 문득 떠오르는 생각에 봉지를 꽉 그러쥔 채 창가로 빠르게 걸어갔다. 꽉 닫혀 있던 창문을 열자 차가운 밤공기가 훅 끼쳐 왔다. 이제 막 골목길을 빠져나가고 있는 차 한 대가 보였다. 차 뒤꽁무니를 밝히는 붉은빛이 눈앞에서 흐릿하게 번졌다.


'정말 병원 안 가도 되겠어?'

'괜찮다니까요. 진통제 먹고 자면 돼요.'

진통제는 집에도 많이 있는데…….

희수는 차가 시야에서 사라질 때까지 창밖에서 눈을 떼지 못했다. 그리고 마침내 그의 흔적이 완전히 사라졌을 때 지그시 눈꺼풀을 내리깔았다. 불어오는 바람이 너무 차가워서, 눈이 시려 온 탓이었다.

## 16. Merry Christmas

희수는 거울 속에 비치는 제 모습을 빤히 바라보았다. 눈을 깜빡일 때마다 반짝거리는 섀도. 바짝 올라간 속눈썹. 눈매를 또렷하게 만들어 주는 마스카라. 붉은 립스틱까지. 오랜만에 정성을 들여 화장한 얼굴이 영 어색했다.

"입술이 너무 진한 것 같기도 하고……."

물론 bar에서 일할 때 했던 것에 비하면 한참 옅은 화장이긴 했다. 하지만 최근엔 계속 립글로스만 바른 맨얼굴로 다녀서 그런지, 아니면 대낮이라 그런지. 부담스럽게 느껴진다. 인정해야겠다.

저도 모르게 들떴다는 걸.

오늘은 크리스마스이브였다. 돈 버는 것에 별 관심이 없는 사장은 오늘과 내일, 커피숍 문을 닫고 유급 휴가를 주겠다고 공표했다. 은성은 갑자기 생긴 휴가에 며칠 전부터 약속을 잡느라 바빴지만, 희수와는 상관없는 일이었다. 그녀의 일정은 처음부터 정해져 있었으므로.

'그날? 당연히 넌 나랑 보내야지? 내가 뭣 때문에 가게 문을 닫는 건데.'

희수는 시계를 확인했다. 이르게 준비를 시작한 것 같은데도 약속 시각까지는 이제 고작 30분 남짓 남아 있었다. 잠깐 망설이다가 결국 티슈를 한 장 뽑아 들었다. 입술 색을 지우기 위해 티슈를 가져갔을 때였다. 방문이 벌컥 열리고 연수가 들어왔다.

"그러고 나갈 거야?"

문지방을 밟고선 채 그녀를 한번 훑은 연수가 물었다. 민망한 마음에 희수는 재빨리 입술을 벅벅 지웠다.

"안 그래도 과한 것 같다고 생각하는 중이었어."

"무슨 소리 하는 거야. 내가 봤을 땐, 과하기는커녕 너무 부족한 것 같아서 걱정인데."

입술을 문지르던 희수의 손이 뚝 멈췄다.

"화장, 너무 진한 것 같지 않아?"

연수가 고개를 갸웃했다.

"나는 옷 얘기하는 건데?"

이번엔 희수가 고개를 갸웃했다.

"옷이 왜?"

"정말 몰라서 물어?"

정말 모른다는 듯한 희수의 눈빛에 연수가 답답하다는 듯 한숨을 푹 내쉬었다.

"니트에 청바지. 지금 이거, 출근 복장 아니야?"

"아……."

희수는 그제야 거울 속에 비치는 제 차림을 확인했다. 연분홍 니트에 연청색 청바지. 연수의 말대로 출근할 때와 같은 코디였다. 옷이 편하기도 하고 예뻐서 최근에 자주 입고 다녔다.

"그래도 명색이 크리스마스이브인데. 출근 복장으로 나가는 건, 언니가 생각해도 좀 너무한 것 같지 않아? 심지어 그 오빠가 사장이잖아. 언니가 지금 입고 있는 이 옷차림을 몇 번이나 봤을 텐데."

거기까진 미처 생각하지 못했었다. 그래도 나름대로 옷장에 있는 옷 중에 그나마 예쁜 옷을 꺼내 입은 건데. 난감함에 한숨이 절로 흘렀다.

"화장은 됐고. 옷이나 갈아입어."

입을 만한 옷이 뭐가 있지. 비루한 옷장 속을 되짚고 있는데 연수가 뒤에 숨겨 두고 있던 종이 가방 하나를 불쑥 내밀었다.

"이게 뭐야?"

"열어 봐."

종이 가방 안에는 곱게 포장된 뭔가가 들어 있었다. 얼른 뜯어보라는 연수의 눈짓에 희수는 조심스럽게 포장지를 펼쳤다. 안에서

나온 건 새빨간 니트 원피스였다. 색이 조금 튀지만 디자인 자체
는 과하지 않은, 예쁜 옷이었다.

"그거 나름대로 브랜드 있는 거다? 백화점에서 샀어."

희수가 멍하니 원피스를 바라보며 눈을 껌뻑이자 연수가 말을
덧붙였다.

"월급은 죽어도 안 받겠다며. 그래서 그냥 선물로 주려고 하나
샀어. 크리스마스 선물도 할 겸."

"……."

"원래 첫 월급은 가족한테 빨간 내복 선물하는 거라고 하잖아.
내복은 줘도 안 입을 것 같아서 나름 실용적인 걸로 골랐는데. 언
니 동생 센스가 철철 넘치지?"

동생의 마음이 예쁘고 고마웠지만 마냥 좋아할 수만은 없었다.
얼마나 고생해서 번 돈인지 너무도 잘 알고 있었기에.

"뭐 이런 걸 다 샀어. 용돈으로 쓰기도 모자랄 텐데……."

"학생이 돈 쓸 일이 뭐가 있어. 그리고 백화점에서 사긴 했지만,
딱히 많이 비싼 것도 아니야. 나중에 정식으로 취업해서 첫 월급
타면, 그땐 이것보다 훨씬 더 좋은 거로 사 줄게."

희수는 고개를 내저었다. 더 좋은 건 필요 없었다. 그녀의 눈엔
이 옷이 그 어떤 명품보다도 훨씬 더 값져 보였다.

"제사 지내? 안 입어 볼 거야?"

연수가 답답하다는 듯 그녀의 손에서 옷을 낚아채 갔다. 그러곤
활짝 펼쳐 그녀의 몸에 비교하듯 대 보았다.

"역시! 옷걸이가 좋아서 그런지 잘 어울리네."

뿌듯한 얼굴로 연수가 엄지를 척 치켜들었다.

"……고마워. 잘 입을게."

희수는 제 몸에 닿아 있는 원피스를 조심스럽게 끌어안았다.

정면을 응시하던 석현의 눈이 살짝 커졌다. 차 앞 유리창 너머로 보이는 여자의 모습이 어쩐지 낯설게 느껴지는 탓이었다. 그녀의 걸음에 맞춰 검은색 롱코트 안에 입은 새빨간 원피스 밑단이 보였다가 사라지기를 반복했다. 그 아래로는 쭉 뻗은 매끈한 다리와 평소답지 않은 높은 구두가 보였다.

"언제 왔어요?"

"10분 전에."

"연락을 하지 그랬어요."

"안 그래도 1분이라도 늦으면 연락하려고 했어. 제시간에 나왔네."

그의 시선은 머리를 하나로 묶어서 훤하게 드러난 새하얀 목덜미에서 잠깐 멈추었다.

"선배?"

그녀가 고개를 갸웃했다. 그제야 석현은 목덜미에 붙박였던 시선을 거둬들이고 조수석 문을 열었다. 그녀가 차에 탄 후에야 그는 운전석에 올라탔다. 석현의 시선이 스치듯 옆자리를 향했다. 자리에 앉으니 짧은 치마가 말려 올라가서 하얀 허벅지가 훤히 보였다. 그는 저도 모르는 새에 미간을 찌푸리며 물었다.

"치마가 너무 짧은 거 아니야?"

"서 있을 땐 괜찮았는데, 앉으니까 조금 짧긴 하네요."

그녀가 어색하게 웃으며 치맛자락을 끌어 내렸다. 물론 그래 봐야 별로 달라지는 건 없었다.

"무슨 뜻이야?"

뜬금없는 물음에 그녀가 눈을 둥그렇게 떴다.

"네? 뭐가요?"

"그 옷 말이야."

석현의 시선이 노골적으로 짧은 치맛자락 아래로 훤히 드러난 다리를 훑었다. 커피색 스타킹. 그 아래로 언뜻언뜻 비치는 맨다리가, 마치 절 향해 은밀한 유혹을 하는 것만 같았다.

"옷이 그냥 옷이지. 무슨 뜻이 있어요?"

그의 시선을 차단하려는 듯 손바닥을 쫙 펼쳐 다리를 가리며, 그녀는 기가 찬다는 얼굴로 물었다.

"평소 입는 옷이랑 너무 다르잖아."

"동생이 크리스마스 선물로 줬어요. 그래서 그냥 새 옷 개시한 거고요."

치맛자락부터 시작해서 위로 느리게 훑어 올라가던 그의 시선이 새하얀 목덜미에서 멈췄다.

"그게 전부야?"

"뭐가 더 있어야 해요?"

"난 또. 다른 깊은 뜻이 있는 줄 알고 오해할 뻔했잖아."

그가 고개를 옆으로 까딱, 기울이며 능글맞게 웃었다.

"또 시작이에요?"

그녀는 질린다는 듯 야유하며 눈살을 찌푸렸다. 아마 그가 저

질스러운 농담을 하는 거라 생각하는 모양이었다. 하지만 석현은 진심이었다. 조금 전, 절 향해 다가오는 그녀를 본 그 순간부터 허벅지로 쏠리는 열기를 애써 억누르느라 곤욕을 치르는 중이었다.

사실 오늘만 그런 건 아니었다. 그의 아래는 늘 그녀를 보는 것만으로도 예민하게 반응했다. 지칠 때까지 안아 놓고도 돌아서면 금세 갈증을 느꼈다. 욕심도 많고 쉽기도 참 쉬운 놈이 아닐 수 없었다. 그는 턱에 지그시 힘을 줬다. 그러곤 뒷좌석에 놓여 있던 쿠션을 건넸다.

"제대로 가려. 대낮부터 잡아먹히고 싶지 않으면."

말이 끝나기 무섭게 그녀가 쿠션을 덥석 끌어안았다. 겁이 나긴 하는 모양이었다. 가만 보면 은근히 눈치가 빠르단 말이지. 여차하면 정말 호텔로 가려고 했는데. 석현은 마치 생명줄을 쥔 것처럼 쿠션을 꽈악 그러쥔 그녀를 보며 피식, 낮게 웃는 차를 출발시켰다.

"근데 우리 지금 어디 가는 거예요?"

차가 신호를 받아 멈췄을 때, 라디오에서 나오는 음악을 따라 작게 흥얼거리던 그녀가 문득 생각났다는 듯 물었다.

"서희수가 가고 싶다고 했던 곳."

"네? 제가요?"

그녀는 검지로 자신을 척 가리키며 되물었다. 금시초문이라는 얼굴이었다.

"기억 안 나?"

"글쎄요. 그런 말 한 적 없는 것 같은데……."

그녀는 도통 생각이 안 난다는 듯 고개를 갸웃했다.

"혹시 말이야."

"네?"

"지난 7년 사이에 무슨 큰 사고 같은 거 당한 적 있어?"

"사고요? 아뇨……?"

무슨 뜻인지 모르겠다는 듯 눈을 끔뻑거리는 그녀를 보며, 석현은 장난스럽게 중얼거렸다.

"그런 것도 아닌데 왜 이러지? 옛날엔 꽤 똘똘했던 것 같은데."

1초. 2초. 3초…….

"지금 놀리는 거죠!"

뒤늦게 그의 말뜻을 이해한 듯 그녀가 도끼눈을 떴다. 이제 알았어? 석현은 대답 대신 가볍게 웃어 보였다.

✳

눈 앞에 펼쳐진 광경을 바라보며 희수는 눈을 느리게 깜빡였다. 소금기 머금은 바람이 머리카락을 쓸어넘기고, 머리 위로 갈매기가 날아다니고, 햇빛에 반짝이는 모래알과 푸른 바다가 드넓게 펼쳐져 있는 이곳은, 부산 해운대였다.

제 눈으로 보고 있음에도 좀처럼 실감이 나지 않았다. 후각을 자극하는 비릿한 바다 냄새가 아니었다면, 정말 꿈이라고 생각했을지도 모르겠다. 사실 세 시간 전, 그의 차가 서울역에서 정차했을 때까지만 해도 목적지에 대해서 도통 감이 오질 않았었다. 기억 안 나? 묻던 그의 말이 장난이라고만 생각했다. 그러나 그를 따라 들어간 역 안에서 '부산'이라고 커다랗게 적혀 있는 표지판을 봤을 때, 희수는 그 자리에서 굳어 버리고 말았다. 까맣게 잊고 있던 7년 전 기억이 떠오른 탓이었다.

'곧 크리스마스잖아.'
'곧이라고요? 한 달도 넘게 남았는데?'
'한 달이면 금방이지. 장담하는데 눈 깜빡하면 지나가 있을걸.'
'뭐, 틀린 말은 아니네요. 그래서요?'
'그날 뭐 하고 싶어?'
'그걸 벌써 정해요?'
'철저하게 준비하고 계획 세울 생각이야. 우리가 같이 보내는 첫 기념일인데 완벽해야지.'

첫 기념일.
처음이라는 건 뭐든 설레는 법이었다. 한껏 들뜬 그의 설렘이 그녀에게도 고스란히 전해져서, 그녀는 신중하게 고민해 보겠다고 말했다. 그리고 며칠 뒤 아직도 못 정했냐며 재촉하는 남자에게 부산이요, 했었다.

'고등학교 1학년 때요. 수학여행지가 부산이었거든요. 한 번도 안 가 본 곳이라 설렜었는데, 못 갔어요.'
'왜?'
'그때 부모님이 사고로 돌아가셨거든요.'
'…….'
'다녀온 친구들이 나중에 말했어요. 부산 정말 재미없더라고.

뻔한 거짓말이죠. 부모 잃은 친구에게, 그때 떠난 수학여행이 즐거웠다고 말하긴 미안했을 테니까. 그래서 더 궁금했어요. 나도 가 보고 싶다고. 분명 다들 즐거웠을 텐데…….'

별안간 그가 와락 그녀를 끌어안았다. 울지 마. 머리 위에서 떨어지는 그의 짙은 목소리를 듣고서야 희수는 제가 울고 있다는 걸 깨달았다. 그날 이후로 그는 한 달 남은 크리스마스 일정을 열심히 고민하기 시작했다.

'좋은 추억만 잔뜩 만들어 줄게.'

자신만만한 그의 말에 벌써 추억을 한가득 선물 받은 것처럼 든든했었다.
"아직도 기억 안 나?"
그가 이래도? 하는 얼굴로 물었다. 이미 기차에 오르기 전부터 기억을 떠올렸지만, 희수는 끝까지 모르는 척 시침을 뗐다. 인정하는 순간, 애써 가둬 두었던 감정이 속절없이 왈칵 쏟아질 것만 같아서였다.
"전혀요."
그의 얼굴에 짙은 서운함이 떠올랐다.
"와, 진짜 심하다. 머리가 이렇게 나쁜데 과 수석은 어떻게 했냐? 커닝했던 거 아니야?"
그가 커다란 손바닥으로 그녀의 정수리를 꾸욱 눌렀다. 장난스럽게 풀어내고 있었지만 그 안에 담긴 서운함은 제법 무거웠다.

"들어가 볼래요."

"어딜?"

"바다요."

희수는 허리를 숙여 그의 손아귀에서 아주 가볍게 빠져나왔다.

"농담하는 거지?"

희수는 대답 대신 구두를 벗어 양손에 각각 하나씩 들었다.

"미쳤어? 지금 한겨울이야."

그가 기겁하며 그녀의 팔을 붙들었다.

"주변을 좀 봐. 다들 멀찌감치서 구경만 하는 거 안 보여?"

"발만 살짝 담글 거예요."

"발만 담근다고 바닷물이 따뜻해져?"

"여기까지 왔는데, 그냥 눈으로 보고만 가긴 아쉽잖아요."

"그래서 기념으로 감기라도 얻어 가겠다는 거야?"

그는 황당하다는 듯 허, 코웃음을 쳤다.

"지금까진 헷갈렸는데, 이제 보니 정말로 머리 나쁜 거 맞네. 본전치기도 안 되는 짓 하려고 하는 거 보니까."

희수의 미간이 좁혀졌다. 좋은 말도 한두 번이라는데. 머리 나쁘다는 얘기를 계속 듣고 있자니 은근히 감정이 상한다. 게다가 이번엔 장난이 아니라 진심으로 그렇게 말하는 것 같아서 더욱 더 그랬다.

"누가 같이 가 달랬어요? 선배는 여기 있어요. 나 혼자 다녀올 테니까."

그를 지나쳐 쌩 걸음을 옮겼다. 한 걸음씩 내디딜 때마다 찬 기운을 머금은 모래알들이 발을 푹푹 집어삼켰다.

"하여튼, 똥고집은……."

쯧. 뒤에서 혀를 차는 소리가 들리는가 싶더니, 어느새 그녀를 추월한 그가 앞을 가로막았다.

"왜요?"

새침하게 쳐다보자 그가 자신의 신발을 벗어서 그녀의 발 근처에 놓아주었다.

"신어."

"됐어요."

"스타킹 얇잖아. 고집부리지 말고 신어. 괜히 까불다가 유리 조각 같은 거 밟고서 피 보지 말고."

끝까지 고집을 부리자 그가 후, 낮게 한숨을 내쉬며 몸을 숙였다. 그러곤 직접 그녀의 발에 자신의 신발을 신겨 주기 시작했다. 발바닥에 남아 있는 모래까지 야무지게 탈탈 털어 가면서.

생각지도 못했던 장면이었다. 당황한 희수는 얼어붙은 채 그를 내려다보았다. 그녀가 알고 있는 최석현은, 누군가의 발아래에서 이런 행동을 보일 남자가 아니었다. 꼿꼿하게 고개를 쳐들고 이 세상 모든 것을 내려다보는 것이 가장 잘 어울리는 남자였다. 그런 남자의 정수리를 내려다보고 있자니, 간질거리는 느낌이 발바닥부터 시작해서 온몸으로 퍼져 나가는 것이다. 아니, 간질거리다 못해 가슴 귀퉁이로 찌르르한 통증까지 느껴졌다. 아랫입술을 질끈 깨문 희수는 괜스레 불퉁 말했다.

"선배 발은 유리를 밟아도 피 같은 거 안 나나 보죠?"

"나겠지."

남은 발에 마저 신발을 신겨 주며 그는 말을 덧붙였다.

"그래도 네가 다치는 것보단 나아."

무심하게 뱉어진 진심 한 조각이 발등 위로 툭 떨어졌다.

✻

눈이 따가울 정도로 매캐한 연기가 실내에 가득했다. 아니, 여기를 과연 실내라고 칭해야 하는 걸까. 석현은 찌푸린 눈으로 주변을 둘러보았다. 바람이 세게 불어올 때마다 펄럭이는 주황색 천막. 그 아래 자욱한 연기. 왁자지껄 띠드는 사람들의 목소리. 해안가 근처에 있는 조개구이 가게의 풍경은 시장통이나 다름없었다.

"이모!"

그녀가 번쩍 손을 들었다.

"여기 맥주 한 병 더 주세요."

석현은 기가 막힌다는 듯 그녀를 바라보았다.

"더 마시려고?"

이미 둥근 테이블 위에는 빈 맥주병이 덩그러니 놓여 있었다. 그는 한 방울도 입에 대지 않는데 말이다.

"그럼요. 당연하죠."

"무리하지 말지?"

"무리하는 거 아닌데요?"

"너 벌써 혀 꼬이기 시작했거든?"

"그럴 리가요. 선배 귀가 좀 이상한 거 아니에요?"

눈 하나 깜빡하지 않고 말을 받아치는 그녀를 보며 석현은 못마땅한 얼굴로 혀를 낮게 찼다. 물론 혀가 꼬였다는 건 그의 비약이었으나, 취기가 오른 건 분명했다. 그녀는 평소보다 텐션이 훨씬 높아져 있었다. 선을 긋고 절 대하는 것보다는 이편이 더 낫긴 했다. 제가 기억하던 서희수의 모습에 가까웠으니까. 평소 같았으면 이렇게 풀어진 그녀를 보는 게 반가웠을 것이다. 하지만 지금 그의 기분은 엉망이었기에 상대적으로 즐거워 보이는 그녀가 얄밉게 보이는 건 어쩔 수 없다.

"취하기만 해 봐. 여기다 버리고 갈 거야."

"마음대로 해요."

그따위 허접한 협박 따위 씨알도 안 먹힌다는 듯 그녀는 콧방귀를 뀌었다. 그러곤 이제 막 입을 벌린 조개를 가져가 야무지게 발라 먹기 시작했다.

"와, 이 소스 진짜 맛있다. 선배도 이거 찍어서 먹어 봐요. 간장 찍어 먹는 것보다 훨씬 맛있어요."

그녀가 불판 위에서 지글지글 끓고 있는 소스 통을 그의 앞으로 밀어 주었지만, 석현의 뚱한 시선은 여전히 그녀에게 고정돼 있었다. 길바닥인지, 식당인지 분간도 되지 않는 이곳에서. 불판 위의 조개가 입 벌리기를 마냥 기다리고만 있는 지금 이 상황이, 그는 너무도 언짢았다. 물론 그를 가장 언짢게 하는 건, 이런 제 속도 모르고 속 편히 상황을 즐기고 있는 서희수였다.

며칠 동안 인터넷을 구석구석 뒤져 가며 세웠던 계획은, 분명 완벽했었다. 바다를 보고, 부산에서 가장 유명하다는 맛집에 가서 늦은 점심을 간단하게 먹고, 크리스마스 분위기가 물씬 풍기는 남포동 거리를 걷고. 미리 예약한 호텔로 돌아와 역시나 예약해 둔 밤바다가 보이는 레스토랑에서 우아하게 칼질을 하고…….

7년을 기다려 온 크리스마스였다. 그때 함께하지 못한 아쉬움이 컸던 만큼, 이번엔 세상에서 가장 완벽한 시간을 만들 작정이었다. 그러나 그토록 거창했던 그의 계획은, 첫 코스부터 완전히 어그러지고 말았다. 기어코 스타킹을 신은 채로 바닷물에 발을 담근 그녀가 밀려오는 파도를 몇 번이나 맞이한 후에야 만족스럽다는 듯 이제 가요. 했을 때였다. 돌아서던 그의 발바닥에 날카로운 통증이 느껴진 것은.

'선배!'

별안간 비명과도 같은 음성이 허공을 갈랐다. 그녀의 시선은 그가 걸어온 길을 향해 있었다. 정확하게는 모래사장 위에 선명하게 찍혀 있는 핏자국에. 결국, 우려했던 일이 터진 것이었다. 곧바로 근처 병원으로 향했다. 응급실 안은 크리스마스 열기가 한창인 바깥보다 훨씬 더 복작거렸다. 비교적 가벼운 부상인 그의 차례는 한참 만에 돌아왔다. 박힌 유리를 뽑고 반창고를 붙였다. 다행히 심하게 다친 것도 아니었고, 응급실 안엔 자신과 마찬가지로 크리스마스이브에 불행을 겪은 이들이 바글거렸지만, 그 어떤 것도 그에겐 조금의 위안도 주지 못했다. 절뚝거리며 병원을 나왔을 땐, 이미 해가 지고 난 후였다.

'……괜찮아요?'
'네 눈엔 내가 괜찮은 것처럼 보여?'
'아니요…….'

46

'정확하게 봤네.'

그는 완벽주의자 성향이 짙은 인간이었다. 하나가 일그러지자 모든 의욕이 꺾여 버렸다. 그래서였다. 그를 위로하기라도 하려는 듯 저녁은 제가 살게요. 의기양양하게 말했던 그녀가 그의 취향과는 아주 거리가 먼 조개구이 전문점을 가리켰을 때, 반박하지 않고 조용히 따라왔던 것. 하지만 안의 분위기가 이 정도로 엉망진창일 줄 진작 알았더라면, 마지막 코스였던 호텔 레스토랑은 절대로 포기하지 않았을 것이다.

탁. 테이블 위로 맥주병이 놓였다. 표면에 송골송골 물방울이 맺힌 병을 그녀는 냉큼 집어 들었다. 병뚜껑을 따고 자신의 빈 잔에 술을 가득 따랐다. 그러곤 술이 아직 남아 있는 병을 자신의 바로 앞에 가지런히 올려놓는다. 그녀가 흰 거품이 반쯤 올라와 있는 잔을 입으로 가져가려고 하는 순간이었다. 미간을 잔뜩 좁힌 석현이 말했다.

"너만 입이야? 내 입은 주둥이고?"

삐딱한 말에 잔을 도로 테이블에 내려놓은 그녀가 어이없다는 듯 그를 바라보았다.

"왜 갑자기 시비를 걸어요? 선배가 먼저 술 안 마시겠다고 했잖아요."

"마음이 바뀌었어. 한 잔 줘. 내 속도 모르고 태평한 널 보고 있자니, 속이 부글부글 끓어서 시원한 맥주라도 한 잔 마셔 줘야 할 것 같으니까."

그가 그녀의 앞으로 빈 잔을 척 내밀었다. 그녀는 헛웃음을 흘리면서도 그의 잔을 가득 채워 주었다. 석현은 그것을 단숨에 비워냈다. 순식간에 비어 버린 잔을 다시금 처억, 내밀었다.

"한 잔 더."

그녀는 잠깐 동안 그를 빤히 바라보다 이내 잔을 채워 주었다.

"아직도 삐졌어요?"

"삐지긴 뭘 삐져?"

그는 단번에 부정했지만 그녀는 믿지 않는 눈치였다. 술병을 내려놓으며 피이, 바람 빠지는 소리를 냈다.

"뭐야. 왜 그렇게 웃는데?"

"갑자기 선배가 아까 했던 말이 떠올라서요."

"무슨 말."

"내가 다치는 것보다 선배가 다치는 게 더 낫다고 했던 말이요."

그게 왜 웃겨? 이해할 수 없다는 듯 바라보자, 그녀가 설명을 덧붙였다.

"그 말할 땐 솔직히 조금 멋있다고 생각했었거든요. 그런데 막상 정말로 다치고 나서는 계속 짜증만 내니까……."

그녀는 말끝을 흐리며 그를 바라보았다. 웃음을 참는 건지 입가가 씰룩였다. 반대로 석현의 입가는 딱딱하게 굳었다. 엄청난 중상모략이 아닐 수 없었다. 그는 울컥, 치미는 화를 눌러 참으며 말을 받아쳤다.

"넌 지금 내가 고작 발 다친 거 때문에 이러는 거 같아?"

"그럼요?"

"다 엉망이 됐잖아."

무슨 뜻인지 모르겠다는 듯 저를 바라보는 투명한 눈망울을 바라보며 석현은 길게 한숨을 내쉬었다.

"오늘만큼은 하나부터 열까지 좋은 추억만 만들어 주고 싶었어. 넌 아무것도 기억 못 하는 것 같지만, 크리스마스의 부산은……."

그는 말을 하다 말고 아랫입술을 질끈 깨물었다. 정작 그녀는 아무것도 기억 못 한다는데. 혼자 기대했다가 혼자 실망하고, 그 속상함을 알아 달라며 구구절절 떠들어 대는 것이 너무도 처량하게 느껴지는 탓이었다.

"됐다. 이제 와서 무슨."

자조하며 그가 술잔을 집어 들었을 때였다. 그녀가 문득 말했다.

"기억하고 있어요."

휘둥그레 커진 석현의 두 눈이 빠르게 그녀를 향했다.

"……고마워요. 잊지 않고 데려와 줘서."

그녀가 살짝 눈가를 접으며 수줍게 웃었다. 익숙하면서도 낯선 미소였다.

석현은 멍하니 눈을 깜빡였다. 잘못 본 건 아니겠지. 좀처럼 실감이 나질 않았다. 그럴 수밖에 없었다. 그녀가 그를 향해 진심으로 웃어 준 것은, 재회한 이후 처음이었으니까. 가슴 한 귀퉁이로 찌르르, 전기가 통하는 느낌이 들었다. 조금 전까지 울컥 치밀어 오르던 서러움이 눈 녹듯 사르르 녹았다.

호구 같은 놈. 그는 스스로를 조소했다. 고작 그녀의 미소 한 번에, 마치 엄청난 보상이라도 받은 것처럼 이렇게 가슴이 벅차오르다니. 본인이 생각해 봐도 기가 막히고 우스운 일이 아닐 수 없었다.

"아까는 왜 모르는 척한 건데?"

그는 의지와는 상관없이 풀어지려는 입매를 애써 다잡으며 뾰로통하게 물었다.

"그냥요."

"그냥이라고?"

"네. 그냥……."

뭐 이런 성의 없는 대답이 다 있단 말인가. 석현의 한쪽 눈썹이 추켜 올라갔다.

"그럼 지금은 왜 얘기해? 끝까지 모르는 척 안 하고."

"그냥요."

"또 그냥이야?"

쏘아붙이는 물음에 그녀는 제 앞에 놓인 술잔을 꽈악 그러쥐며 혼잣말을 하듯 낮게 대답했다.

"오늘은 크리스마스니까……. 오늘 하루 정도는 왠지 그래도 될 것 같아서……."

도통 의미를 알 수 없는 말이었다. 크리스마스가 뭘 어쨌다는 건지. 하지만 석현은 무슨 소릴 하는 거냐고 되묻지 못했다. 고개를 살짝 숙인 채 술잔만 물끄러미 내려다보는 그녀의 눈빛이 어쩐지 슬프게 보여서였다. 그녀를 잠깐 바라보던 석현은 옆자리에 벗어 두었던 재킷을 집어 들었다. 안주머니에 손을 넣어 걸리는 것을 꺼냈다.

그의 손바닥 위에 들려 있는 것은 조그마한 직사각형의 상자였다. 테이블 밑에서 상자의 각진 모서리를 만지작거리던 그는, 이내 그것을 그녀의 앞에 내려놓았다. 조개가 지글지글 끓고 있고, 조잡한 밑반찬들이 무질서하게 널려 있는 낡은 은색의 테이블. 그 위에 덩그러니 놓인 고급스러운 벨벳 소재의 상자는, 너무도 이질적으로 보였다. 꼭 있어선 안 될 곳에 나타난 불청객처럼.

"정말 오늘은 하나부터 열까지 엉망진창이야. 원래 분위기 있는 데서 멋있게 주려고 했는데."

그는 한숨을 푹 내쉬었고, 그녀는 눈을 둥그렇게 떴다.

"이게…… 뭐예요?"

"크리스마스 선물."

제 선물이라는데 궁금하지도 않은 건지. 그녀는 닫혀 있는 상자만 그저 멍하니 보고만 있을 뿐이었다. 결국 그가 직접 상자를 열어야만 했다.

상자 안에 가지런히 놓여 있는 건, 목걸이였다. 탁한 조명 아래에서도 목걸이 끝에 대롱 매달려 있는 자그마한 다이아몬드는 값어치를 하려는 듯 영롱하게 반짝였다. 그는 목걸이가 잘 보이도록 상자를 돌려 그녀의 앞으로 다시금 내밀었다.

"두고두고 걸리더라. 유일하게 너한테 했던 선물이, 겨우 싸구려 목걸이였다는 게."

내용물을 확인한 그녀의 눈망울이 크게 흔들렸다.

"……싸구려라고. 그렇게 생각한 적 없어요."

"알아. 그냥 내가 그랬다는 거야."

그는 가볍게 어깨를 으쓱했다.

"디자인 어때? 젊은 연령대 여자들이 가장 선호하는 디자인이라고 추천하는 것 중에선 이게 너랑 제일 잘 어울릴 것 같아서……."

"안 받을래요."

말이 채 끝나기도 전에 그녀가 상자를 그의 앞으로 밀어냈다.

"왜. 디자인이 마음에 안 들어?"

그녀는 고개를 작게 내저었다.

"……이런 거, 부담스러워요. 받을 이유도 없고."

그리 말하는 그녀의 양 볼엔, 조금 전까지만 해도 발갛게 어려 있던 취기가 깨끗하게 사라진 상태였다.

"이유가 왜 없어?"

심드렁한 물음에 그녀가 시선을 들어 그를 바라보았다.

"크리스마스잖아."

"……."

"오늘 하루 정도는 그래도 돼."

조금 전 그녀가 했던 말을 그대로 갚아 줬다. 다만 한 가지 다른 점이 있다면. 그녀는 그래도 돼요? 하고 조심스럽게 묻는 뉘앙스였다면, 그는 그래도 된다고 확언했다는 것이었다.

석현은 자리에서 일어나 얼떨떨하게 저를 바라보는 그녀의 앞으로 다가갔다. 그러곤 직접 목걸이를 그녀의 목에 걸어 주었다. 얇은 금줄이 가녀린 목선을 더욱 강조했고, 끝에 매달린 다이아몬드는 그녀의 새하얀 피부를 더욱더 돋보이게 했다. 그의 예상대로 군더더기 없이 심플한 디자인은 청초한 그녀의 이미지에 잘 맞았다.

"잘 어울린다."

석현은 뿌듯한 미소를 지으며 자리로 돌아왔다. 그러곤 그녀가 입을 열기도 전에 먼저 선수를 쳐서 한마디를 더했다.

"이거 거절하면, 세트가 아니라서 그런가 보다 생각하고 반지랑 귀걸이까지 세트로 사다 줄 거야. 그게 싫다면, 그냥 받아 두는 게 좋을 거야."

그녀는 막무가내로 부리는 억지에 항변이라도 하려는 듯 입술을 달싹였지만, 이내 체념한 얼굴로 입을 다물었다.

"전…… 선물 준비 못 했어요."

"괜찮아. 네 선물은 오늘 밤에 내가 알아서 받아 낼 거니까."

그게 무슨 말이냐는 듯 그녀가 눈을 둥그렇게 뜨고 바라보았지만, 그는 대답 대신 입을 활짝 벌리고 있는 조개 하나를 집어 그녀의 앞접시에 내려놓았다. 그러곤 그녀를 똑바로 바라보며 싱긋, 미소를 지어 보였다.

"많이 먹어 둬."

꿍꿍이가 가득 담긴 음흉한 미소에 그녀의 어깨가 흠칫, 떨렸다.

엘리베이터에서 내리자 곧바로 잔잔한 재즈 음악이 들려왔다. 우진은 어두운 조명이 깔린 실내를 빙 둘러보았다. 이곳은 정해진 멤버들만 이용할 수 있는 프라이빗 bar였다. 그런 만큼 테이블 수 자체가 많지 않았다. 축구를 해도 될 정도로 넓은 공간엔, 옆의 대화가 절대 들릴 수 없을 정도로 테이블들이 띄엄띄엄 놓여 있었다. 한창 크리스마스로 들떠 있는 바깥세상과는 사뭇 다른 조용한 분위기였다. 정중앙에 자리하고 있는 커다란 크리스마스 트리를 제외한다면, 그저 어느 평일 밤 같았다.

"오셨어요?"

그를 알아본 직원이 알은 체를 했다. 우진은 고개를 가볍게 숙이는 걸로 인사를 대신했다.

"어디 있어요?"

"저쪽이요."

주어 없는 질문이었지만 직원은 곧바로 구석을 가리켰다. 손끝을 따라 시선을 옮기자, 홀로 떡하니 널따란 테이블을 차지하고 있는 나정의 모습이 보인다. 낮게 한숨을 내쉰 우진은 곧장 걸음을 옮겼다. 그가 테이블 바로 앞에 다가섰지만 나정은 인기척을 전혀 느끼지 못한 것 같았다. 턱을 괸 채 눈을 감고서 음악을 흥얼거리고 있었다. 그는 테이블 위를 쓱 훑었다. 손도 대지 않은 과일 안주와 절반 이상 빈 양주병이 놓여 있었다.

"이걸 혼자 다 마신 거야?"

그가 맞은편에 털썩 앉자, 그제야 나정이 고개를 들었다.

"이게 누구야. 엄청 비싼 백우진 씨잖아?"

그를 보고서 잔뜩 비꼬는 나정은 이미 눈이 풀려 있는 상태였다.

"왜 왔어? 아깐 절대 안 올 것처럼 튕기더니."

"오래는 못 있어."

"또 바쁜 척한다, 또."

못마땅하게 눈을 치켜뜨는 나정의 뒤편에서 직원이 다가왔다. 직원은 우진의 앞에 잔을 세팅해 주고는 즐거운 시간 보내세요, 하고 싱긋 웃어 보이고는 자리를 떠났다.

"여기서 즐거운 시간을 보내는 건 불가능이지."

얼음통에 걸려 있는 집게를 집어 들며 낮게 중얼거리자 나정이 찌릿, 그를 노려본다. 시선이 따가웠지만 짐짓 모르는 척 우진은 덤덤하게 말을 돌렸다.

"근데 넌 이런 날에 부를 사람이 나밖에 없어? 도대체 이게 몇 년째야?"

"그럴 리가. 만나 달라는 사람은 널렸지."

"근데 왜."

"이런 날까지 피곤하게 불편한 사람들 상대하고 싶진 않단 말이야. 그렇다고 혼자 있는 건 너무 처량맞잖아."

"내가 심심풀이 땅콩이야?"

"누가 오빠더러 땅콩이랬어? 왜 이렇게 비약이 심해? 그냥 내가 그만큼 오빠를 편하게 생각한다는 건데."

잔에 각 얼음을 채워 넣던 우진의 손이 일순간 멈칫, 굳었다. 편한 오빠. 그 이상도 이하도 아닌……. 그게 바로 그의 위치였다. 너무도 잘 알고 있었던 사실이었지만, 새삼 확인 사살을 당하니 입이 쓰게 느껴지는 건 어쩔 수가 없다. 우진은 살짝 경직된 입가를 애써 끌어 올리며 마저 얼음을 채워 넣었다.

"만만하게 생각하는 건 아니고?"

"뭐, 그런 면이 아예 없다고는 못하겠네."

새침하게 웃은 나정이 술병을 집어 들었다. 그의 잔 바로 위로 다가온 병이 기울어지기 직전, 우진이 그녀의 손에 들린 병을 빼앗아 자신의 술잔을 직접 채웠다.

"탄탄대로여야 할 내 인생이 쓸데없이 꼬이는 건, 아마도 다 오빠 때문일 거야. 자작하면 앞사람이 3년 재수 없다던데. 내 적립금은 몇 년이야, 벌써."

"난 여자가 술 따르는 거 별로야."

"네네. 어련하시겠어요, '백 선비'님."

나정은 고개를 절레절레 내저었고, 우진은 얼음과 섞여 드는 술을 한 모금 들이켰다. 미지근한 온도의 액체는 목구멍을 넘어갈 때 뜨겁게 변했다. 잔을 깨끗하게 비워 냈을 때, 나정이 과일 안주가 담긴 접시를 그의 쪽으로 밀며 말했다.

"오빠, 나 어떤 것 같아?"

뜬금없는 물음이었다. 우진은 그게 무슨 말이냐는 듯 나정을 바라보았다.

"남자로서 말이야. 나 같은 여자 어때?"

우진은 하마터면 이제 막 입에 집어넣은 멜론을 도로 뱉어 낼 뻔했다. 크흡, 헛기침을 크게 하고는 물었다.

"갑자기…… 그건 왜?"

"그냥. 궁금해서."

들킨 건가, 싶었지만 나정의 눈치를 보니 그런 것 같지는 않았다. 우진은 속으로 안도의 한숨을 내쉬었다.

"남자들은 여자 외모를 제일 중요하게 본다며."

"모든 남자가 그런 건 아니고."

"어쨌든!"

나정은 그의 말을 간단하게 무시하고는 제 할 말을 이어 갔다.

"칼 하나도 안 대고 이 정도 얼굴에 몸매면, 상위 1% 아니야? 그리고 내가 재수 없어 보일까 봐 이런 말은 안 하려고 했는데, 길 걷다 보면 열에 아홉은 돌아봐. 그중에 다섯은 나 때문에 여자 친구랑 싸우고. 그중에 하나 정도는 말이라도 붙여 보려고 졸졸 따라오고."

아주 현란한 자화자찬이었다. 가만히 있으면 끝도 없이 이어질 것 같아 우진은 내내 다물고만 있던 입을 열었다.

"대체 무슨 말이 듣고 싶은 건데?"

물론, 이번에도 나정은 그의 말을 조금도 들어주지 않았다.

"얼굴 예쁘지. 몸매 좋지. 집안 좋지. 학벌 좋지. 도대체 내가 뭐가 부족한데?"

"……."

"이런 완벽한 나를, 최석현은 대체 왜 싫다는 거냐고. 응? 걘 정말 눈이 삔 거 아니야?"

……결국 이거였나. 우진은 씩씩거리며 술잔을 들이키는 나정을 보며 허탈하게 웃었다. 이번에도 나정의 술주정은 늘 그렇듯 기승전'최석현'으로 귀결된 것이었다. 잠시나마 당황한 내가 바보지. 낮게 혀를 찬 그는 자신의 술잔을 채우며 심드렁하게 말했다.

"없는 게 하나 있긴 하지."

"내가 뭐가 없는데?"

"싸가지."

"뭐?"

기분이 나쁘다는 듯 나정이 눈을 사납게 치떴다. 그러나 차마 부정할 순 없었던지 이내 뻔뻔한 얼굴로 말했다.

"그 정도는 인간미지. 너무 완벽하면 부담스럽잖아."

어련하시겠어요. 우진은 고개를 절레절레 내저었다.

"이런 걸 보면, 너랑 석현이는 정말 천생연분인데 말이야."

"오빠가 생각해도 그렇지? 그 계집애보다는 내가 최석현이랑 훨씬 더 잘 어울리지?"

술이 과한 건지. 아니면 최석현과 관련된 것엔 속이 없어지는 건지. 칭찬과 욕을 구분하지 못하고 그저 좋다고 생글거리는 나정을 외면하며 그는 술잔을 빙글 돌렸다.

"근데 넌, 석현이가 왜 그렇게 좋은 거야?"

문득 생각났다는 듯 우진이 물었다. 무심한 척했지만, 사실은 내내 궁금해하면서도 단 한 번도 묻지 못했던 질문이었다.

"어렵잖아."

"뭐?"

"다른 남자들은 다들 나 좋다고 난린데, 최석현은 아니라잖아. 그래서 더 좋아. 매력이 넘쳐."

"뭐, 나한테 이렇게 대하는 남잔 네가 처음이야. 이런 건가?"

"빙고."

우진이 어이없다는 듯 인상을 찌푸리자, 나정은 농담이야. 하며 깔깔 웃었다.

"처음 본 게 아마 열 살 때였나, 그랬을 거야."

실컷 웃은 나정이 아득한 옛 기억을 떠올리는 듯 느릿하게 입술을 달싹였다.

"그 나이대 남자애들은 좀 유치하잖아. 좋아한다는 표현을 괴롭히는 걸로 대신하고."

"그런 편이긴 하지."

"근데 그중에서도 유독 심한 남자애가 하나 있었거든. 삼운 그룹 알지? 그 당시에 제일 잘나갔던 기업."

"기억나. 10년 전에 일 터져서 지금은 기업 순위 완전히 떨어진 거기 말하는 거지?"

나정은 긍정하듯 고개를 끄덕였다.

"그 집 막내였는데. 그 당시에 덩치도 제일 크고, 집안도 제일 힘 있고. 그러다 보니까 애들 사이에서 우두머리 역할을 했었거든. 머리를 잡아당기는 건 기본이고, 발을 걸어 넘어뜨리기도 일쑤였지. 걔 보기 싫다고 엄마한테 모임 안 나가겠다고 울면서 떼썼을 정도였어."

"……."

"그날도 걔가 발을 딱 걸었는데, 넘어지기 직전에 누군가가 날 붙잡아줬어. 그러곤 그 녀석한테 가서 유치한 짓 좀 그만하라고 경고하더라. 네가 얘 괴롭히는 거 휴대폰으로 다 찍었다고. 한 번만 더 하면 어른들한테 이를 거라고……."

"……."

"심지어 나이를 더 먹은 언니, 오빠들도 날 도와준 적 없었는데, 유일하게 걔가 나서서 그 녀석 코를 납작하게 해 줬어."

가만히 그녀의 이야기를 경청하던 우진이 물었다.

"그 멋진 남자애가 석현이었어?"

나정은 대답 대신 씨익, 웃었다.

"백마 탄 왕자님이라고 생각했어. 외모도 딱 내 취향이었고. 근데 보면 볼수록 다른 남자애들하고는 다르더라. 어른스럽고, 차분하고……. 독보적인 캐릭터잖아. 마치 한정판 같은? 처음으로 갖고 싶다는 생각이 들었어. 옷이나 액세서리가 아닌 사람이."

솔직히 고백하자면, 지금까지 우진은 나정의 마음이 그저 '집착'이라고 생각했다. 못 가질수록 더 갈망하게 되는, 그런 마음일 거라고. 그런데 지금 석현을 떠올리는 나정의 눈은, 부정할 수 없이 사랑에 빠진 여자의 그것이었다. 어쩐지 조금은 충격적이었다. 믿는 도끼에 발등을 찍힌 것 같은 느낌. 아무래도 저도 모르게 기대했었나 보다. 그저 그런 집착이라면, 언젠가는 제가 비집고 들어갈 자리가 있을지도 모르겠다고……. 허튼 기대였다. 주제넘은 실망이었다.

우진은 저도 모르게 미간을 찌푸렸다. 입 안이 너무 쓰게 느껴지는 탓이었다. 그는 표면이 넘칠 듯 말 듯 일렁일 정도로 가득 채운 술잔을 한 번에 비워 냈다. 하지만 입 안에 가득한 쓴맛은 쉽게 지워지지 않았다. 다시금 빈 잔에 술을 채워 넣고, 그것을 들이켰다.

"여기!"

그가 연거푸 석 잔을 비워 냈을 때였다. 나정이 손을 번쩍 들었다.

"뭐 하려고?"

"술이 비었잖아."

나정이 손가락으로 어딘가를 척 가리켰다. 아마도 바닥을 드러낸 술병을 가리키려 했겠지만, 정작 그녀의 손끝이 향하고 있는 건 허공이었다.

"그만 마셔. 너 이미 많이 마셨어."

"내일 쉬는 날인데, 먹고 죽지 뭐."

나정은 가까이 다가온 직원에게 기어이 술 한 병을 더 주문했다.

하여튼. 말을 들어먹는 법이 없지. 고개를 내저은 우진은 손목시계를 확인했다.

"난 10분 뒤에 일어난다."

"벌써? 온 지 얼마나 됐다고."

"오래 못 있는다고 했잖아."

나정이 고운 미간을 팩 찌푸렸다.

"이건 '오래'가 아니라 궁둥이만 붙였다가 바로 일어나는 수준이잖아. 이럴 거면 대체 뭐 하러 왔어?"

"여왕개미인 네가 일개미의 삶을 어떻게 알겠어."

그의 신세 한탄에 나정은 쯧, 혀를 찼다.

"그러게. 진작 최치원한테로 갈아탔어야지. 그랬음 지금쯤 벌써 한자리 차지했을 텐데."

"지금이라도 갈아탈까?"

"에이, 그러기엔 지난 세월이 너무 아깝지."

나정은 검지를 좌우로 까딱까딱 해 보였다.

"기왕 기다린 김에 조금만 더 기다려 봐. 기다린 자에게 복이 있다고 하잖아. 그거 오빠 얘기가 되게 해 줄게."

"네가 무슨 수로?"

"내가 조만간 최치원보다 최석현을 더 높은 자리에 올려 줄 예정이거든."

당연히 농담이겠거니 생각하고 가볍게 받아쳤는데 돌아오는 대답이 어쩐지 심상치가 않다. 우진은 입에 가져갔던 술잔을 탁, 내려놓고는 그녀를 빤히 바라보며 되물었다.

"……그게 무슨 말이야?"

술잔을 단번에 비워 낸 나정이 그를 향해 싱긋, 웃어 보였다.

"나, 결혼하려고."

탁. 문이 닫히는 소리와 함께 그가 그녀의 허리를 휘감았다. 도대체 언제부터였는지 모를, 벌써부터 단단하게 부풀어 오른 그의 아래가 그녀를 뭉근하게 압박해 왔다. 두 사람의 시선이 허공에서 부딪혔다. 그녀를 담은 그의 새카만 눈동자는 뜨거운 욕망으로 들끓고 있었다.

희수는 마치 굶주린 짐승 앞에 놓인 먹잇감이 된 것 같았다. 등골마저 오싹해져 시선을 피하려는데, 그가 허리를 숙여 왔다. 가볍게 이마가 부딪혔다. 그다음은 코끝이었고, 마지막으로는 열기 머금은 입술이 깊게 맞물렸다. 호텔에 들어오기 전 나눠 먹었던 바닐라 아이스크림의 달큼함이 입 안 가득 퍼졌다.

"달다."

뜨거운 숨과 함께 흘러나온 탁한 음성이 귓바퀴를 휘감았다. 그의 목소리가 흘러든 귓속이, 몸이 덩달아 뜨거워졌다. 마치 아이스크림처럼 하릴없이 녹아내릴 것만 같아 희수는 아랫입술을 질끈 깨물었다. 그녀를 빤히 내려다보며 살짝 미소 지은 그는, 이내 떨어졌던 입술을 다시금 겹쳐 왔다. 쪽, 소리 나게끔 빨아들이고 조금 전보다 더 거칠게 입 안을 헤집었다. 정신없이 입술을 받아들이는 사이 치마 밑단이 말려 올라갔다. 무방비한 맨살에 아직 찬 기운을 지닌 손바닥이 닿자 희수의 몸이 움찔했다.

"하아…… 잠깐."

고개를 살짝 틀어 입술을 떼어 낸 그녀는 거침없이 위를 향하는 그의 손을 탁, 붙들었다.

"왜."

그리 묻는 남자의 얼굴엔, 한껏 달아오른 분위기를 깬 그녀에 대한 불만이 여실히 드러나 있었다.

"……여기서 할 생각이에요?"

"안 돼?"

대체 뭐가 문제냐는 듯한 표정이었다.

글쎄. 뭐가 문제일까. 기껏 스위트룸을 잡아 놓고 현관에서 일을 치르는 것? 그런데 그게 왜 문제지? 그와 자신은 돈으로 묶인 갑과 을의 관계였다. 그런데 그가 절 위해 섹스하기 전 분위기까지 잡아 주길 원하는 건, 너무도 우스운 일이 아닐 수 없었다.

"찝찝해요. 하루 종일 돌아다녔잖아요."

겨우 찾은 변명이었다.

"그래. 좋아."

웬일로 그는 쉽게 물러났다. 예상과 다른 반응이 의아했지만 그래도 다행이라고 생각하는 찰나, 그가 말을 덧붙였다.

"같이 해, 그럼."

일순간 희수의 얼굴에 경악이 서렸다. 지금 내가 뭘 들은 거지. 알딸딸하게 올라왔던 술기운이 한순간에 달아나 버리는 듯했다.

"뭘 같이 하자는 거예요? 싫어요."

"나도 찝찝해서 씻어야 해."

"누가 씻지 말래요?"

황당해서 되묻는데 그가 한쪽 다리를 척 들어 올렸다. 양말을 신지 않은 발바닥에 떡하니 붙어 있는 새하얀 반창고가 그녀의 시야에 가득 들어찼다.

"너도 들었잖아. 의사가 물 들어가면 안 된다고 하는 거."

뜨끔. 양심이 아주 조금 찔려 왔지만, 그렇다고 그의 황당하고 뻔뻔한 요구를 들어줄 순 없는 노릇이었다. 같이 하는 샤워라니. 그건 연애를 하던 시절에도 해 본 적 없는 일이었다.

"조심히 씻어요. 물 안 들어가게."

희수는 그의 상처를 외면하며 담담하게 대꾸했다.

"조심히 씻겨 줘. 물 안 들어가게."

그가 뻔뻔하게 되받아쳤다.

"선배!"

계속되는 억지에 찌릿, 노려보자 오히려 그가 더 인상을 찌푸렸다.

"내 발이 누구 때문에 이렇게 됐는데?"

"지금 나 때문이라는 거예요?"

"아니라고 생각해?"

한순간에 죄인 취급을 받는 게 희수는 억울해졌다. 그와 동시에 가슴 귀퉁이에 조금 남아 있었던 미안한 마음도 깨끗하게 증발해 버렸다.

"나는 분명히 신발 안 받겠다고 했었어요."

"그래, 그랬지."

그는 가볍게 어깨를 으쓱해 보였다.

"그런데 결과적으로 너는 내 신발을 신었고. 때문에 나는 발을 다쳤어."

"……."

"정말로 네 탓은 눈곱만큼도 없다고 말할 수 있어?"

보통 언어에 있어서만큼은 남자보다 여자가 강하다던데. 어떻게 된 게 이 남자는 말싸움에서 단 한 번도 지는 법이 없는 건지. 너무나도 얄밉지만 반박할 말은 딱히 없었다. 희수는 분해 죽겠다는 얼굴로 입을 꾹 다물었다. 한동안 동생 수발을 들었는데, 이번엔 이 남자의 수발까지 들게 생겼다. 이 세상에 뭘 해도 안 되는 팔자라는 게 존재한다면, 그건 아마도 제 팔자가 아닐까. 결국 그녀는 그의 손에 이끌려 욕실로 향해야만 했다.

욕실은 제 방보다도 훨씬 크고 고급스러웠지만 느긋하게 구경하며 감탄을 내뱉을 상황은 아니었다. 그가 거침없이 옷을 벗어 나간 탓이었다. 눈 깜짝할 새에 그는 실오라기 하나 걸치지 않은 알몸이 되었다. 떡 벌어진 역삼각형의 어깨. 움직일 때마다 솟았다 사라지기를 반복하는 탄탄한 등 근육. 잘 올라붙은 엉덩이. 그 아래로 떨어지는 기다란 다리. 그의 몸은 마치 잘 다듬어진 조각상 같았다. 저도 모르게 넋 놓고 그를 감상하고 있을 때였다. 별안간 그가 몸을 획 돌렸다. 흉포하게 고개를 든 그의 중심이 그녀의 시야에 적나라하게 들어왔다. 헉! 희수는 재빠르게 고개를 획 돌렸다. 그의 웃음소리가 들려왔다.

"뭘 부끄러워해. 한두 번 본 것도 아니면서."

그러게 말이다. 한두 번 보는 것도 아닌데 볼 때마다 이렇게 민망한 건 왤까. 본디 인간은 적응하는 동물이라지만, 이것만큼은 아무리 봐도 적응되지 않을 것 같았다. 열이 오르는 얼굴을 식히려는데, 그가 코앞으로 바짝 다가왔다. 희수는 깜짝 놀라서 주춤 뒷걸음질을 쳤다.

"안 벗고 뭐 해?"

"선배 씻는 거 돕고 나서 나중에 씻으려고요."
"번거롭게 뭐 하러 그래? 같이 씻으면 되는데."
그가 그녀의 손목을 덥석 잡고는 걸음을 옮기기 시작했다.
"뭐 하는 거예요? 놔줘요!"
위험을 감지하고 필사적으로 바동거렸지만 그는 끄떡도 하지 않았다. 결국 희수는 그와 함께 샤워기 아래에 나란히 서야만 했다. 한쪽 손으로 그녀의 허리를 휘감아 도망갈 수 없게 만든 그가 다른 손으로 샤워기의 버튼을 꾹 눌렀다. 솨아아, 하는 소리와 함께 머리 위에서 물이 쏟아졌다.
"앗, 차거!"
몸이 팝콘처럼 튕겨 올랐다. 하지만 그는 끝까지 놓아주지 않았다. 순식간에 머리끝부터 발끝까지, 온몸이 젖어 들어갔다. 결국 냉수를 쏟아 내던 샤워기에서 온수가 펑펑 쏟아질 때까지 희수는 그의 품에 안긴 채 오들오들 떨어야만 했다.
"온도 괜찮아? 뜨거우면 얘기해."
답지 않은 다정한 음색이었다. 설마 이제 와서 저를 배려라도 해주겠다는 걸까. 기가 막혀 희수는 도끼눈을 떴다.
"장난이 너무 심한 거 아니에요? 속옷까지 완전히 다 젖었잖아요."
"바로 드라이 맡기면 돼. 내일 아침에 돌려받을 수 있게 해 줄게."
"발은요? 물 들어가면 안 된다면서요."
"괜찮아. 고작 물 조금 들어갔다고 설마 죽기야 하겠어."
뻔뻔한 대꾸에 희수는 하, 숨을 크게 내뱉었다. 그래. 누구를 탓하겠는가. 그는 분명 처음부터 이럴 작정이었을 텐데. 얄팍한 수에 속아 넘어간 제가 바보였다. 아니, 진작 알았다고 한들 결국엔 이 꼴을 면할 순 없었을 테다. 체념한 채 물줄기를 맞고 있는 그녀의 원피스를, 그가 마치 인형 옷 벗기듯 훌러덩 벗겼다. 속옷도 잊지 않고 차례차례 벗겨 냈다. 기어코 자신과 같은 처지를 만든 후에야 그는 만족스럽다는 듯 씩 웃었다.

"옛말에 옷이 날개라던데. 잘못된 것 같아. 아무것도 안 입은 게 훨씬 더 예쁜데 말이야."

노골적인 시선이 그녀의 몸을 쓱 훑어 내려갔다. 그저 시선이 닿았을 뿐인데, 마치 진득한 애무를 받는 것처럼 온몸이 화끈거렸다.

"그것참, 우연이네요."

희수는 양팔로 제 가슴께를 가리며 반항적인 시선으로 그를 바라보았다.

"저도 옛말 중에 잘못된 것 같은 말 하나 떠올리고 있었는데."

"뭔데?"

"웃는 얼굴에 침 못 뱉는다는 말이요."

불통 내뱉는 말에도 그는 오히려 하하, 더 크게 웃었다. 시원한 웃음소리가 꽉 막힌 욕실을 울렸다. 커다란 손이 물에 젖은 앞머리를 가볍게 쓸어 올리자 사방으로 물방울이 튀었다. 그 모습이 마치 슬로모션을 건 것처럼 그녀의 시야에 느릿하게 들어왔다.

넘어간 앞머리 덕분에 드러난 매끈한 이마와 짙은 눈썹, 그 아래 위치한 깊은 눈매까지. 이 와중에도 쓸데없이 잘생긴 남자를 뭔가에 홀린 것처럼 저도 모르게 멍하니 바라보던 희수는, 뒤늦게 정신을 차리고 고개를 절레절레 내저었다. 미쳤어, 진짜. 뭘 넋을 놓고 보고 있는 거야. 얼굴로 열이 급격하게 쏠렸다. 그에게 들키지 않으려 희수는 몸을 반대편으로 틀었다.

얼른 씻고 나가야지. 결심한 희수가 샤워 타월을 향해 손을 뻗는 순간이었다. 그가 뒤에서 불쑥 그녀의 등을 끌어안았다. 탄탄한 살결이 그녀의 등허리를 지그시 압박해 왔다. 그리고 그 아래로 닿는 건…… 눈앞에 선명하게 떠오르는 장면에 희수는 두 눈을 질끈 감았다.

"지, 지금 뭐 하는 거예요?"

"유혹."

귓가에서 흩어지는 탁한 음성에 등줄기를 타고 소름이 쫙 돋아났다. 귓가를 부드럽게 스친 그의 입술이 목덜미에 닿았다. 따뜻한 물줄기 아래에서도 선명하게 느껴지는 온기가 온몸으로 느릿하게 퍼져나갔다.

"읏."

몸에 힘이 절로 들어갔다.

"여기서는……."

희수는 제 등에 밀착해 있는 그의 몸을 밀어내려고 했지만, 그는 꼼짝도 하지 않았다.

"할 거야. 여기서."

"선배……."

"쉬이."

그가 조용히 하라는 듯 그녀의 도톰한 귓불을 살짝 깨물었다.

"집중해."

더운 손이 그녀의 곳곳을 진득하게 훑기 시작했다. 보드라운 피부 위를 리드미컬하게 움직이는 손놀림에 다리가 풀리고 아랫배가 저릿해져 왔다.

"여기지?"

손끝이 예민한 부분을 집요하게 파고들었다.

"네가 환장하는 곳."

"아흣……."

"흠뻑 젖었어. 여기까진 물이 닿지도 않았을 텐데."

"하앗. 제발 그, 그만……."

울음 같은 신음이 물소리에 섞여 들었다. 뜨겁게 달아오른 피부 위로 떨어지는 물이 더는 따뜻하게 느껴지지 않았다. 쉴 틈 없는 집요한 희롱에 온몸에서 힘이 빠져나갔다. 노곤하게 풀어진 몸은 하릴없이 그의 품으로 깊숙이 안겨들었다. 그는 제 품에 안긴 여체를 얼마쯤 더 희롱하다가 그녀가 양팔로 벽을 짚게 했다.

"들어간다."

짤막한 경고와 함께 이 순간만을 기다렸다는 듯 성마르게 안으로 들어왔다.

"……하웃!"

갑작스럽게 몸을 가르는 묵직함에 희수는 고개를 쳐들었다. 흐릿하게 멀어지는 시야. 그 너머로 수증기가 서린 거울이 보였다. 거울 속의 여자는 낯설었다. 짙은 쾌락에 젖어 울부짖고 있었다. 이러면 안 돼. 선을 지켜야지. 내 상황을, 눈앞의 현실을 외면하지 말아야지……. 수없이 되뇌어 봐도 그의 품에 안길 때면, 저도 모르게 모든 걸 다 잊은 채 본능만을 좇게 되는 것이었다. 거침없이 점점 더 깊게 치닫는 그를 속절없이 받아들이며, 그녀는 두 눈을 질끈 감았다.

✻

손바닥에 착 감겨드는 보드라운 살결. 기분 좋은 온기. 달큰한 향기……. 가녀린 몸을 꼬옥 끌어안은 채, 아직 남아 있는 아쉬움을 집요한 후희로 달래는 그의 손길을 그녀가 힘없이 쳐냈다.

"제발 그만 좀 해요. 나 정말로 힘들어요……."

"그냥 만지기만 할게."

"안 돼요. 그러다 멋대로 또 시작할 거잖아요."

그녀는 단호하게 거절 의사를 밝혔다. 석현은 반박하지 못하고 슬그머니 손에서 힘을 뺐다. 나이 든 양치기 소년의 말로였다.

"손끝 하나 안 건드릴게. 이대로 안고만 있을게. 이 정도는 괜찮지?"

"……."

대꾸하기도 귀찮은 건지 돌아오는 대답이 없었다. 그래도 거절은 아닌 게 어딘가. 석현은 만족스럽게 웃으며 제 품 안에 갇힌 여체를 조금 더 바짝 끌어안았다.

"참, 선물 하나 더 있는데."

"목걸이도 넘쳐요."

"걱정 마. 물질적인 건 아니니까."

"그럼요?"

"나 1월부터 회사 출근해."

얌전히 안겨 있던 그녀가 고개를 살짝 돌려 그를 바라보았다.

"……그게 왜 선물이에요?"

"커피숍에서 이제 나랑 마주칠 일 없다고. 네가 원하는 거 아니었어?"

"아, 그게 그렇게 되는구나."

뒤늦게 알아들었다는 듯 낮게 중얼거리며 그녀는 고개를 바로 했다.

"너무 쉽게 수긍하는 거 아니야?"

석현은 눈썹을 씰룩였다. 먼저 말을 꺼낸 건 본인이었지만, 그래도 부정 않는 그녀의 덤덤한 반응이 괘씸하게 느껴지는 건 어쩔 수 없다.

"잊지 마. 딴 놈이랑 붙어먹는 건 금지야."

그는 경고하듯 그녀의 어깨를 가볍게 깨물었다. 아, 그녀의 몸이 작게 떨렸다.

"스파이 통해서 낱낱이 보고받을 거니까, 나 없다고 풀어질 생각 마."

"스파이요?"

"은성이."

"은성이는 나랑 더 친한데?"

"그래서 둘이서 짜고 날 속여 먹겠다는 거야?"

그가 발끈하자 그녀는 누가 그렇대요, 하며 엷게 웃었다.

"주문받을 때, 계산할 때, 커피 내줄 때. 웃어 주지도 마. 멍청한 놈들은 오해한다고."

"장사하면서 어떻게 안 웃어요?"

"장사 안 해도 돼."

"순 억지……."

피이, 그녀의 입에서 바람이 빠져나왔다.

"농담 아니야. 마이너스 돼도 네 탓할 일 없으니까, 절대 웃지 마. 알겠어?"

"……."

"알겠냐고."

"……."

"왜 대답을 안 해?"

그가 대답을 강요하기 위해 몸을 돌려세우려 할 때였다. 문득 그의 귓가로 새근새근 규칙적인 숨소리가 들려왔다.

"……자는 거야?"

대답 대신 귓속을 파고드는 규칙적인 숨소리. 석현은 허탈하다는 듯 허, 웃음을 흘렸다.

"체력이 이렇게 약해서야……."

눈치를 봐서 한 번 더 들이대려고 했는데. 오늘은 정말 안 될 모양이다. 정말이지 보약이라도 한 제 지어 먹이든가 해야지. 아쉬운 마음에 입맛을 쩝 다시며 주위를 둘러보는데, 그의 시야에 벽면에 걸린 시계가 들어왔다. 이제 막 기다란 분침이 자리를 옮겨 짧은 초침과 겹쳐지는 게 보였다. 자정이었다. 그리고 크리스마스의 시작이었다.

"크리스마스라……."

지금까지 그에게 크리스마스란, 일면식조차 없는 누군가의 생일일 뿐이었다. 7년 전 열심히 세워 둔 계획이 쓰레기통에 처박힌 이후로는 그마저도 아닌, 악몽을 떠올리게 하는 날이 되었다. 그런데 오늘, 그 의미가 완전히 바뀌었다.

……그래도 되는 날.

이제 크리스마스는 그에게 '그래도 되는 날'이었다. 발바닥에 유리가 박히고, 세워 둔 계획이 엉망이 되어도. 서희수의 웃음 한 번이면 모든 게 괜찮아지는…… 그런 이상한 날. 피식, 옅게 웃은 그는 그녀의 뽀얀 목덜미에 깊게 키스하며 눈꺼풀을 내리깔았다.

"메리 크리스마스. 서희수."

가슴까지 따뜻해지는 밤이 깊어 가고 있었다.

# 17. 폭풍전야

"매니저님, 새해 복 많이 받으세요."

"감사해요. 원장님도 새해 복 많이 받으세요."

중년의 나이에는 잘 하지 않는 긴 빠글머리를 대충 묶어 올린 김 원장은, 동네에서 조그마한 미용실을 운영하고 있었다. 그녀는 커피믹스를 즐겼지만, 가끔 대접해야 할 손님이나 지인이 찾아올 때면 이렇게 커피를 사러 오곤 했다. 오늘은 입맛이 까다로운 손님이 둘이나 한꺼번에 들이닥쳤다고 했다. 그들의 입맛에 맞춰 카페라테 한 잔과 아메리카노 한 잔을 테이크아웃해서 나가는 김

원장을 끝으로, 가게는 다시금 조용해졌다.

언제는 안 그랬냐마는, 오늘따라 유독 더 조용하긴 했다. 뭐 할 일이 없나. 희수는 가게를 한번 크게 둘러보았다. 종일 어찌나 쓸고 닦았는지 가게 안은 마치 리모델링한 것처럼 광이 다 났다. 커피를 내린 시간보다 청소에 쓴 시간이 두 배는 더 많았을 정도였다.

"진짜 이러다가 가게 망하는 거 아닌가 몰라."

"뭘 걱정해요?"

한숨을 푹 내쉬는데, 마침 화장실을 나오고 있던 은성이 불쑥 대꾸했다.

"정작 사장님은 가게 망해도 상관없다는데."

"그게 진심이겠어? 그냥 하는 말이지."

"글쎄요. 그냥 하는 말은 절대 아닌 것 같던데요? 저 조금 전에도 사장님 문자 받았어요."

"무슨 문자?"

은성은 자신의 휴대폰을 꺼내 몇 번 조작하더니 액정이 보이도록 휴대폰을 그녀에게 들이밀었다.

"오늘도 누나, 정말로 남자한테 안 웃어 줬냐고요."

그녀가 메시지 내용을 제대로 확인하려 손을 뻗자 은성이 잽싸게 도로 가져갔다. 짧게 스쳐 지나가서 제대로 보지는 못했지만 메시지를 주고받은 상대방은 그 남자가 맞았고, 내용 또한 은성의 말이 맞는 것 같았다.

정말 이런 대화를 하고 있었단 말이야? 허, 희수는 기가 막힌다는 듯 숨을 뱉어 냈다.

12월의 마지막 날. 송년회 겸 가진 회식 자리에서 석현은 공식적으로 알렸었다. 개인 사정으로 1월부터 커피숍으론 출근하지 않을 예정이라고. 어차피 본인은 한 일이 별로 없었으니 빠진다고 해도 별로 달라질 건 없을 거라고도 했다. 거기까진 좋았다. 하지만 그는 가장 중요한 할 말이 하나 남았다며, 갑작스러운 소식에 놀라 멍하니 눈만 껌뻑이고 있는 은성을 향해 기어코 한마디를 더 덧붙였다.

'젊은 남자. 아니, 그냥 모든 남자 손님한테 웃어 주면 바로 나한테 보고해. 보고 하나당 보너스 꼬박꼬박 챙겨 줄 테니까, 투철한 신고 정신을 보여 주길 바라. 알겠지?'

언젠가 그녀에게도 했던 말이었다. 크리스마스 선물이랍시고 했던 말. 그때까지만 해도 정말로 그냥 하는 말인 줄 알았는데…….
"너, 괜히 쓸데없는 소리 한 거 아니지?"
"에이, 누나, 같이 일한 세월이 얼만데 아직도 나를 그렇게 몰라요? 저 의리남, 차은성이라구요."
"그래?"
"그럼요!"
자신감 넘치는 은성의 대답에 희수의 눈이 가늘어졌다.
"그런데 가게에 출근도 하지 않는 사장님께서 CCTV로도 절대 모를 일들까지, 어떻게 다 알고 계시는 걸까?"
"……그게요."
아차, 싶은 얼굴로 그녀를 바라보던 은성은 이내 혀를 살짝 빼내고는 헤헤, 웃었다.

"저도 참 그게 곤란해요. 사장님하고도 정이 꽤 들어 버려서 말이죠."

하긴. 두 남자는 쓸데없는 부분에서 죽이 척척 맞긴 했었다. 대개 그녀의 속을 뒤집는 일들이었다. 그가 한 두세 달만 더 가게로 출근을 했더라면, 은성은 정말로 그녀가 손님에게 웃어 줄 때마다 꼬박꼬박 그에게 보고를 하지 않았을까.

"그나저나. 사장님은 잘 지내고 계세요?"

지은 죄 때문인지 카운터로 바로 오지는 못하겠던지, 빈 테이블에 엉덩이를 슬쩍 붙이며 은성이 말을 돌렸다.

"그걸 왜 나한테 물어봐? 보니까 매일 연락하는 것 같은데."

"일방적으로 정보만 전달하고 있어서, 사장님이 어떻게 지내시는지는 잘 몰라요."

이젠 아주 스파이 노릇을 하는 걸 당당하게 얘기한다. 희수는 기가 막힌다는 듯 헛웃음을 흘렸다.

"잘 지내겠지. 나도 잘 몰라."

"누나가 모르면 누가 알아요?"

은성은 그와 그녀가 연인 사이라고 철석같이 믿고 있었다.

"궁금하면 직접 물어봐. 내 얘기는 이제 그만 좀 전달하고."

희수는 흥, 새침하게 콧방귀를 뀌고는 창고로 향했다. 창고 안 역시 오전에 청소를 한바탕 한 덕분에 먼지 하나 없이 깨끗했다. 잘 정리된 선반 위의 물건들을 괜스레 하나둘 건드리던 희수는 이내 엎어 놓은 상자 위로 털썩 주저앉았다.

1월에 접어든 지도 벌써 일주일이 지나고 있었다. 그의 얼굴을 마지막으로 봤던 것도 일주일 전이었다. 하루에 한두 번 정도 전화가 꼬박꼬박 오고는 있었다. 내용은 별것 없었다. 뭐 해? 일해요. 밥은 먹었어? 먹었어요. 뭐 먹었는데? 도시락이요. 더 좋은 거 먹지. 늘 먹는 건데요, 뭐. 그래, 나중에 또 전화할게. 알았어요. 그는 별 시답잖은 질문을 건넸고, 그녀는 별 의미 없는 대답을 꼬박꼬박했다. 그렇게 몇 마디 반복하다 보면 그가 다음을 기약하며 전화를 끊는 패턴이었다.

그는 바쁜 것 같았다. 목소리가 늘 지쳐 있었다. 그러는 본인은 제때 밥을 챙겨 먹는 건지. 회사 일은 할 만한지. 목소리가 피곤해 보이던데 잠은 잘 자는지. 궁금한 게 많았지만 입을 뗄 수가 없었다. 하나둘 질문하다 보면 결국 저도 모르게 이 말마저 꺼내게 될 것 같아서였다. 언제쯤 부를 거예요…….

피식, 희수는 헛웃음을 흘렸다. 호강에 겨워서 요강에 똥 싼다더니. 제가 딱 그 짝이었다. 그가 부르지 않는 건, 그래서 제 시간을 마음껏 쓸 수 있는 건. 자신의 입장에서는 더없이 좋은 일이건만. 이게 다 시간이 많아서였다. 커피숍 일은 수월하고. 잠도 잘 자고. 빚은 언제 갚나, 걱정도 할 필요 없고……. 늘 1분 1초가 아쉬운 하루를 보냈었는데, 갑자기 너무 여유로워져 버려서 자꾸만 쓸데없는 생각만 하게 되는 것이다. 희수는 머릿속에 떠도는 생각을 떨쳐 내려는 듯 고개를 크게 내저었다. 그러곤 자리에서 벌떡 일어나며 크게 외쳤다.

"아! 갑자기 단체 손님이나 몰려왔으면 좋겠다!"

은성이 들으면 뒷목 잡을 소리였다.

널따란 정원을 가로지르는 석현의 표정이 더없이 어두웠다.

'집으로 한번 와라. 한국에 들어온 지도 꽤 됐는데 가족끼리 식
사 한번은 해야지.'

첫 출근 날. 최 회장이 그에게 한 말이었다.

당연히 윤희의 뜻이라고만 생각했다. 제 얼굴을 보기 위해 부친
에게 입김을 넣은 거라고. 하지만 오늘, 최 회장은 기어코 그를 호
출까지 해서 같은 얘기를 했다. 오늘은 시간 내. 명령이었다. 아무
래도 최 회장은 뒤늦게 가족의 결속을 원하게 된 모양이었다. 이
제 와서 식사 몇 끼를 같이한들, 평생을 섞이지 못한 구성원들이
하루아침에 '가족'이라는 이름으로 묶일 리가 없는데도 말이다.

"나이를 먹으면 쓸데없는 욕심이 생기는 건지."

쯧, 낮게 혀를 찬 그는 현관문을 열었다. 훅 끼치는 훈기와 함께
공기 중에 그득한 음식 냄새가 후각을 자극했다. 한 번 본 적 있
는 얼굴이 그를 반갑게 맞았다. 여자는 그를 주방으로 곧장 안내
했다. 최 회장과 윤희, 그리고 치원까지. 이미 세 사람은 음식이 가
득 차려진 널따란 식탁 앞에 자리하고 있었다.

"늦어서 죄송합니다."

고개를 꾸벅 숙이자 최 회장이 대답했다.

"우리도 이제 막 들려던 참이었다."

"어서 와. 배고프지? 얼른 앉으렴."

윤희가 활짝 웃으며 빈자리를 가리켰다. 그의 자리는 치원의 바
로 옆자리였다. 치원은 그가 오든가 말든가, 이쪽으로는 시선 한

번 주지 않고 식사를 이어 가고 있었다. 그가 자리에 앉자 도우미가 기다렸다는 듯 김이 폴폴 나는 밥과 국을 가져왔다.

"석현이까지 오니까 식탁이 가득 차는 느낌이네요."

윤희가 밥상 앞에 앉은 석현을 보며 뿌듯한 얼굴로 말했다. 최 회장 역시 동의한다는 듯 고개를 끄덕였다.

"둘 다 바쁜 건 알지만, 한 달에 한 번 정도는 시간 내도록 해. 앞으론 이렇게 가족이 다 같이 식사하는 시간을 주기적으로 갖자고. 이제 식구라 해도 넷밖에 없는데."

역시. 최 회장이 심경 변화를 맞은 게 맞았던 모양이다. 노인네, 욕심도 많지. 석현이 속으로 헛웃음을 흘렸을 때였다. 옆에서 달그락거리던 수저 소리가 뚝 멈췄다.

"욕심이 과하시네요."

그의 속마음과 똑같은 말이 치원의 입에서 툭 튀어나왔다.

"한 번이라고 생각해서 꾹 참고 자리 지키는 중입니다. 그런데 저더러 이 짓거리를 한 달에 한 번씩이나 하라고요?"

싸늘하게 굳은 얼굴로 치원은 코웃음을 쳤다.

"앞으로는 저까지 굳이 안 끼워 주셔도 됩니다. 세 식구끼리 오붓한 식사 즐기도록 하세요. 아, 혹시 제가 지금도 눈치 없이 껴 있는 겁니까? 자리 피해 드릴까요?"

치원이 자리에서 벌떡 일어났다. 그와 동시에 최 회장이 눈 하나 깜빡하지 않고 낮은 음성을 뱉어 냈다.

"까불지 말고 앉아라."

고저 없는 음성이었지만, 듣는 이를 흠칫하게 만드는 힘이 있었다. 사실 그간은 오 여사가 워낙 독보적이라 상대적으로 묻혔던 것뿐. 모친의 피를 그대로 이어받은 최 회장 역시 보통 성격은 아니었다. 특히나 치원은 최 회장에게 약했다. 조모의 모든 애정을 독차지하며 자란 만큼, 제게 엄하게 구는 아버지를 못 견뎌 했다.

"그래, 치원아, 얼른 앉아."

기세가 확 꺾여 주춤하는 치원을 향해 윤희가 한껏 다정한 미소를 지어 보였다.

"세 가족이라니. 너는 무슨 그런 섭섭한 소릴 하니. 차라리 내가 빠졌으면 빠졌지. 너는 이 집의 장남인데."

웃음도 나지 않을 정도로 눈에 뻔히 보이는 가식이었다. 이건 뭐, 완전히 놀리겠다는 거나 마찬가지가 아닌가. 모친의 연기에 친아들인 석현마저 이토록 기가 막히는데, 치원이 그걸 못 느꼈을 리가 없었다.

"여사님은 비위도 참 좋으시네요."

역시나. 치원은 표정까지 완벽하게 '아량 넓은 새어머니' 연기를 하는 윤희를 보며 가증스럽다는 듯 비릿하게 입매를 틀어 올렸다.

"하긴. 그게 그쪽 출신의 유일한 장점이었던가."

탁! 말이 끝나기가 무섭게 숟가락이 식탁에 깔린 유리를 때리는 소리가 매섭게 허공을 갈랐다.

"보자 보자 하니까 이놈이……!"

숟가락을 집어 던지듯 내려놓은 최 회장의 얼굴이 험악하게 일그러졌다.

"여보, 됐어요."

당장이라도 자리를 박차고 일어날 듯이 들썩이는 최 회장의 어깨를, 윤희가 가볍게 붙들었다.

"모처럼 다들 모였는데, 괜히 언성 높이지 말아요. 애들 밥 먹다 체해요."

면전에서 대놓고 모욕적인 말을 들었음에도 윤희는 눈 하나 깜빡하지 않았다. 하긴. 오 여사에 비하면 치원은 눈도 제대로 뜨지 못한 새끼 고양이일 뿐이었다. 앙앙거리는 바늘 이빨이 위협적이게 보일 리 없었다. 오 여사의 앞에선 윤희가 일방적으로 당했었지만, 치원에겐 보란 듯이 갚아 주고 있었다. 아니, 오히려 치원이 더 윤희에게 말리고 있다고 봐도 무방했다.

"뭐, 이런 소리 듣는 게 한두 번도 아니고."

낮게 덧붙이는 윤희의 말엔 아주 커다란 뼈가 박혀 있었다. 치원이 눈을 부릅떴으나, 최 회장의 강렬한 눈빛에 결국 깨갱 꼬리를 내릴 수밖에 없었다. 최 회장은 그런 치원을 보며 못마땅하다는 듯 쯧, 혀를 크게 차고는 말했다.

"앉아라."

이 집에서 먹이 사슬의 끝판왕은 윤희였던 것이다.

결국 부친의 명을 거절할 수 없었던 치원은 털썩, 거칠게 도로 자리에 앉았고. 윤희는 마치 아무 일 없었다는 듯 온화한 얼굴로 식탁 위에 나뒹구는 최 회장의 숟가락을 챙겨 주었다. 그리고 석현은, 아마도 하루 이틀 일은 아니었을 이 장면을 마치 브라운관에서 흘러나오는 막장 드라마를 보듯 무심하게 방관하며 식사를 이어 가고 있었다. 물론 마음에 드는 식사는 결코 아니었다. 그의 취향에 맞춰 알맞게 구워졌을 최고급 한우는 고무줄처럼 질기게 느껴졌고, 윤기가 넘치는 밥알은 모래알처럼 입 안에서 한없이 버석거려 댔다.

"참."

고요한 식사 자리가 이어지고 있을 때였다. 문득 생각났다는 듯 윤희가 운을 뗐다.

"이번에 와인 좋은 거 선물 들어왔는데. 내오라고 할까요?"

분명 우아하게 와인이나 나눠 마실 분위기는 아니었으나, 그 누구도 반박하는 이는 없었다. 물론 좋아서가 아닌 그저 입을 떼는 게 싫어서일 뿐이었다. 윤희가 주방 한쪽에 서 있는 여자를 향해 눈짓하자, 여자는 금방 와인과 와인 잔을 가져왔다. 최 회장, 윤희, 그리고 치원까지. 차례대로 빈 잔이 채워졌다. 마지막 차례인 석현의 앞에 잔이 놓였다.

"전 됐습니다."

와인을 따르려던 여자의 손이 허공에서 멈칫했다.

"아, 맞아. 우리 아들 와인 별로 안 좋아하지, 참."

윤희는 유독 와인 냉장고를 불만스럽게 바라보던 아들의 모습이 뒤늦게 생각났다는 듯 눈을 깜빡였다.

"아줌마, 위스키로 가져와요."

"아뇨. 됐습니다."

이어지는 석현의 말에 여자는 이러지도 저러지도 못하고 멈춰 서서 두 사람을 바라보았다. 석현은 그런 여자를 향해 가 보라는 듯 손을 내저었다.

"다시 회사 들어가 봐야 해요."

"이 시간에?"

"네."

"출근한 지 얼마나 됐다고 벌써부터 그렇게 무리를 해. 쉬엄쉬

엄하지."

윤희가 안쓰럽다는 듯 아들을 바라보는데, 치원이 콧방귀를 뀌며 혼잣말을 했다.

"원래 일 못 하는 것들이 일하는 티는 오지게 내요. 업무 시간에 다 못하고 야근까지 하는 게 뭐 그리 자랑이라고."

혼잣말이라고 하기엔 지나치게 또렷하게 들리는 음성이었다. 이번엔 내내 여유를 유지하고 있던 윤희의 얼굴에도 살짝 동요가 일었다. 다시금 싸늘해지는 공기. 아내의 눈치를 슬쩍 본 최 회장이 운을 뗐다.

"뭐든 열심히 하면 좋은 거지. 초반에 잘 다져 둬야 나중 가서 쉽게 무너지지 않는 법이야."

명백한 지원 사격이었다. 이번엔 치원의 얼굴이 일그러졌다. 그러거나 말거나. 최 회장은 와인을 한 모금 마신 후, 석현을 향해 물었다.

"그래, 태광에 며칠 출근해 본 소감은 어때. 할 만하더냐?"

"네."

성의라고는 조금도 찾아볼 수 없는 답변이었지만, 최 회장은 전혀 개의치 않는 얼굴로 말을 이었다.

"실무진들 분위기를 아는 것과 모르는 것은, 나중에 운영할 때 천지 차이야. 그러니 일단은 그 위치에서 회사 돌아가는 분위기부터 제대로 익혀 놔. 쓸 만한 인재도 잘 찾아보고. 적당한 시기에 적당한 자리로 발령 내 줄 테니."

최 회장의 진심 어린 충고에 대한 대답은 석현이 아니라 치원의 입에서 나왔다.

"적당한 자리요? 지금 거기보다 저 녀석한테 더 적당한 자리가 어디 있다고요?"

"네 말뜻은, 평사원이 둘째한테 적당한 자리라는 말이더냐?"

"당연하죠. 태광에 대해서 저 녀석이 뭘 안다고 들어오자마자 중요 직을 맡겨요?"

흘긋, 석현을 향하는 치원의 눈에서 불길이 화르륵 일었다.

"아버지가 잘 모르시나 본데요. 요샌 아무리 오너 일가라고 해도 새파랗게 젊은 놈이 낙하산 메고 떨어지면 바로 뉴스에 나와요. 불공정한 차별이라고."

치원은 침까지 튀겨 가며 격하게 열변을 토했지만, 정작 듣는 최 회장은 시종일관 무덤덤한 표정을 유지하고 있을 뿐이었다.

"그런 사회적인 분위기는 10년 전에도 마찬가지였지."

"갑자기 10년 전 얘기가 왜 나와요?"

전혀 모르겠다는 듯 되묻는 치원을 보며 최 회장은 숱 많은 눈썹을 높게 추켜세웠다.

"정녕 기억이 안 나는 게야? 네가 지금 둘째보다 더 새파랗게 어렸을 때, 임원 달고 들어와서 회사가 한바탕 난리 났던 거!"

대학 졸업 후 정신을 못 차리고 실컷 놀던 치원은, 스물일곱이 되던 해에 태광에 입사했다. 그때, 최 회장은 치원이 밑바닥부터 차근차근 시작하길 원했었다. 하지만 치원은 부친의 뜻을 받아들일 수가 없었다. 주변 친구들은 전부 한자리를 차지하고 있는 상황에서 자신만 평사원부터 시작하기는, 자존심이 상해 죽어도 싫었던 것이다. 믿는 구석인 오 여사를 졸랐고, 결국 원하던 대로 입사와 동시에 직책 하나를 맡게 됐다. 물론 기쁨은 오래가지 않앉다. 출근한 지 고작 보름 만에 제겐 버거운 자리였음을 실감할 수 있었다. 뒤늦게 후회했지만 이미 엎질러진 물이었다. '낙하산 새끼'라는 앞담화 같은 뒷담화에서 겨우 벗어난 건, 입사한 지 3년이 훌쩍 넘어갈 무렵이었다.

"그건······."

그때 저만큼 직원들에게 욕을 먹은 게, 부친인 최 회장이었다. 치원은 차마 반박하지 못하고 입을 꾹 다물었다. 제 인생에서 가장 흑역사였던 시간이었기에 평생 묻어 두려고 했는데, 이렇게 무방비 상태로 소환을 당하자 못내 당혹스러웠다. 하필이면 가장 꼴 보기 싫은 녀석 앞이라 더욱더 그랬다. 괜스레 별생각 없는 석현을 노려보며, 아랫입술만 잘근잘근 씹던 치원은 이내 뭔가가 떠올랐다는 얼굴로 발끈하며 소리쳤다.

"그래도 그렇죠! 이 녀석이랑 제가 같아요?"

나는 본처의 자식이고, 녀석은 첩의 자식인데!

지금처럼 불리한 상황이면 여지없이 나오는 지겨운 레퍼토리였다. 그럴 수밖에 없었다. 외모도, 학벌도, 뭣도 석현에게 상대가 되지 않는 치원이 꺼낼 수 있는 무기는 핏줄, 단 하나밖에 없었으니까.

"암, 다르고말고."

최 회장의 긍정에 얼굴이 풀어지는 것도 잠시. 이어지는 말에 치원의 얼굴은 이루 말할 수 없을 정도로 일그러졌다.

"실무라고는 눈곱만큼도 모르는 애송이었던 너와 달리, 둘째는 미국에서 몇 년간 실무 경험을 쌓고 온 인잰데. 두 사람이 어떻게 같을 수가 있겠어."

"……."

"그래서 네가 처음 차지했던 그 자리보단 더 높은 곳을 줄 생각이다. 누가 봐도 그게 형평성에 맞을 테니까."

일순간 말문이 턱 막힌 치원의 얼굴이 새빨갛게 달아올랐다. 최회장의 말엔 반박할 여지가 조금도 없었다. 더 이상 억지를 부려 봐야 저만 우습게 될 뿐이었다. 그의 시선이 자신의 맞은편에서 조용히 미소 짓는 윤희의 시선과 마주쳤다. 입가의 미소가 더 진해지는 게 선명하게 눈에 들어왔다. 제기랄! 치원은 한층 더 일그러진 얼굴로 제 앞에 놓인 와인을 단번에 비워 냈다.

"한 잔 더!"

탁! 식탁 위에 유리 놓이는 소리와 신경질적인 치원의 음성이 한데 섞여 주방을 갈랐다.

이제 막 커피숍으로 들어오는 손님을 보고 희수는 흠칫 굳었다. 정민이었다. 어떡하지? 자리를 피해야 하나. 당황한 그녀가 망설이는 사이 어느덧 정민은 카운터 앞에 다가와 있었다. 그날 이후로 처음이었다. 마주 보고 선 두 사람의 사이에 전에 없던 어색한 기류가 흘렀다.

"오랜만이네요."

먼저 운을 뗀 건 정민이다.

"잘 지내셨죠?"

"네. 저야 뭐……."

희수는 최대한 자연스럽게 입꼬리를 말아 올렸다.

"선생님도…… 잘 지내셨죠?"

질문하는 것과 동시에 혀를 살짝 깨물었다. 사실 잘 지내냐고 묻는 것 자체가 난센스였다. 그의 마음을 뻔히 알면서. 그런 희수의 속내를 읽었는지, 정민이 부드럽게 웃으며 말했다.

"전, 솔직히 말하자면 잘 못 지냈어요."

"아……."

정말이지 솔직한 말이 아닐 수 없었다. 할 말을 잃은 희수는 입을 꾹 다물었다.

"사실 오늘은 커피 사러 온 건 아니구요. 하고 싶은 말이 있어서 왔어요."

정민은 여전히 웃는 낯으로 말을 이었다.

"원래는 퇴근 시간에 맞춰서 오려고 했는데. 그러면 더 부담스러우실 것 같아서 실례를 무릅쓰고 이 시간에 왔네요. 잠깐 시간 괜찮아요? 아주 잠깐이면 되는데……."

희수의 얼굴에 난감한 기색이 역력하게 떠올랐다. 그녀는 잠깐 동안 정민의 얼굴을 말가니 응시했다. 저를 바라보고 있는 그의 눈빛은 더없이 진지했다. 오늘만 그런 건 아니었다. 그는 처음부터 지금까지, 이렇게 진지한 눈으로 저를 바라봤다.

희수는 시선이 문득 카운터 아래에 있는 서랍을 향했다. 저 안엔 아직 포장도 뜯지 않은 립스틱이 그대로 들어 있었다. 그의 마음을 알면서 고백하지 않았다는 핑계를 대고 계속 외면해 왔다. 어쩌면 그에겐 자신의 이런 행동이 희망 고문처럼 느껴졌을지도 모른다. 그렇다면 더 이상은 피하면 안 되는 것이다. 그게 지금까지 저를 진심으로 대해 줬던 이 남자에게, 그녀가 마지막으로 보일 수 있는 예의였다.

"잠시만요."

희수는 정민에게 양해를 구하고 돌아섰다. 이상기류를 느끼고 멀찌감치서 그들을 지켜보고 있던 은성의 앞으로 다가가 앞치마를 벗었다.

"나 잠깐 나갔다 올게."

"네."

호기심 대마왕 은성이 웬일로 질문 없이 고개를 끄덕였다. 상황이 어떻게 돌아가는 건지 뻔히 눈에 보이는 모양이었다. 정민은 이미 밖에 나가 있었다. 커다란 유리창 너머로 보이는 정민의 뒷모습이 어쩐지 쓸쓸해 보였다.

희수는 길게 한숨을 내쉬며 무거운 걸음을 옮겼다. 밖으로 나오자 한겨울의 찬바람이 기다렸다는 듯 그녀의 몸을 훑고 지나갔다. 하나로 대충 묶은 머리 탓에 목덜미가 휑해서인지, 유독 더 추웠다. 외투를 걸치고 나올 걸 그랬나. 뒤늦게 후회하면서 희수는 자신의 양어깨를 끌어안았다.

"여기요."

쭈뼛쭈뼛. 정민의 앞으로 다가섰을 때였다. 그가 주머니에서 뭔가를 꺼내 그녀의 앞으로 건넸다. 핫팩이었다.

"받아요."

희수가 선뜻 받지 못하고 머뭇거리자 정민이 그녀의 손에 직접 핫팩을 쥐여 주었다.

"마음 같아선 옷을 벗어 주고 싶은데, 그럴 순 없으니까."

"……고마워요."

손바닥만 한 크기의 핫팩 하나를 손에 쥐었을 뿐인데, 확실히 몸이 따뜻해졌다. 그래서 더 마음이 무거워졌다.

"제가 매니저님 좋아하는 거, 알고 계시죠?"

"저는……."

"알고 있어요. 만나시는 분 있는 거."

희수가 힘겹게 입술을 떼는데, 그녀의 뒷말을 이미 다 안다는 듯 정민이 가볍게 웃으며 말했다.

"그래서 그냥 조용히 물러나려고 했는데, 지금 솔직하게 말 못 하면 왠지 평생 후회할 것 같더라고요."

"……."

"고마워요. 희수 씨 덕분에 2년이 즐거웠어요. 전혀 모르던 커피 맛도 알게 됐고, 사람을 좋아한다는 게 어떤 것인지도 알게 됐어요. 끝이 이래서 너무 아쉽긴 하지만……."

뒤늦은 그의 고백을 들으며, 희수는 입 안의 여린 살을 지그시 깨물었다.

사실 지금까지 살면서 고백은 열 손가락에 다 꼽을 수 없을 정도로 많이 받아 왔었다. 그런데 거절인 걸 알면서도 고맙다고 말하는 남자는, 정민이 처음이었다. 이럴 땐 제가 대체 뭐라고 반응을 해야 하는 걸까. 도무지 알 수가 없었다.

"……그런데요, 희수 씨."

조심스러운 목소리에 희수는 내리깔고 있던 시선을 느리게 들어 올렸다. 내내 웃고 있던 정민의 입가가 바르르 떨리고 있었다.

"혹시요. 아주 혹시라도요. 제가 조금만 더 빨리 제 마음을 고백

했더라면…… 지금과는 상황이 달라졌을까요?"

그리 묻는 정민의 눈빛은 너무도 간절해 보였다. 그래서 차마 마주 보고 있을 수가 없었다. 원하는 대답을 해 줄 수 없었으므로……. 아랫입술을 아프게 깨문 희수는 다시금 시선을 아래로 내리깔았다.

"……죄송해요."

정민은 아프게 웃었다.

"확실한 대답이네요."

희수는 아무 말도 하지 못했다. 물론 정민도 더 이상 할 말이 없는 건 마찬가지였다.

"……."

"……."

두 사람 사이에 흐르는 무거운 정적을 깬 건, 정민이었다.

"한동안은 커피 사러 못 올 것 같아요. 아니, 아마도 꽤 오랫동안 그럴 것 같네요. 그래도 다행인 건, 제가 실은 커피를 매일 마실 만큼 좋아하진 않는다는 거예요. 그러니까…… 혹시라도 저 때문에 미안해하진 않으셔도 돼요."

그는 끝까지 다정했다. 그래서 희수는 끝까지 죄인처럼 고개를 푹 숙이고 있을 수밖에 없었다. 뭐라고 말을 하고 싶은데, 차마 할 수가 없었다. 제가 지금 할 수 있는 말이라고는 죄송하다는 말뿐인데. 그게 그를 더 상처 입힐 거라는 걸 잘 알아서였다.

정민이 자리를 떠나고도 희수는 한동안 그 자리에서 움직일 수가 없었다. 손에 쥐고 있던 핫팩이 온기를 완전히 잃었을 때에야 희수는 느리게 고개를 들어 올렸다. 새카만 하늘이 눈에 들어왔다. 별 하나 보이지 않는 캄캄한 하늘이었다.

"하아……."

입에서 흘러나온 뿌연 입김이 공기 중으로 하릴없이 흐트러졌
다. 그가 지금 이 장면을 봤다면 드디어 끝났느냐며 좋아했을까.
아니면 다른 남자와 말을 섞었다고 분노했을까. 멍하니 하늘을 보
며 의문을 품었던 희수는, 문득 이 와중에도 자신이 그 남자를 떠
올렸다는 사실을 깨닫고는 헛웃음을 흘렸다.

"진짜 구제 불능이다, 서희수."

쓰게 자조하며 그녀는 무거운 걸음을 떼어 냈다. 불어오는 냉바
람에 가슴 귀퉁이가 시렸다.

식사 자리가 파하기도 전에 누구보다 빠르게 자리를 떠난 치원
을 제외하고, 세 사람은 거실에 앉아 티타임을 가지는 중이었다.

'밥도 제대로 안 먹었는데, 과일이라도 조금 먹고 가.'

반 공기도 채 비우지 않은 아들을 걱정스럽다는 듯 바라보는 어
머니를, 차마 무시할 수 없어 자리를 지킨 건 아니었다. 윤희의 옆
에 서서 그를 보는 최 회장의 눈빛이, 어쩐지 할 말이 더 남아 있
는 것처럼 보였기 때문이었다. 그리고 역시나. 얼른 자리를 피하고
싶은 마음에 그가 김이 폴폴 나는 뜨거운 허브티를 고작 두 번 만
에 다 비워 냈을 때, 최 회장이 운을 뗐다.

"둘째 너, 문 의원 여식이랑은 어떻게 돼 가는 거냐?"

뜬금없는 질문에 석현의 눈이 살짝 가늘어졌다. 그도 그럴 것이, 윤희가 아닌 최 회장의 입에서 나정이 나오는 건 처음이었다.

"오늘 낮에 문 의원한테서 연락이 왔었다. 조만간 라운딩 한번 나가자고."

"그게 저랑 무슨 상관입니까?"

"그치가 둘째 너랑 같이 나갔으면 싶어 하는 눈치인 것 같아서 그렇지."

"문 의원이요?"

가만히 듣고 있던 윤희가 반색했다. 아내를 향해 고개를 끄덕여 보인 최 회장은, 마치 남 일처럼 무심히 듣고 있는 석현을 바라보았다.

"진전이 좀 있는 게야?"

최 회장은 조금 기대하는 눈치였다. 하긴. 윤희뿐만 아니라 최 회장도 살갑게 구는 나정이 마음에 들었을 테다. 정계에서 강력한 파워를 지닌 나정의 집안은 말할 것도 없고. 어쩐지 솔직하게 대답을 하기가 퍽이나 죄송스럽게까지 느껴질 지경이었지만, 석현은 단호하게 말했다.

"전혀요."

"……그래?"

"네."

여지 따위 먼지 한 톨만큼도 남기지 않는 깔끔한 아들의 대답에 최 회장은 입맛을 쩝 다셨다.

"문 의원이 뭔가 오해했나 보구나."

"그런가 보네요."

들을 말은 이제 다 들은 것 같았다. 석현이 자리에서 일어나려고 했을 때였다. 최 회장의 입이 다시금 열렸다.

"기왕 말이 나와서 하는 말인데."

최 회장은 그의 눈치를 슬쩍 보며 느릿하게 운을 뗐다.

"너는 결혼 생각은 전혀 없는 게냐?"

석현이 빤히 바라보자 최 회장은 헛기침을 한번 하고는 말했다.

"아니, 여자라고는 통 관심이 없는 것 같아서. 그렇다고 남자를 좋아하는 건 아닐 테고. 혹시라도 나나 네 형 때문이면……."

답지 않게 변명하듯 말을 늘이던 최 회장은 차마 말을 끝마치지 못하고 입을 닫았다. 본처가 떠나자마자 기다렸다는 듯 다른 여자와 새살림을 차린 부친. 결혼하고 1년 만에 유책 배우자로 선정되어 이혼을 당하며 엄청난 위자료를 뜯겨야 했던 형. 가장 가까운 사람들의 결혼 생활이 엉망이었으니, 아들이 결혼에 관한 생각이 없다고 해도 할 말이 있을 리가 없었다.

"걱정하지 마세요."

그런 최 회장의 마음을 다 안다는 듯, 석현은 짐짓 부드러운 어투로 말했다.

"독신으로 평생 살아갈 생각은 없으니까요."

최 회장은 의외라는 듯 석현을 바라보았다.

"결혼 생각이 있다는 게야?"

"당장은 아니지만요."

저 좋다고 몇 년을 쫓아다니는 나정은 물론이고, 다른 여자에게 조차 관심이 없는 것 같다며 아내가 걱정할 때. 티를 내진 않았지만 그 역시 못내 걱정하고 있었는데 말이다. 최 회장이 속으로 안도의 한숨을 내쉴 때였다. 석현이 말을 덧붙였다.

"다만, 상대가 문나정이 되는 일은 없을 겁니다. 그러니 두 분 다, 괜한 기대 말고 일찌감치 포기하세요."

역시나 단호한 말이었다. 절대 나정은 아니라는.

그래도 정말로 결혼 생각은 있는 것 같아 천만다행이었다. 녀석이 남들처럼 살지 못하는 게 혹시라도 부모 때문일까. 지난 세월 동안 얼마나 노심초사했던가. 최 회장이 마음 깊이 안도하며 아내를 바라보았다. 아내 역시 자신과 같은 감정을 느낄 거라 생각했다. 하지만 아랫입술을 질끈 깨문 윤희의 얼굴엔, 어쩐지 '안도감'보다는 '불안감'이 조금 더 짙게 드리워 있었다.

"누나!"

쓰레기를 버리러 나갔던 은성이 다급하게 커피숍 안으로 들어오며 그녀를 불렀다.

"무슨 일 있어?"

"저 지금 누굴 봤게요?"

은성의 얼굴이 잔뜩 상기돼 있었다.

"누굴 봤는데. 연예인?"

"연예인보다 더 반가운 사람이요."

"그게 누군……. 아."

일순간 희수의 입이 쩍 벌어졌다. 은성의 뒤편으로 석현의 모습이 보였다. 딸랑. 풍경 소리가 유달리 크게 들린다.

"서프라이즈."

놀라 굳어 있는 희수를 보며 그가 씨익, 입꼬리를 말아 올리며 웃었다. 왁스로 단정하게 넘긴 포마드헤어와 단정하게 맨 넥타이, 그리고 롱코트 아래로 드러나는 각 잡힌 정장 바지와 반짝이는 검은 구두까지. 그는 영락없는 회사원의 모습이었다. 어쩐지 낯설게 느껴져 희수는 눈을 느리게 끔뻑였다.

"연락도 없이 어쩐 일이에요?"

"내 가겐데. 내 마음대로 와도 되는 거 아닌가?"

"그런 말이 아니라……."

"오랜만에 보는 건데, 반갑지도 않아?"

은성이 불쑥 끼어들었다.

"저는 무척이나 반갑습니다, 사장님!"

석현은 귀엽다는 듯 은성의 머리를 가볍게 흐트러트렸다.

"근데 너 왜 보고를 제대로 안 해? 일주일 동안 0건이 뭐야, 0건이."

"아, 그게……."

은성이 흘긋 희수의 눈치를 보며 작게 말했다.

"아무래도 누나랑은 매일 붙어서 같이 일을 해야 하다 보니까……."

"월급은 내가 주는데?"

"우리나라는 보통 경제 관리는 여자 쪽이 하는 편이잖아요. 결국엔 누나가 실세가 될 거라고 보는 입장이라서요."

아직 닥치지 않은 미래까지 내다보고 행동했다는 은성의 말에 그는 크게 웃음을 터뜨렸다. 유쾌한 웃음소리가 커피숍 안을 가득 울렸다. 아주 짝짜꿍이 잘 맞는 두 남자였다. 아무래도 제가 낄 자리는 없는 것 같았다. 딱히 끼고 싶지도 않지만. 둘 다 뭐라는 거야, 정말. 고개를 절레절레 내저은 희수가 그들을 등지고 돌아서려 할 때였다. 턱, 석현이 그녀의 손목을 붙들었다.

"우리가 내려올 때까지 2층은 금지야. 무슨 뜻인지 알지?"

"그럼요! 걱정하지 마세요. 무슨 소리가 들려도 안 올라갈게요. 아니다. 아예 록을 틀어 버릴까요? 헤비메탈 같은 거?"

헤비메탈 같은 소리 한다. 희수가 기가 막힌다는 듯 두 남자를 쏘아보았지만, 석현은 방긋 웃을 뿐이었다.

"좋은 생각이야."

심지어 그는 진심으로 칭찬하듯 은성의 어깨를 가볍게 토닥여 주기까지 한 뒤, 희수를 잡아끌고 2층 계단으로 향했다. 거의 끌려가듯 계단을 오르며 희수는 잡힌 손을 빼내려고 용을 썼지만, 역시나 불가능이었다. 그녀는 아쉬운 대로 반대편 손으로 그의 단단한 어깨를 퍽, 내리쳤다.

"대체 애한테 무슨 말을 하는 거예요?"

물론 그는 눈 하나 깜빡하지 않았다.

"내가 뭘."

"뉘앙스가 너무 이상했잖아요. 괜히 이상한 생각 하면 어쩌려고."

어느덧 두 사람은 2층에 도착했다. 닫혀 있는 문을 열고 들어가자 쿰쿰한 먼지 냄새가 훅 끼쳐 왔다. 고작 일주일 주인 없이 비워 뒀을 뿐인데, 심지어 꼬박꼬박 청소도 했는데, 공기 자체가 달랐다.

"이상한 생각?"

불도 켜지 않고 그가 그녀를 벽으로 밀어붙이며 은근하게 시선을 마주쳐 왔다. 먼지 냄새를 단번에 밀어낸 특유의 시원한 체향이 그녀의 코끝을 듬뿍 적셔 왔다. 희수는 저도 모르게 마른침을 삼켰다. 어둠 속에서 마주한 새카만 눈동자가 어쩐지 위험하게 느껴진 탓이었다.

"그게 무슨 생각인데?"

"……"

"이를테면, 이런 거?"

살짝 입꼬리를 말아 올리며 그가 그녀의 턱을 가볍게 들어 올렸다. 반항할 새도 없이 그가 고개를 숙였다. 그녀의 입술 위로 그의 입술이 겹쳐졌다. 열기를 머금은 살덩이가 다물려 있는 입술을 벌리며 안으로 들어왔다. 저도 모르게 마중 나간 혀를 그는 망설임 없이 휘감았다. 젖은 살덩이들이 부대끼면서 만들어 낸 야릇한 마찰음이, 맞붙은 입술 틈으로 조금씩 흘러나와 그녀의 귓바퀴를 휘감았다. 그가 조금 더 몸을 밀착해 왔다. 턱을 쥐고 있던 커다란 손이 그녀의 등허리를 부드럽게 쓸어내렸다.

"으음……"

피부에 딱 달라붙은 얇은 면 티 사이로 느껴지는 야릇한 감각에 희수의 몸이 잘게 떨렸다. 아랫배가 바짝 조여들며 희미하게 남아 있던 이성이 한순간에 증발해 버리는 것처럼 아찔한 느낌이 들었다. 뭔가에 홀리기라도 한 듯 희수가 팔을 뻗어 그의 목을 감았다. 입술이 조금 더 깊게 맞물리며, 키스가 한층 더 거칠어졌다. 그는 마치 지난 일주일간 물 한 모금 마시지 못한 사람처럼 그녀의 타액을 강하게 빨아 당겼다. 그녀의 이곳저곳을 어루만지는 커다란 손의 움직임 역시 거칠어졌다. 당장이라도 집어삼킬 듯 집요하게 맞붙어 있던 그의 입술이 떨어진 것은, 그녀가 이대로 가다간 숨이 막혀 죽을지도 모른다는 위기감을 느꼈을 때였다.

"……하아, 하아."

아쉬운 듯 떨어지는 입술 사이로, 내내 갇혀 있던 뜨거운 숨이 흩어졌다. 다리에 힘이 풀려 풀썩 꼬꾸라지려는 그녀의 몸을 그가 단단하게 받쳐 안았다. 그러곤 옆에 있는 소파 위로 그녀를 눕혔다. 벽과는 달리 폭신한 쿠션이 그녀의 등허리를 감싸 안았다. 곧장 그녀의 위로 올라타듯 다가온 그가 새하얀 목덜미에 입술을 내렸다. 할짝. 젖은 살덩이가 여린 피부를 느리게 훑어 올렸다.

"아……!"

입술이 절로 벌어지고 신음이 터져 나왔다. 찌릿한 느낌이 목덜미를 지나쳐 온몸으로 빠르게 퍼져 나갔다. 그의 손이 그녀의 치마 안으로 훅 들어왔다. 스타킹 너머로 커다란 손바닥이 뿜어내는 열기가 고스란히 느껴졌다. 차츰 위로 올라오는 손. 그리고 딱 그만큼 치맛자락이 말려 올라가기 시작했다. 마치 치마를 완전히 벗은 것처럼 휑한 느낌이 들 때에서야 희수는 뒤늦게 이성을 찾았다. 어느덧 속옷 위를 묵직하게 눌러 오는 그의 손을 재빠르게 붙들었다.

"……그, 그만."

미약한 힘은 그에게 닿지 않았다. 희수는 턱을 악다물며 있는 힘껏 그의 가슴팍을 밀어냈다.

"정신 좀 차려요, 제발……!"

그제야 맞닿아 있던 몸이 떨어졌다. 그가 그녀를 똑바로 바라보며 아쉽다는 듯 자신의 입술을 혀끝으로 할짝댔다. 그 모습이 지독하리만치 야하게 느껴져 희수는 차라리 두 눈을 질끈 감아 버렸다.

"걱정 마."

그가 피식, 옅은 웃음을 흘렸다.

"이런 데서 끝까지 갈 생각은 없으니까. 네가 원한다면 또 모를까."

"안 원해요, 절대로."

희수는 눈을 번쩍 뜨며 진심을 다해 대꾸했다. 그러곤 그의 품에서 벗어나기 위해 몸을 틀었다. 하지만 이내 풀썩, 자신의 위로 쓰러지는 남자의 무게에 꼼짝달싹도 할 수가 없었다.

"비켜요. 무거워요."

밀어내려고 했지만, 그는 오히려 그녀를 조금 더 바짝 끌어안을 뿐이었다.

"충전 좀 하자. 방전돼서 꺼지기 직전이야."

그리 말하며 그는 그녀의 목덜미에 깊숙이 얼굴을 파묻었다. 하아……. 목덜미에 닿는 한숨이 짙었다. 그러고 보니 일주일 만에 보는 얼굴은 조금 핼쑥해진 것 같기도 했다. 어쩐지 측은하게 느껴져 희수는 그를 밀어내는 것을 포기했다. 오갈 데 없어진 손이 그의 너른 등 위로 살포시 내려앉았다.

"일이…… 많이 힘들어요?"

그는 고개를 작게 내저었다.

"일은 할 만해. 넌 잘 모르겠지만 능력이 워낙 출중하거든."

이 와중에도 잘난 척이었다. 목구멍까지 차올랐던 측은지심이 풀썩 꺾였다. 그러나 반박할 수는 없었다. 대학에서도 교수님들의 칭찬을 한 몸에 받으며 날아다니던 사람이었다. 물론 이론과 실무는 다른 법이지만, 이 남자라면 오히려 실전에서 더 잘 해낼 게 분명했다.

"그럼요?"

"음……. 회사에 날 못 잡아먹어서 안달인 사람이 있거든."

"누군데요?"

"말하면? 대신 혼내 주기라도 하게?"

"그건 현실적으로 무리지만, 그래도 욕 정도는 같이 해 줄 수 있어요."

그의 입술 틈으로 나른한 웃음소리가 흘러나왔다.

"말만 들어도 든든하네."

잠깐 꼼지락거리던 그가 문득 고개를 살짝 들어 올리며 물었다.

"지금 몇 시야?"

희수는 고개를 틀어 벽시계를 확인했다.

"9시 10분이요."

그가 다시금 풀썩, 그녀의 목덜미에 얼굴을 파묻었다.

"5분 뒤에 깨워 주라."

"그러지 말고 편하게 자요."

"편하게 자면 못 일어날까 봐. 회사 다시 들어가 봐야 하거든."

이 시간에 다시 회사로 돌아가야 한다니. 정말로 일이 많은 모양이었다.

"딱 5분만 잘게. 5분만……."

나른한 중얼거림이 그녀의 피부로 스며들었다. 그리고 몇 초 지나지 않아 새근새근, 고른 숨소리가 들려온다.

"기절이네, 완전히."

너무도 빠른 속도에 살풋 헛웃음을 흘린 그녀는 이내 그의 등을 부드럽게 토닥여 주었다.

"그나저나 사람 때문에 받는 스트레스는 무시 못 하는데……."

저도 모르게 낮게 중얼거리던 희수는 문득 입을 다물었다. 제가 지금 그를 걱정할 처지던가. 쥐가 고양이 생각하는 것도 이보단 덜 우스울 테다. 요즘 좀 살 만한가 보다, 서희수. 꽉 다물린 입술 새로 자조적인 웃음이 새어 나왔지만, 그를 토닥이는 손을 멈추지는 못했다.

똑똑. 노크 소리에 최 회장은 신문에 고정돼 있던 시선을 들어 올렸다.

"저예요."

아내의 목소리였다.

"들어와요."

그의 말이 끝나는 것과 동시에 문이 열렸다. 긴 치맛자락을 나풀거리며 들어오는 아내를 최 회장은 물끄러미 바라보았다. 세월이 한참이나 지났지만 처음 만났던 앳된 얼굴이 생생하게 떠오를 정도로 여전히 고왔다. 저 하나만 믿고 모진 시집살이를 묵묵히 참고 견뎌 준 아내를 볼 때마다 최 회장은 가슴 한편이 아릿했다. 미안하고, 고맙고, 또 미안해서…….

"바빠요?"

"아니."

최 회장은 활짝 펼쳐 뒀던 신문을 접고 아내를 바라보았다.

"무슨 할 말이라도 있소?"

아내는 잠깐 망설이는가 싶더니 이내 입술을 느리게 달싹였다.

"아까 당신이 했던 말이요."

"아까?"

"문 의원 얘기요."

아. 최 회장은 고개를 끄덕였다.

"어땠어요? 정말로 문 의원이 석현이를 탐내는 것 같았어요?"

"뭐, 그런 눈치였지."

"정말이에요?"

"그럴 만도 하잖소. 그치 딸이 몇 년째 둘째한테 목을 매고 있으니. 엎어진 혼사를 여자 쪽에서 다시 꺼내는 게 자존심은 좀 상하겠지만, 그래도 자식을 위해선 별수 있나."

오늘 문 의원에게서 연락을 받았을 때, 최 회장은 당연한 일이라고 생각했다. 그런데 아내는 생각이 조금 다른 모양이었다. 속눈썹을 내리깔고 뭔가를 잠깐 동안 생각하는가 싶던 아내가 이내 눈을 반짝 뜨고는 말했다.

"날 한번 잡아요. 문 의원이랑."

최 회장의 눈이 살짝 늘어났다.

"아까 둘째가 했던 말 못 들었소? 따로 만나는 아가씨가 있는 눈치던데."

아무리 자격 없는 아비라지만, 그래도 아들의 표정 하나 못 읽어 낼 정도로 무심하지는 않았다. 여자 얘기라면 학을 떼던 녀석이, 긍정적인 얼굴을 했다는 건 분명 오랫동안 얼어붙었던 녀석의 마음을 봄날처럼 녹여 낸 여자가 있다는 뜻이었다.

"그건 신경 안 쓰셔도 돼요."

아내는 단호했다. 아들에게 만나는 여자가 있다는 사실을 진작 알고 있었던 듯했다. 아들에게 여자가 생기면, 아내가 가장 기뻐할 줄 알았건만. 지금 아내의 얼굴에 드리운 그림자를 보면 전혀 아닌 모양이었다. 도대체 무슨 생각인 건지……. 아내의 의중이 궁금했지만 최 회장은 가타부타 말을 덧붙이지 않고 그저 알겠노라 답했다.

## 18. 브레이크

　얼굴로 쏟아지는 빛에 눈이 부셔 희수는 감은 눈을 슬그머니 떴다. 커튼을 미처 치지 못한 탓에 사방이 훤했다. 잠에서 깨기 위해 눈을 느리게 깜빡였다. 서서히 정신이 돌아오자 복부를 묵직하게 누르는 무게감이 느껴졌다. 그의 팔이었다. 조심스럽게 제 복부를 가로지르고 있는 그의 팔을 떼어 내며 상체를 일으켰다. 이불이 떨어지며 맨가슴이 훤히 드러났다. 허리춤까지 내려가 있던 이불 자락을 끌어 올리며 옆자리를 바라보았다. 그는 여전히 꿈나라를 여행 중이었다. 아기처럼 곤히 잠들어 있는 그를 물끄러미 내려다보던 희수가 피식, 낮게 웃었다.

"대체 어딜 봐서 불면증 환자야."

그는 꽤 오랫동안 불면증으로 고생했다고 했었다. 하지만 그가 자신보다 먼저 일어난 적은 지금까지 단 한 번도 없었다. 자는 모습마저 화보 같은 남자의 모습을 감상하던 희수는 이내 고개를 돌려 탁상시계를 확인했다. 이제 겨우 잠에서 깼는데 시곗바늘은 벌써 12시를 가리키고 있었다. 말 그대로 해가 중천에 떠 있을 시간이었다.

"와, 엄청 잤네."

희수의 입이 절로 크게 벌어졌다. 아무리 일요일이라고 해도, 지금까지 이렇게 늦게 일어난 적은 없었는데. 하긴. 간밤에 늦게 자기는 했었다. 밤이 깊다 못해 어슴푸레 빛이 들어오는 걸 보고 잤으니. 오랜만이어서인지 그는 평소보다 훨씬 더 격렬하게, 집요하게, 그리고 길게, 끊임없이 그녀를 탐했다. 사실은 그가 세 번째로 희수의 몸을 건드렸을 때, 그녀는 이미 한계에 달해 있었다.

"아, 죽겠다……."

침대를 벗어나는데 앓는 소리가 절로 났다. 정말이지 삭신이 쑤셔 온다는 말이 절로 떠올랐다. 그녀는 재빠르게 방을 둘러보았다. 격렬했던 지난 밤의 흔적이 여기저기 널려 있었다. 새삼 떠오르는 기억에 얼굴로 괜스레 열이 솟구쳐 오른다.

손부채질을 하며 바닥에 아무렇게나 널브러진 옷가지들을 주섬주섬 주워 들었다. 마지막으로 커튼을 쳐서 방을 어둡게 만든 후에야 욕실로 향했다. 따뜻한 물이 쏟아지는 샤워기 아래에서 희수는 한참 동안 멍하니 서 있었다. 보통은 따뜻한 물로 샤워를 하면 근육이 노곤하게 풀어지기 마련인데, 오늘은 이상하게 뻐근함이 오래 남았다. 오랜만에 격렬한 운동을 했더니 근육이 놀란 모양이었다.

딱 한 달 만이었다. 그의 집에 온 건. 커피숍으로 갑자기 들이닥쳤던 그날 이후, 그는 가끔 커피숍이나 밤늦게 그녀의 집 앞으로 왔었다. 패턴도 늘 같았다. 짧은 키스를 하고 충전을 하겠답시고 끌어안은 채 잠깐 눈을 붙이다 자신의 집으로 돌아가는 일의 반복이었다. 몸이 아닌 마음의 교류. 날이 갈수록 티가 나게 수척해져 가는 그를 보며 점점 쌓여 가는 걱정…… . 나름대로 명확했던 관계가. 아니, 명확하길 바라며 죽을힘을 다해 노력했던 관계가 어쩐지 모호해져 가는 것 같아 묘한 불안감이 점점 쌓여 가던 중이었다. 바로 어제, 그러니까 토요일 오전. 출근하는 버스에서 그의 메시지를 받았다.


*[동생한테 오늘 외박할 거라고 미리 얘기해 둬.]*


늘 그랬던 것처럼 이번에도 통보였다. 하지만 전과 달리 불만스럽지 않았다. 오히려 그녀는 옅은 안도감까지 느꼈다. 그리고 어젯밤, 몇 번이나 그를 받아들이면서 그녀는 다시 한 번 현실을 인지했다. 그와 자신의 관계를…… .

젖은 머리카락을 대충 말리고 욕실을 나섰다. 그녀를 반기는 건 고소한 냄새와 달그락거리는 소리였다. 희수는 곧장 주방으로 향했다. 가스 불 앞에서 바쁘게 움직이고 있는 남자의 뒷모습이 보였다. 쩍 벌어진 어깨가 움직일 때마다 새하얀 면티 안에 가려져 있던 탄탄한 근육이 도드라졌다 사라지기를 반복했다. 별거 아닌 움직임이 어쩐지 야릇했다. 전날 밤 저를 극한까지 몰아붙이던 남자의 몸이 절로 떠올랐다. 저도 모르게 멍하니 그의 뒷모습을 바라보던 희수는, 뒤늦게 그의 머리에 지어진 까치집을 확인하고는 살며시 웃음을 흘렸다.

"뭐해요?"

전혀 인기척을 느끼지 못했던 듯, 그는 그제야 뒤를 돌아봤다.

"아침밥."

그의 손에는 기름기로 번들거리는 뒤집개가 들려 있었다.

"밥?"

"정확하게 말하자면 밥은 아니고. 미국식으로 간단하게."

희수의 입이 저도 모르게 벌어졌다. 미국식이든, 한국식이든. 그가 해 주는 아침밥을 먹게 되리라는 건 상상도 해 보지 않았는데 말이다.

"왜 그렇게 봐?"

"주방에 있는 선배가 낯설어서요. 요리도 할 줄 알았어요?"

"이래 봬도 미국에서 자취 경력만 7년이야. 요리라고 하긴 뭣하지만, 굽고 튀기는 건 나름 잘해."

찰나에도 잘난 척을 놓치지 않은 그가 식탁을 가리켰다.

"앉아 있어. 이제 거의 다 됐어."

기름이 튀는 소리가 들렸다. 그는 다시금 고개를 바로 하고 하던 일에 집중하기 시작했다. 희수는 그가 가리킨 자리에 얌전히 앉아서 여전히 어색한 광경을 물끄러미 지켜보았다. 잠시 후, 대리석 식탁 위에는 몇 개의 접시가 놓였다. 노릇하게 구워진 토스트와

베이컨, 달걀프라이, 그리고 상큼한 향이 물씬 풍기는 오렌지 주스까지. 그의 말 그대로 미국식 아침이었다.

"너무 별거 없나? 한동안 집에서 아무것도 안 먹었더니, 재료가 너무 없더라."

뒤늦게 그는 겸손을 떨었다.

"충분히 훌륭해요."

"커피도 있어."

"주스면 돼요."

재빨리 고개를 내젓자 그가 그녀의 맞은편에 앉았다.

"잘 먹을게요."

입 안에 군침이 고였다. 희수는 재빠르게 식빵을 크게 한입 베어 물었다. 고소한 버터 향이 입 안에 가득 퍼졌다. 베이컨은 조금 딱딱했지만, 달걀프라이는 그녀가 좋아하는 완숙이라 마음에 쏙 들었다. 사실 어지간하면 맛없기가 힘든 조합이긴 했다. 안 그래도 간밤에 격렬한 운동을 한데다가 잠까지 오래 잔 덕분에 뱃가죽이 등가죽까지 올라붙은 상태이기도 했고.

그는 맛있게 먹는 희수를 뿌듯한 얼굴로 한참을 바라보았다. 그녀가 토스트 한 장을 다 먹어 치웠을 때에야 느직이 식사를 시작했다.

"근데 언제 일어나서 이걸 다 준비했어요?"

"서희수가 침대에서 내려가자마자."

"더 자지 그랬어요. 피곤하다면서요."

"불안해서 잘 수가 있어야지."

불안이라니. 무슨 말이냐는 듯 바라보자 그가 주스를 한 모금 들이켜곤 말했다.

"나 자는 새에 네가 또 도망갈까 봐."

난 또 뭐라고. 희수는 어이없다는 듯 헛웃음을 흘렸다.

"너무 우려먹는 거 아니에요? 딱 한 번 그런 건데."

"경각심을 갖고 살자는 게 내 좌우명이거든."

"혹시 스피치 학원이라도 다녀요?"

희수가 밉지 않게 샐쭉 노려보자, 그가 피식 웃으며 말을 돌렸다.

"오늘 뭐 할래? 영화 볼까? 아니면 드라이브? 뮤지컬도 괜찮을 것 같고."

질문이 어찌나 자연스러운지 희수는 하마터면 그가 내준 보기 중에서 뭘 고를지 고심할 뻔했다. 희수는 이제 막 집어 들었던 식빵을 도로 내려놓고 그를 빤히 바라보았다. 뜨거운 밤을 보낸 다음 날 함께 늦은 아침을 먹으며 데이트를 고민하다니. 이건 너무 연인 같지 않은가.

"선배, 자꾸 잊는 것 같은데 우리는……."

"알아. 섹스 파트너지."

그녀의 말을 가로챈 그가 어깨를 가볍게 으쓱해 보였다.

"그런데 최근엔 바빠서 그마저도 못 했잖아. 쌓여 있던 적립금 한 방에 찾아 쓰는 거라고 생각해."

무슨 이런 논리가 다 있단 말인가. 황당함에 희수의 미간이 살짝 찌푸려졌다.

"누구 마음대로 적립을……."

"역시 영화가 낫겠지?"

그는 그녀의 의견 따위 전혀 상관없다는 듯 제 할 말을 했다.

"네가 좋아하는 배우가 찍은 영화, 이번에 개봉했다던데."

"제가 좋아하는 배우요?"

"카인."

"외국인이에요?"

"대충 들어도 한국 사람 이름은 아닌 것 같지 않아?"

어이없다는 듯 되묻는 그를 보며 희수는 고개를 갸웃했다. 한국 배우도 잘 모르는 그녀였다. 외국 배우를 알 리가 없었다.

"설마, 이것도 기억 안 나?"

희수는 고개를 끄덕였고, 그는 이젠 놀랍지도 않다는 듯 혀를 찼다.

"언제는 네 취향이라며? 눈빛이 깊고 선해 보인다고. 햇빛에 반짝이는 금발 머리도 매력적이라고 했었고."

아주 상세한 설명이었다. 그제야 어렴풋한 기억 하나가 희수의 뇌리를 스쳐 지나갔다. 그는 오해를 하고 있었다. '카인'이라는 배우를 좋아하는 건, 그녀가 아니라 동은이었다. 언젠가 동은의 부탁으로 잡지를 산 적이 있었다. 혼자 가겠다는데도 기어코 따라온 그가 그건 왜 사느냐고 물었고, 희수는 배우 때문이라고 대답했다.

'대체 어디가 좋다는 거야? 별로 잘생긴 것 같지도 않은데.'

'이 정도면 엄청 잘생겼죠. 눈이 너무 높은 거 아니에요?'

'평생을 이 얼굴로 살았는데, 내 눈이 안 높아지고 배기겠어?'

그가 오해했다는 걸 알았지만, 질투하는 모습이 귀여워 희수는 사실을 바로잡지 않았다. 대신 귀에서 피가 날 정도로 동은이 말했던 카인의 매력을 줄줄 읊었었다.

'됐어. 시끄러워. 그만해.'
'선배가 먼저 말해 보라고 했으면서.'
'그런다고 정말로 남자 친구 앞에서 딴 놈이 좋다고 떠들어 대?'

결국 신경질적으로 인상을 찌푸린 그가 커다란 손바닥으로 입을 턱, 막은 후에야 그녀는 입을 다물었다. 그 이후로 며칠간 그의 기분을 풀어 주느라 꽤 고생했었던 것 같기도 하고⋯⋯. 떠오르는 옛 기억에 희수는 작게 웃었다.

"진짜 별걸 다 기억하고 있네요."

"누구랑 달리 머리가 워낙 좋아서 말이야."

베이컨을 포크로 푹, 찍은 그가 무심한 투로 말을 덧붙였다.

"그러니까 7년이 얼마나 괴로웠겠어. 이렇게 사소한 것 하나까지 다 기억나는데."

"⋯⋯."

일순 느슨해졌던 입가가 딱딱하게 굳었다. 그는 가끔 이런 식으로 훅 들어오곤 했는데, 그때마다 희수는 심장이 덜컹거리는 기분을 느껴야만 했다. 이 부분에서만큼은 입이 열 개라도 할 말이 없는 희수였다.

"미안하지?"

그런 사실을 잘 알고 있을 그가 입을 꾹 다물고 있는 그녀를 향해 싱긋, 미소를 지어 보였다.

"그러니까 튕기지 말고 오늘 하루 시간 내."

정말이지 여우 같은 남자였다.

✳

어두웠던 실내에 조명이 하나둘 들어오기 시작했다. 두 사람은
마치 연어 떼처럼 입구를 향해 거슬러 가는 사람들 무리에 섞여
영화관을 빠져나왔다.

"영화 별로지 않았어?"

"그랬어요? 전 재밌었는데."

석현에겐 당연히 별로일 수밖에 없었다. 스크린을 보는 그녀를
보느라 영화에 제대로 집중하지 못했었으니까.

"카인. 많이 늙었더라."

"세월이 지났으니까요."

"세월은 카인만 맞았나, 뭐."

그녀는 더 이상의 대꾸 없이 걸음을 옮겼다. 석현은 포기하지 않
고 그녀의 옆으로 바짝 따라붙으며 말을 이어 갔다.

"서양인들은 확실히 노화가 빨라."

"……"

"보니까 M자 탈모도 있어 보이던데. 조만간 대머리 될걸."

뚝. 걸음을 멈춘 그녀가 그를 돌아봤다.

"그래서 하고 싶은 말이 뭐예요?"

어떻게 한 번도 이쪽은 보지도 않고 스크린만 볼 수가 있어? 7
년 만에 훅 늙어 버린 서양 남자보다는 내가 훨씬 낫지 않아? 그

말이 목구멍까지 차고 올라왔지만, 제가 생각해도 너무 유치한 것 같아 참았다.

"아니, 뭐. 그냥 그렇다고."

실없는 대꾸에 그녀는 황당하다는 듯 석현을 바라보다 이내 다시금 걸음을 옮겼다.

"잠깐만."

별안간 석현이 팔을 뻗어 멀어지려는 그녀의 어깨를 잡아 세웠다.

"왜요?"

그녀가 돌아보며 신경질적으로 물었다. 또 별거 아니기만 해 봐라. 벼르는 것 같기도 했다. 석현은 얼른 어딘가를 가리켰다.

"저기 말이야."

그녀의 시선이 그의 손끝을 따라 이동했다.

"저긴 뭔데 저렇게 줄이 많아?"

구석에 커다란 부스가 하나 덩그러니 세워져 있었는데, 그 앞으로 사람들이 줄을 길게 늘어서 있었다. 영화표를 사는 곳은 아니었다.

"사진 찍는 거잖아요."

그녀가 슥, 보더니 대수롭지 않다는 듯 말했다.

"사진?"

"옛날에 스티커 사진 찍는 거 유행했었잖아요. 그거랑 비슷한 거라고 보면 돼요."

친절한 설명이었지만 이해는 어려웠다. 그녀가 예로 드는 스티커 사진조차 그에겐 낯설었다.

"찍어 봤어?"

"아뇨."

"그런데 어떻게 그렇게 잘 알아?"

"연수한테 들었어요."

석현은 바로 수긍했다. 지금 줄을 서 있는 사람들 역시 대부분 앳된 얼굴의 여고생들이었다. 그런가 보다 생각하며 돌아서려는 순간이었다. 그의 시야에 줄 끄트머리에 20대 초반으로 보이는 커플이 서는 게 보였다. 샛노란 커플티를 입고 있어서 더욱 눈에 띄었다.

"우리도 찍자."

대뜸 튀어나온 말에 그녀가 눈을 둥그렇게 떴다.

"사진을 찍자고요?"

"내가 원래 궁금한 걸 잘 못 참아."

"그럼 혼자 찍어요."

그녀는 뒤로 한 걸음 주춤 물러났다.

"어차피 너도 안 찍어 봤다며."

"전 됐어요. 안 궁금해요."

그도 알고 있었다. 그녀는 셀카를 수십 장 찍어 대는 다른 여자들과 달리 원래 사진 찍는 걸 별로 즐기지 않는 타입이라는 것을. 그 역시 마찬가지였다. 덕분에 둘이 같이 찍은 사진이 단 한 장도 존재하지 않는 것이기도 했고. 지난 7년간 머릿속에서 수십 번 되새겨 봐도 점점 흐릿해지는 그녀를 필사적으로 붙잡으며, 그는 뒤늦게 조금 후회했다.

"혼자 찍으면 무슨 재미야. 증명사진도 아니고."

그는 고집스럽게 뒤에서 그녀의 등을 밀었다.

"나는 어떻게 찍는지도 몰라."

"저도 몰라요. 안 찍어 봐서."

"그래도 혼자 머리 쓰는 것단 둘이 쓰는 게 더 낫겠지."

그녀는 끝까지 내키지 않아 하는 눈치였지만, 곧 체념한 듯 그의 손에 이끌려 줄을 섰다. 줄은 생각보다 빠르게 줄어 들어갔다. 금세 그들의 차례가 왔다.

부스 안은 생각보다 좁지 않았지만 천장이 조금 낮았다. 187의 키를 가진 그의 머리가 천장에 닿을락 말락 했다. 그는 구부정하게 허리를 숙여 지갑을 꺼내 들었다. 자연스럽게 카드 한 장을 뽑아내는데, 그녀가 말했다.

"카드는 안 돼요."

"요즘 세상에 카드가 안 되는 데가 어디 있어?"

그녀가 그의 뒤편을 척 가리켰다. 그들 같은 초보자들을 위한 사용 방법이 단계별로 친절하게 적혀 있었다.

"여기 적혀 있잖아요. 천 원권만 투입 가능이라고."

심지어 잔돈 환급은 안 된다는 경고의 문구도 있었다.

"명백한 탈세의 현장이군."

그는 못마땅하다는 듯 혀를 낮게 차고는 지갑을 다시 활짝 열었다. 하지만 천 원권 지폐는 눈을 씻고 찾아봐도 보이지 않았다. 가장 적은 돈의 단위가 5만 원이었다. 당연한 일이었다. 그가 가는 모든 곳은 카드를 받았고, 현금을 사용할 일은 거의 없었으니까. 그가 난감한 얼굴을 하자 그녀가 낮게 한숨을 쉬며 지갑을 꺼내 들었다.

"천 원짜리 있어요. 제가 낼게요."

사진을 찍고 결과물이 나오는 데까지는 채 5분이 걸리지 않았
다. 인화된 사진 두 장을 받아 든 그는 신기하다는 듯 사진을 빤
히 바라봤다.

"생각했던 것보다 화질이 좋은데?"

마치 신문물을 바라보듯 감탄하던 그는 이내 사진 한 장을 희
수에게로 내밀었다.

"잘 보관해. 잃어버리지 말고. 내 얼굴이 쓰레기통에 대충 처박
힌다고 생각하면 기분이 몹시 언짢을 것 같으니까."

그러면 두 장 모두 본인이 갖는 게 낫지 않을까. 입이 간질거렸지
만 결국은 그가 원하는 대로 사진을 받게 될 제 운명을 알고 있었
다. 희수는 체념한 얼굴로 사진을 받아 들었다.

"기습적으로 확인할 거야."

"알았어요."

한숨처럼 대꾸한 희수는 가방에 사진을 넣었다.

"배고프다. 저녁은 뭐 먹을까?"

"저녁까지 먹어요?"

"오늘 집에 안 보내 줄 건데?"

"이틀 연속은……."

좀 곤란하다고. 반박하려 할 때였다. 그의 휴대폰이 울렸다. 휴
대폰을 확인하는 그의 표정이 어두웠다.

"잠깐 전화 좀 받고 올게."

고개를 끄덕이자, 그는 최대한 그녀에게서 멀어지며 전화를 받았다.

"무슨 전환데 저런 표정이지……."

문득, 그를 못 잡아먹어서 안달인 사람이 있다는 말이 떠올랐다. 그 사람인 걸까. 쓸데없는 걱정이라는 걸 알면서도 저도 모르게 곱씹고 있는데, 문득 누군가가 그녀의 어깨를 툭 쳤다.

"서희수!"

어쩐지 익숙한 목소리였다. 설마, 하며 희수는 소리가 나는 쪽으로 고개를 빠르게 돌렸다. 동은이었다.

"진짜 우연이다. 어떻게 여기서 딱 마주칠 수가 있지!"

반가워하는 친구와 달리 희수의 얼굴에 난감함이 서렸다. 하필여기서 마주칠 게 뭐람. 이미 동은은 두 사람을 연인 관계로 알고있긴 했지만, 다른 의미로 곤란한 건 마찬가지였다. 그날 이후, 동은은 가끔 연락을 할 때마다 꼭 석현의 안부를 물었다.

―그래서 요샌 어때? 선배랑은 잘돼 가?

어느 순간부터는 제 안부가 아니라 그의 안부가 궁금해서 연락한 걸지도 모르겠다는 생각이 들 정도였다. 그럴 때마다 희수는대충 얼버무리고 넘기다 최근엔 그가 바빠서 아예 못 보고 있다는 말로 방어를 했었다. 그런데 이렇게 떡하니 걸려 버렸으니 앞으로 다시 귀찮아질 게 뻔했다.

"데이트 온 거야?"

혹시 그와 함께 있는 걸 못 보진 않았을까 하는 기대를 동은은 가볍게 깨트렸다.

"으응."

어색하게 웃으며 대꾸한 희수는 얼른 화제를 돌렸다.

"넌 누구랑 왔어?"

"우리 회사 동기랑."

"동기?"

"여자야. 잠깐 화장실 갔어."

더 이상의 질문은 차단한다는 듯 동은은 깔끔하게 대꾸했다.

"그나저나 두 사람 정말로 다시 만나는 거구나."

화제는 다시 이쪽으로 돌아왔다.

"방금 같이 있는 거 보고 얼마나 놀랐는지 몰라. 완전 옛날 생각 나더라. 나 진짜로 꿈꾸는 줄 알았어. 7년 전으로 회귀하는 꿈."

그리 말하는 동은은 진심으로 기뻐하는 것처럼 보였다. 동은 역시 두 사람이 헤어진 이유에 대해서는 정확하게 몰랐다. 그저 삼촌의 사업이 망했고, 정신이 없어서 학교를 그만둘 수밖에 없었다고. 연애를 할 처지가 아니라 헤어짐을 택할 수밖에 없었다고……. 그래서 동은은 두 사람의 이별을 안타까워했었다.

'너 갑자기 잠적하고 석현 선배가 엄청 찾았어. 많이 힘들어 보였는데……. 그냥 지금이라도 다시 연락하면 안 돼? 솔직히 너도 못 잊었잖아.'

다시 연락이 닿은 후 동은은 그녀에게 종종 안타까운 얼굴을 하고 말했었다. 그때마다 솔직하게 말하고 싶었다. 사실은 내가 선배를 배신한 거라고. 나는 천하의 나쁜 년이라고. 하지만 차마 모든 걸 다 털어놓을 자신이 없어서 희수는 어색한 얼굴로 고개를 내저을 수밖에 없었다.

"그나저나 석현 선배는 하나도 안 변했다, 정말. 저 멀리서도 보이더라. 너 보는 눈에서 꿀이 뚝뚝 떨어지는 게."

"……."

"그렇게 좋으면서 지금까진 대체 어떻게 참았대?"

지금도 마찬가지였다. 설레발치는 동은의 앞에서 희수는 이번에도 그저 어색하게 웃어 보일 수밖에 없었다.

"앗. 이제 가 봐야겠다."

동은이 어딘가를 보며 아쉬운 듯 입맛을 쩝 다셨다. 아무래도 동기가 나오는 모양이었다.

"선배한테 인사하고 싶은데, 영화 시간이 다 돼서 안 되겠다. 다음에 커피숍으로 갈게. 데이트 잘해."

그녀의 정신을 쏙 빼놓은 후 동은은 본인의 일행을 향해 달려갔다. 그런 친구의 뒷모습을 보며 희수는 한숨을 길게 내쉬었다.


'너 보는 눈에서 꿀이 뚝뚝 떨어지는 게.'


조금 전 동은이 한 말이 명치 끝에 걸린 것처럼 속이 답답했다. 그는 동은이 시야에서 완전히 사라졌을 때, 통화를 끝내고 돌아왔다. 아주 나이스한 타이밍이 아닐 수 없었다.

"저녁은 나중에 먹어야겠다. 잠깐 들를 데가 생겼어."

그는 여전히 굳은 얼굴이었다. 희수는 알겠다는 뜻으로 고개를 끄덕였다.

"금방 볼일 끝내고 갈 테니까, 먼저 집에 가 있어."

문득, 그의 뉘앙스가 어쩐지 이상하게 느껴져서 희수는 되물었다.

"집이요?"

그가 당연하다는 듯 담담하게 대꾸했다.

"너희 집 말고 우리 집."

서울의 중심에 떡하니 자리한 대단한 위용의 기와집. 이곳은 손에 꼽히는 고급 한정식 가게였다. 나무로 된 문을 열고 들어서며 석현은 한숨을 길게 내쉬었다. 조금 전 전화는 최 회장에게서 온 것이었다.

―지금 바로 와 줘야겠다.

그 이상의 자세한 설명은 없었다. 선약이 있다고 해도 막무가내였다. 급한 일이니 당장 날아오라는 명을 끝으로 일방적이었던 전화는 끊어졌다.

"이렇게까지 급한 일이 대체 뭐가 있어서."

회사 일은 아닐 거라고 확신했다. 아직까지 제가 맡은 업무 중에서 그 정도로 중요한 업무는 없었으니까. 그는 짜증스레 걸음을 옮겼다. 겨우 한 달 만에 어렵사리 그녀와 함께 시간을 보내게 됐건만, 방해를 받았다는 생각에 기분이 영 언짢았다. 조금 전까지만 해도 아주 완벽한 하루였는데 말이다.

입구에서 부친의 이름을 대자, 직원이 그를 방으로 안내했다. 꽉 닫혀 있는 미닫이문 앞에서 그는 표정 관리를 했다. 그 어떤 감정이라도 최 회장의 앞에서 훤히 드러내 보이고 싶지는 않아서였다.

똑똑.

"접니다."

안에서는 기다렸다는 듯 대답이 돌아왔다.

"들어와라."

석현은 곧장 문을 열었다. 가장 먼저 그의 시야에 들어오는 건, 골프복을 입고 있는 최 회장이었다. 그런데 최 회장은 혼자가 아니었다. 최 회장의 맞은편에는 같은 복장을 하고 있는 한 사람이 더 있었다. 설마……. 어쩐지 불길한 예감이 등허리를 빠르게 스쳐 지나갈 때였다. 뒷모습만 보이던 상대가 고개를 돌려 석현을 바라보았다.

"오랜만일세."

번들거리는 입술 끝을 한껏 말아 올리며 그를 반기는 건, 문 의원이었다.

엘리베이터에 올라타는 희수의 양손이 무거웠다. 그의 집 근처에 있는 마트에서 장을 보고 들어오는 길이었다. 저녁을 직접 만들어 줄 생각이었다. 오늘 그가 해 준 아침 겸 점심에 대한 답례였다.

숫자 버튼을 꾹 누르며, 희수는 길게 한숨을 내쉬었다.

"너무 과한가……."

텅 빈 냉장고를 떠올리며 이것저것 집어 들다 보니, 애초 생각했던 것보다 재료가 너무 많아졌다.

"재료 남기면 다 버려질 텐데."

잠깐 고민하던 그녀는 이내 그가 두고 먹을 수 있는 반찬들까지 만들어 놓아야겠다고 답을 내렸다. 계획에 없던 밑반찬들을 고민하는 사이 목적지에 도착한 엘리베이터의 문이 열렸다.

터질 듯 빵빵한 봉지 두 개를 들고서 낑낑거리며 엘리베이터를 이제 막 벗어났을 때였다. 문득 그녀의 시야에 반짝이는 구두코가 들어왔다. 아주 값비싼 여성 구두였다. 이 층엔 두 가구뿐이었다. 그리고 이쪽 방향으로는 그의 집밖에 없었다. 그렇다는 건, 그의 집을 찾아온 손님이라는 뜻이었다. 문득 불길한 예감이 등허리를 스치고 지나가 희수는 아랫입술을 질끈 깨물었다. 들고 싶지 않은 고개를 천천히 들어 올려 상대를 확인했다. 세월의 흔적이 옅게 서려 있지만, 여전히 곱고 아름다운 모습이었다. 그리고 여전히 그와 닮은 얼굴……. 그의 모친이었다.

"아……."

너무 놀란 나머지 희수는 그 자리에서 티 나게 얼어붙었다. 하지만 상대는 전혀 놀라지 않은 눈치였다. 그저 못마땅한 시선으로 희수의 손에 들린 장바구니를 잠깐 바라봤을 뿐이었다.

"계속 그렇게 서 있을 생각이에요?"

"네?"

"아가씨는 이 집 비밀번호 알고 있을 거 아니야."

머릿속이 페인트를 들이부은 것처럼 멍해서 윤희의 말을 제대로 이해할 수가 없었다. 느리게 눈을 끔뻑이는데, 윤희가 재촉하듯 그의 집 현관문을 바라보았다. 그제야 희수는 허겁지겁 달려가 도어 록 비밀번호를 눌렀다. 도어 록이 해제되는 기계음이 서늘한 기류가 낮게 깔린 복도를 울렸다.

문이 열렸지만 희수는 좀처럼 움직이지 못했다. 결국 윤희가 먼저 집 안으로 들어갔다. 희수는 반쯤 열린 문을 바라보며 한침을 머뭇거리다 뒤늦게 따라 들어갔다. 봉지를 쥔 손끝이 덜덜 떨려 왔다.

"여기서 사는 건가?"

집을 한 바퀴 빙 둘러보며 윤희가 물었다. 희수는 얼른 고개를 내저었다.

"아뇨. 절대로 아닙니다."

강한 부정이었다. 윤희는 빤히 그녀를 바라보다 소파에 앉아 우아하게 다리를 꼬았다.

"차 한 잔 줄래요? 그것도 좀 내려놓고."

"아, 네."

희수는 재빠르게 주방으로 향했다. 식탁에 짐을 올려놓고 차를 찾으려는데, 어디에 있는지 도통 알 수가 없었다. 서랍장을 몇 개 열어 보던 희수는, 그제야 윤희가 뭔가 단단히 오해를 하고 있다는 것을 깨달았다. 그의 집에 와서 몇 번이고 함께 밤을 보내기는 했지만, 단지 그뿐이었다. 주방은 저도 처음이었다. 물론 윤희로선 오해할 만한 상황이긴 했다. 하필이면 장을 보고 오는 걸 봤으니까.

"타이밍도 참……."

한숨을 길게 내쉰 희수는 차 찾는 걸 포기하고 유리잔에 생수를 담아서 거실로 향했다.

"물이에요. 차가 어디 있는지 몰라서……."

얼버무리는 그녀를 잠깐 바라보던 윤희는, 코웃음을 살짝 치는가 싶더니 이내 물잔을 받아 들었다.

"선배는 지금……."

"집에 없는 거 알아요. 그래서 온 거고."

아들이 없다는 것도 알고 있었고, 조금 전 그녀를 보고도 전혀 놀라지 않은 눈치였다. 결론은 그녀를 보러 왔다는 뜻이었다. 그것만은 아니길 바랐는데……. 참담함에 눈앞이 캄캄해지는 듯했다. 희수는 느리게 눈을 깜빡였다. 어차피 한 번은 겪어야 할 일이었다.


'어머니가 아셨어.'


언젠가 그가 그렇게 말했을 때부터, 이미 이런 날이 오리라는 건 예상하고 있었다. 너무 조용해서 잠깐 잊고 있었을 뿐.

"그렇게 멀뚱히 서 있지만 말고 앉아요."

얘기가 길어질 테니까. 뒷말이 들리는 것 같았다. 희수는 마음을 다잡으며 자리에 앉아 꼿꼿하게 허리를 세웠다.

"……"

"······."

침묵하는 두 사람의 주변으로 공기가 무겁게 내려앉았다. 숨이 막힐 듯한 정적을 먼저 깬 건 윤희였다.

"7년 만이지, 우리?"

"······."

"이렇게 내가 아가씨랑 다시 마주 보게 될 일이 생길 줄은 몰랐는데. 사람 인연이라는 게 참 얄궂은 것 같아. 그렇지 않아요?"

부드럽게 흘러나온 윤희의 음성이 7년 전의 기억을 꺼내 들었다. 그녀의 인생에서 가장 최악의 순간이었던 그때를······. 희수는 입 안의 여린 살을 지그시 깨물었다.

"시간을 조금만 달라고 했어요, 석현이가."

윤희는 여전히 느긋한 얼굴로 말을 이어 갔다.

"미련 때문에 이대론 못 끝내겠다고. 질릴 때까지만 만나 보겠다고. 결혼하겠다는 것도 아니니 반대하지 말아 달라고."

"······."

"그래서 지금까지 조용히 지켜보고 있던 거였어요. 잠깐 놀다 말겠다는데, 유난 떨고 싶지 않아서. 괜한 미련을 갖게 만든 건, 내 실수이기도 했고."

"······."

"그런데 이젠 더 지켜볼 수가 없게 됐어요. 아주 좋은 혼담이 들어왔거든."

억지로 휘어졌던 윤희의 눈꼬리가 일순간 날카롭게 변했다.

"이제 그만, 이런 관계는 정리해야 하지 않겠어요?"

이런 관계. 단 네 글자가 날카롭게 귀에 꽂혔다. 그와 자신의 진짜 관계에 대해서 모르고 있다는 걸 알면서도 심장이 철렁했다. 희수는 다시금 덜덜 떨려 오는 손끝을 꽈악 그러쥐었다.

✳

다급하게 엘리베이터에 올라타며 석현은 잔뜩 굳은 미간을 손끝으로 풀어냈다. 예상하지 못했던 인물의 등장으로 예상했던 시간보다 꽤 길어졌다. 기다리고 있을 여자를 생각하니 조급했다. 그래도 마음은 한결 편했다. 앞으로 이런 불상사가 생기지 않도록 폭탄 하나를 투척하고 돌아오는 길이었다.

*'아무래도 뭔가 착오가 있는 것 같아서 말씀드리는데, 저 진지하게 만나는 여자 있습니다. 문나정도 그걸 알고 있고요.'*

혼사에 관한 얘기를 스리슬쩍 꺼내는 문 의원의 앞에서 아예 대놓고 말했다. 문 의원은 놀라 자빠질 것 같은 얼굴을 하고서 그를 바라보았다. 아무래도 문나정에게 그 어떤 언질도 듣지 못한 모양이었다.

문 의원에 비하면 최 회장은 평온한 얼굴이었다. 마치 이럴 거라 예상했다는 것처럼. 그래서 더 황당했다. 정말이지 최 회장이 문 의원과 함께 있는 자리에 저를 불렀을 줄이야. 그는 분명하게 제 의견을 전달했고, 그때 최 회장은 분명 그의 말뜻을 알아들은 눈치였는데 말이다.

물론 문 의원의 집안이 사돈댁으로 탐나는 집안이라는 건 알고 있었다. 정·재계의 결탁이었으니까. 분명 문 의원에게도, 태광에도 엄청난 이득이 될 테였다. 그러니 양쪽 집안 다 7년 전에 이미 끝난 일에 미련을 못 버리고 질척거리는 걸 테다. 하지만 아무리 그렇다고 하더라도, 제가 알기로 최 회장은 이런 식으로 아들의 뒤통수를 칠 성정은 결코 아니었다. 그렇다면 역시 최 회장이 아니라 윤희의 뜻이었을까……. 애초에 완벽하게 절 믿고 1년을 기다려 줄 거란 생각은 하지 않았었다. 하지만 이건 너무 빠르지 않은가.

띵. 엘리베이터 문이 열리는 소리가 그의 상념을 깨웠다. 식현은 머릿속의 생각을 떨쳐 내고 얼른 집으로 향했다. 초인종을 눌렀지만 안에서는 돌아오는 대답이 없었다. 못 들었나. 또 한 번 눌러 봤지만 여전히 고요했다.

"설마 잠든 건가."

제집에서 저를 마중 나오는 그녀를 상상하며 잠깐 설렜던 그는 아쉬운 마음에 쩝, 입맛을 다시며 직접 도어 록을 해제했다.

집 안으로 기분 좋게 들어서던 그는 문득 걸음을 멈췄다. 현관 바닥이 횡했다. 혹시나 싶은 마음에 신발장 문을 열어 확인했지만 그녀의 흔적은 어디에도 없었다. 그녀를 택시에 태워 보내면서도, 설마 그녀가 제집으로 오지 않았을 거란 생각은 조금도 하지 못했었다. 일순간 울컥, 하는 마음이 차올라 석현은 눈을 부릅떴다. 우리 집으로 가. 했을 때, 알았어요. 작게 웃던 서희수의 얼굴이 떠오른 탓이었다. 그렇게 예쁘게 웃는 얼굴로 감쪽같이 저를 속이다니. 얼마쯤 배신감마저 치밀어 올랐다. 하지만 쉽게 포기하지 못하고 집 안 구석구석을 둘러보았다. 모든 방과 욕실까지 확인한 후 마지막으로 들어간 주방에서 그는 걸음을 뚝 멈췄다. 식탁 위에 식자재가 가득 든 빵빵한 봉지가 두 개나 덩그러니 놓여 있는 게 아닌가. 분명 그녀의 흔적이었다.

"이걸 두고 대체 어딜……."

문득 그의 시야에 봉지 사이에 끼워져 있는 종이 하나가 보였다. 접혀 있는 종이를 펼치자 둥글둥글한 글씨체가 나타났다.

[몸이 안 좋아서 먼저 가요. 미안해요.]

그녀가 남긴 메시지를 확인하는 그의 얼굴에서 언제 그랬냐는 듯 화가 사라졌다. 대신 그 자리를 차지하는 건, 짙은 걱정이었다.

사위가 캄캄하게 어두운 방. 협탁 위에 올려 둔 휴대폰이 소리 없이 번쩍번쩍 불빛을 내고 있었다. 침대 헤드에 등을 기댄 채 무릎을 세우고 쪼그려 앉은 희수는 휴대폰을 멍하니 내려다보았다.

[최석현]

보기만 해도 아픈 그 이름이, 벌써 30분째 그녀를 애타게 부르고 있었다. 몇 통째인지 모를 전화는 한참 만에야 끊어졌다. 번쩍이던 불빛도 단숨에 꺼졌다. 다시금 덮친 어둠 속에서 숨죽일 때, 액정이 다시 한 번 깜빡 불을 밝혔다. 메시지였다. 희수는 손을 뻗어 휴대폰을 확인했다.

[사람 걱정은 있는 대로 다 시켜 놓고 왜 이렇게 전화를 안 받아? 어디가 어떻게 얼마나 아프길래 장 본 걸 정리도 못 하고 바로 간 거야? 어디야? 집이야? 병원은 갔어? 약은 먹었고? 벌써 자는

거 아니면 전화 좀 줘. 제발.]

장문의 메시지의 끝에 대롱 매달린 '제발'이라는 단어가 유리 파편이 되어 각막에 쿡 박혔다. 순식간에 흰자가 시뻘겋게 충혈됐다. 희수는 두 눈을 질끈 감고 세운 무릎에 얼굴을 묻었다. 아프다는 건 핑계일 뿐이었는데, 지금은 정말로 열이 솟구쳐서 몸살이라도 난 것처럼 온몸이 아팠다.

'두 사람 인연이 남다른 건 인정할게요. 7년 동안 서로를 못 잊어서 다시 만나는 기. 확실히 흔한 일은 아니지.'

조금 전 들었던 차분한 목소리가 귓가에서 윙윙 울렸다.

'그래도 안 되는 건 안 되는 거야.'

'나는 아가씨를 석현이 짝으로 받아들일 수가 없어요. 아가씨를 볼 때마다 옛 기억이 떠올라 불쾌할 테니까. 그건 아가씨도 마찬가지일 거고.'
'그러니 이쯤에서 정리해 줘요. 그게 두 사람에겐 최선이니까.'

언젠가처럼 모욕적인 언행은 조금도 없었다. 오히려 저를 바라보는 윤희의 눈빛엔, 제 착각이겠지만 일말의 안타까움도 서려 있는 것처럼 보였었다. 그러나 희수는 꼭 7년 전 그날로 돌아간 느낌이었다. 여전히 참담하고, 부끄럽고, 또 한없이 초라해졌다. 사실은…… 아무에게도 말 못 했지만. 심지어 저조차도 속여 왔었지만. 그동안 문득문득 잊곤 했었다. 최근 제 일상이 너무도 평온해서. 그의 품에 안길 때는 너무 뜨거워서. 그와 함께할 수 있다는 게 꿈만 같아서…….

그래서 말도 안 되는 욕심마저 슬그머니 고개를 드는 것이었다. 이렇게 계속 그의 옆에 있을 수도 있지 않을까, 하고. 있을 수 없는 일이고, 있어서도 안 되는 일이라고 제 마음을 누르고 또 눌렀지만. 싹을 자르고 또 잘랐지만. 잡초처럼 생명력 짙은 그것은, 시도 때도 없이 고개를 내밀었다. 이 정도 생각은 해도 되지 않을까. 아무도 모르게 나 혼자만 아는 거라면. 아무에게도 들키지만 않는다면, 이 정도는……. 뻔뻔하게 지독한 자기 합리화까지 했었다. 그런데…….

희수는 울컥 치밀어 오르는 울음을 애써 눌러 삼켰다. 무릎이 뜨겁게 젖어 들어갔다. 눈가가 짓무르다 못해 온 얼굴이 다 젖었을 즈음, 그녀는 느리게 고개를 들어 올렸다. 어둠 속에서도 흠뻑 젖은 얼굴은 반질거렸다.

고장 난 수도꼭지처럼 쉼 없이 흘러내리는 눈물을 닦을 생각도 없이 내버려 두던 그녀는, 문득 팔을 들어 목 뒤로 가져갔다. 목덜미를 더듬는 손끝에 목걸이의 연결 고리가 걸렸다. 그녀는 망설임 없이 매듭을 탁, 풀어냈다. 반으로 갈라진 얇은 끈이 하릴없이 흘러내렸다. 그녀는 가운데에 박혀 있는 다이아몬드를 꽈악 그러쥐었다. 뾰족한 모서리가 여린 살을 아프게 파고들었지만 희수는 눈하나 깜빡하지 않았다. 오히려 점점 더 강하게 그러쥘 뿐이었다. 그녀는 젖은 두 눈을 질끈 감았다. 이제 그만, 속절없이 내달리는 제 마음에 브레이크를 걸어야 할 때였다.

＊

아래층에서 들려오는 말소리에 나정은 자리에서 벌떡 일어났다. 부친의 귀가가 이토록 반가운 건 난생처음이었다. 최 회장을 만나고 오는 것이니, 분명 뭔가 소식을 들고 온 걸 테다. 나정은 재빠르게 아래층으로 내려갔다. 모친인 이 관장이 문 의원의 외투를 들고 있었다.

"아빠는요?"

이 관징이 흘긋, 시선으로 서재를 가리켰다. 나정이 재빠르게 서재로 향하려는데, 이 관장이 그녀의 어깨를 잡았다.

"지금은 안 들어가는 게 좋을 것 같은데."

"왜요?"

"표정이…… 안 좋으셨어."

그 말에 나정의 표정이 확 일그러졌다. 하필이면 최 회장을 만나고 왔는데 표정이 안 좋다니. 어쩐지 예감이 좋지 않았다.

"무슨 일 있으셨대요?"

"몰라. 하도 표정이 안 좋아서 묻지도 못했어."

이 관장은 고개를 절레절레 내저었다. 문 의원의 불같은 성격을 가장 잘 알고 있는 사람이었다.

"제가 물어보고 올게요."

"나정아."

이 관장의 부름을 무시한 채 나정은 서재로 성큼성큼 걸음을 옮겼다. 아버지는 무서운 분이셨지만, 그래도 딸인 자신에게만큼은 나름 자상한 편이라 겁날 건 없었다.

똑똑.

"아빠, 저 들어가요."

대답은 듣지도 않고 안으로 들어섰다. 문 의원은 1인용 소파에 앉아 있었는데, 깊은 생각에 잠긴 것처럼 눈을 감고 있었다.

"아빠……?"

조심스럽게 문 의원의 앞으로 다가섰을 때였다. 별안간 문 의원이 감은 눈을 번쩍 떴다.

"너! 정말로 알고 있었어? 그놈 만나는 여자 있다는 거!"

부릅뜬 두 눈에는 새빨간 분노가 이글거리고 있었다. 나정은 저도 모르게 흠칫 놀라 어깨를 떨었다.

"그걸 아빠가 어떻게……."

"어떻게 알긴. 제 입으로 말했으니까 알지!"

"석현이가…… 얘기를 했다고요?"

"그래! 아주 대놓고 말하더구나. 진지하게 만나는 여자가 있다고! 너도 이미 다 알고 있다고!"

나정의 눈이 둥그렇게 커졌다. 그 계집애와 진지하게 만난다니. 그럴 리가 없었다. 며칠 전, 윤희에게서 전화가 왔었다. 문 의원에게 석현과의 혼담을 추진해 달라며, 단식 투쟁을 시작한 지 이틀째 되던 날이었다.

―회장님께 이야기 전해 들었어. 문 의원님께서 우리 석현이를 네 짝으로 생각하고 계시는 것 같다던데…….

'부모 이기는 자식이 없다'는 말은 문 의원에게도 통용되는 말이었던 것이다. 나정은 휴대폰을 붙들고 승리의 미소를 지었다.

'네. 사실이에요.'
—너도 같은 마음이니?
'아줌마도 잘 아시잖아요. 전 오래전부터 석현이만 봤던 거.'
—그야 그렇긴 한데, 석현이가 그 아이를 다시 만나는 건…….
'어차피 결혼까진 허락하지 않으실 거잖아요.'

예상대로 윤희는 자신이 끝까지 석현을 놓지 않는 것을 반기는 눈치였다.

—석현이도 그러더구나. 결혼까진 생각 없다고. 미련 때문에 만나 보는 것뿐이라고.

윤희는 분명 그렇게 말했었다. 최석현이 본인 입으로 결혼 생각은 없다고 했다고. 그래서 희망을 품고 있었던 건데, 이제 와서 진지하게 만나고 있다니……. 뒤통수를 세게 얻어맞기라도 한 것처럼 머리가 멍했다.

"내 살면서 이런 모욕감은 처음이었다!"

조금 전 일이 떠올랐는지, 문 의원은 목에 핏대까지 세워 가며 고래고래 소리쳤다.

"넌 다 알면서, 대체 무슨 생각으로 혼담을 추진해 달랬던 거야? 네가 뭐가 부족해서 첩의 아들놈한테 몇 년째 목을 매는 거야! 대체, 왜!"

134

애초부터 문 의원은 석현을 마음에 들어 하지 않았다. 가장 큰 이유는 첩의 아들이라는 것이었지만, 그 이유만 있는 건 아니었다. 7년 전 오가던 혼담을 무산시킨 것도 그 녀석이었다. 심지어 그 이후로도 제 딸은 계속해서 목을 매는데 끝까지 받아 주지 않고 콧대 높게 구는 걸 보면서 더욱더 못마땅해질 수밖에 없었다.

　"뭔가 오해가……."

　"오해는 무슨 놈의 오해! 내가 두 눈으로 직접 보고, 두 귀로 직접 들었는데!"

　"아빠, 제발……."

　"시끄럽다! 앞으로 그놈 얘기는 꺼내지도 말아라. 더 늦기 전에 다른 혼처 알아볼 테니, 그런 줄 알아!"

　문 의원은 단호했다. 굳게 다물린 턱이, 더는 딸의 헛된 짝사랑을 가만히 두고 보지만은 않겠다는 의지를 내비치고 있었다.

　나정은 아랫입술을 질끈 깨물었다. 제 부친이 이렇게 나올 땐 되돌릴 수 없다는 걸 너무도 잘 알고 있는 탓이었다. 하지만 그녀에겐 아버지의 도움이 절실했다. 유일하게 믿는 구석이었는데……. 잘근잘근. 초조하게 여린 살을 씹던 나정이 문득 뇌리를 스쳐 지나가는 생각에 주먹을 꽈악 그러쥐었다.

　"아빠."

　그녀의 부름에도 문 의원은 더 이상 그 어떤 말도 듣고 싶지 않다는 듯 자리에서 일어났다. 나정은 제게서 멀어지는 아버지의 뒤통수에 대고 다급하게 말했다.

　"석현이가 알고 있어요!"

　우뚝. 문 의원이 걸음을 멈추고 나정을 돌아봤다.

"뜬금없이 그게 무슨 소리야?"

"……7년 전, 그 일이요."

일순, 문 의원의 잿빛 눈동자가 마치 바람 앞의 등불처럼 거세게 흔들리기 시작했다. 깊숙이 숨겨 뒀던 옛 기억이 단번에 떠올랐다. 사고를 치고 와서 수습해 달라고 제 바짓가랑이에 매달린 채 울던 딸. 그런 딸을 차마 외면하지 못하고 결국 뒷수습을 도맡았던 자신. 지금도 그 후배 녀석은 외국에 나가 살면서 잊을 만하면 한 번씩 그에게 안부 인사를 해 왔다. 물론 문 의원의 안부가 궁금해서가 아니었다. 돈이 필요하다는 본인의 안부를 전하는 연락이었다.

"도대체 언제부터……. 아니, 어디까지 알고 있다는 거야?"

되묻는 문 의원의 목소리 끝이 바르르 떨리고 있었다.

"그 남자가 아빠 고향 후배라는 것까지 알고 있어요. 다행인 건, 아빠가 그 남자의 뒤를 봐준 이유가 후배라서 그렇다고 생각하는 것 같았지만요."

문 의원이 안도의 한숨을 내쉬는 순간이었다. 나정이 차분한 얼굴로 말을 덧붙였다.

"그런데…… 세상에 영원한 비밀은 없는 법이잖아요."

문 의원의 눈에서 별이 튀었다.

"뭐라고?"

나정은 여전히 차분하게 대꾸했다.

"아빠도 잘 알잖아요. 최석현 성격이 얼마나 불같은지. 혹시라도 이 사실을 알게 되면, 절대 가만히 있지는 않을 거예요."

"네가 지금, 이 아비를 협박하는 게야? 그것도 너를 갖고!"

문 의원의 입장에선 지금 이 상황이 너무도 기가 막힐 수밖에 없었다. 뒷목을 턱 잡은 채 바들바들 떠는 그는 당장이라도 뒤로 넘어갈 기세였다. 부친의 반응에 양심이라는 게 찔리기는 했지만 어쩔 수 없다. 제가 오랫동안 탐냈던 것을 가지려면 이 방법밖엔 없었으니까. 석현의 앞에선 가장 취약한 약점이었지만, 문 의원의 앞에선 가장 강력한 무기였다. 나정은 바들바들 떠는 문 의원을 똑바로 바라보며 끝까지 제 할 말을 이어 갔다.

"그러니까 저, 이 결혼 꼭 해야 해요. 혹시나 일어날 나중 일을 위해서라도……."

흔들림 없이 단호한 나정의 두 눈동자는, 지독한 집착으로 얼룩져 있었다.

# 19. 몸살

똑똑. 노크 소리에 석현은 고개를 들었다. 유리문 너머 보이는 건 우진이었다. 시선을 마주치고 고개를 끄덕이자 우진이 문을 열었다.

"최 팀장님, 요청하신 보고서입니다."

깍듯한 말과 함께 우진이 들고 있던 서류를 그의 책상 위에 내려놓았다. 척 보기에도 두툼한 보고서에 석현의 미간이 절로 찌푸려졌다.

"백우진 팀장님, 저는 요약본을 요청드렸던 것 같은데요?"

"이게 요약본입니다, 팀장님."

싱긋, 말려 올라가는 우진의 입꼬리에 석현의 눈이 가늘어졌다.

"형, 설마 텃세 부리는 건 아니지?"

미국 회사에서 쌓은 커리어를 인정해 준 최 회장이 석현에게 배정한 자리는 전략기획2팀 팀장이었다. 이번에 새로 생겨난 부서이긴 했지만 석현을 위해 억지로 만든 건 아니었다. 태광의 전략기획팀은 안 그래도 인원 충원이 필요하던 차였고, 기존 전략기획팀 직원들은 팀이 두 개로 나뉘는 걸 오히려 반가워하는 분위기였다. 특히나 전략기획팀의 팀장인 우진은 그 누구보다도 석현을 반겼다. 안 그래도 그는 너무 빠른 승진 때문에 이 자리가 은근히 부담스러웠던 차였다. 석현과 부담을 반반 나누어 가질 수 있게 됐으니, 그로서는 반갑지 않을 이유가 없었다.

"텃세라뇨. 그럴 리가요."

우진은 가볍게 웃으며 부정했다.

"그럼 뭐야? 입사 전에 형 귀찮게 했던 거에 대한 복수야?"

"복수라뇨. 그것도 금시초문입니다만."

"복수 맞네, 맞아. 그러고 보니까 이상하긴 했어. 입사하자마자 기다렸다는 듯 쏟아지는 엄청난 일거리들……."

"그렇게 말씀하시면 섭섭하죠. 최 팀장님 적응 빨리하시라고 최선을 다해서 돕고 있는 건데."

여전히 웃는 낯을 유지하는 우진을 보며 석현은 고개를 절레절레 내저었다.

"네. 백 팀장님 덕분에 입사한 지 이제 겨우 두 달인데, 꼭 태광에서 몇 년 일한 것 같고. 무척이나 좋군요."

툴툴거리면서 석현은 서류를 펼쳐 들었다. 다시 봐도 정말 헉 소리가 절로 나올 정도로 엄청난 양이 아닐 수 없었다.

"아무리 그래도 앞으론 예의를 좀 지켜 주시죠, 백 팀장님. 곧 퇴근 시간인데, 이렇게 어마어마한 서류를 주면 어쩌자는 거야."

"내가 아마 말했던 것 같은데. 우리 부서는 퇴근 시간 같은 거 정해져 있지 않다고."

"졌다, 졌어."

석현은 완전히 백기를 들었다. 우진은 웃으며 힘내, 힘 빠지는 응원을 했다.

"오늘은 좀 여유 있게 퇴근하나 했더니. 영락없이 다시 회사로 들어와야 하게 생겼네."

그가 길게 한숨을 내쉬었다.

요 며칠 그는 커피숍 마감 시간에 맞춰 그녀를 데리러 갔다가 집에 얌전히 모셔 주고 다시 회사로 복귀해 자정이 넘도록 일하고 퇴근하는 패턴을 반복하는 중이었다. 이틀 전엔 아예 회사에서 잠을 자기도 했다.

"너무 무리하는 거 아니야?"

"비효율적이긴 하지만 어쩔 수가 없어. 얼굴 안 보면 내가 일이 안 되니까."

"중증이다, 정말."

이번엔 우진이 질린다는 듯 고개를 내저었다. 석현은 뻔뻔한 얼굴로 어깨를 으쓱해 보였다. 사실 우진에게는 농담처럼 가볍게 말했지만, 그녀의 얼굴을 보지 않으면 일이 안 된다는 것만큼은 진심이었다. 최근 그녀를 떠올리면 어쩐지 막연한 불안감이 느껴지는 것이었다. 언젠가 그랬던 것처럼, 또다시 그녀가 하루아침에 갑자기 사라져 버릴 것만 같은 불안감이었다. 물론 그때와 지금은 상황 자체가 완전히 다르긴 했지만, 그래도 완전히 안심할 순 없었다. 그녀가 여전히 그 자리에 있다는 것을 제 눈으로 확인해야만 마음이 놓였다.

"부러우면 형도 얼른 연애해. 보는 사람까지 질리게 만드는 그 부질없는 짝사랑은 그만 접고."

"……누가 부럽대?"

냉정한 석현의 충고에 우진이 어색한 얼굴로 괜스레 낮게 혀를 찼을 때였다. 문득 그의 휴대폰에 진동이 왔다. 휴대폰을 확인한 우진의 눈이 둥그렇게 커졌다. 그는 드르륵드르륵, 진동하는 휴대폰을 꽈악 손에 그러쥔 채 석현의 눈치를 슬쩍 봤다.

"누군데 그래?"

이상한 낌새를 느낀 석현이 서류에서 시선을 떼고 물었다.

"나정이."

이제 겨우 펴졌던 석현의 미간이 다시금 와락 일그러졌다. 왠지 시작도 하지 않은 통화 내용을 벌써부터 알 것만 같아서였다.

사실 어느 정도 예상했던 전개였다. 분명 그는 폭탄을 던졌고, 그 여파가 나정에게까지 닿지 않았을 리가 없건만. 너무도 조용한 게 이상하긴 했다. 최 회장은 원래 입이 무거운 사람이라지만, 나정은 과한 살까지 덧붙여 윤희에게 일러바치고도 남을 여자였으니까 말이다. 그런데 아직 윤희의 귀에 들어가지 않았다는 건, 나정이 입을 열지 않았다는 뜻이었다. 그 이유 역시 뻔했다. 쉽게 포기할 생각이 없어서겠지. 그 반증으로 며칠째 나정에게서 연락이 부쩍 자주 오고 있었다. 물론 그는 늘 그랬던 것처럼 전화를 모두 무시하고 있었지만 말이다. 그러니 아마도 오늘 전화의 용건은 우진이 아니라 자신일 테였다. 우진 역시 같은 생각이었는지 전화를 선뜻 받지 못하고 그의 허락을 기다리는 것처럼 그저 바라보기만 할 뿐이었다.

"받아 봐."

그제야 우진은 전화를 받았다. 석현은 그가 어색한 얼굴로 어, 어? 어……. 하는 말만 반복하는 동안 무심히 서류를 넘겼다.

"알았어. 일단은 그렇게 전할게."

일방적인 통화는 금방 끝이 났다. 액정이 꺼진 휴대폰을 쥔 우진이 다시금 석현의 눈치를 슬쩍 봤다. 역시나. 제게 전할 이야기를 우진에게 한 모양이었다. 석현은 여전히 서류에 시선을 고정한 채 물었다.

"뭔데?"

우진은 곤란한 기색이 그득한 얼굴로 느리게 입술을 달싹였다.

"……나정이, 지금 회사 앞이래."

"그래서?"

"너 좀 불러 달라는데. 네가 자기 연락을 전부 무시한다고……."

"맞아. 무시한 거."

간단하게 대꾸하며 석현은 서류를 한 장 팔랑, 넘겼다. 그런 석현을 바라보던 우진이 조심스럽게 말을 덧붙였다.

"꼭 해야 할 얘기가 있대."

"난 들을 얘기 없어."

"그래도 나가 보는 게 좋을 것 같은데."

석현의 미간이 와락 찌푸려졌다.

"형은 속도 없어? 이 와중에도 문나정 편이 들고 싶냐?"

"그게 아니라, 지금 네가 안 나오면 업무 시간에 회사로 찾아오겠다고 전해 달라더라고."

멈칫. 이제 막 서류 한 장을 넘기려던 석현의 손이 허공에서 굳었다. 말뿐인 협박은 아닐 게 분명했다. 지구 반대편에 있을 때조차 제멋대로 불쑥불쑥 찾아오던 나정이었다. 하물며 회사는 얼마나 쉽겠는가. 그제야 석현은 서류에서 시선을 떼고 우진을 바라보았다. 그의 싸늘한 시선에 우진이 살짝 어깨를 움찔했다.

"내가 나가서……."

"어디라는데?"

언제까지고 나정에게 휘둘릴 순 없었다. 오늘에야말로 결판을 지어야겠다고 결심한 석현의 눈동자에 결연함이 감돌았다.

"주문하신 커피 나왔습니다."

테이블 위에 두 번째로 주문한 커피가 놓였다. 직원이 빈 잔을 들고 떠나는 것과 동시에 나정은 김이 모락모락 나는 커피를 한 모금 마셨다. 샷을 추가한 아메리카노만 연달아 두 잔째 마셔 댔더니 이제는 속이 다 쓰릴 지경이었다. 물론 커피를 들이붓기 전부터 이미 속이 말이 아니긴 했었다.

'더 이상 아비 체면을 깎을 생각은 말아라. 내 도움은 꿈에서라

도 바라지 않는 게 좋을 거다.'

'아빠, 제발…….'

'다만, 네가 그 녀석을 구워삶아 온다면 반대는 하지 않으마.'


석현과 다시 한 번 자리를 잡아 달라는 제 부탁을 거절하며, 아버지는 분명한 선을 그었다. 더 이상 떼를 쓸 순 없었다. 아버지의 성격에 이 정도면 엄청난 양보를 한 것임을 너무도 잘 알아서였다.

"그래. 반대하지 않는 것만 해도 어디야."

낮게 중얼거리며 나정은 카페 입구를 바라보았다. 여전히 그는 머리카락조차 보이지 않았다.

"왜 이렇게 안 오는 거야."

20분 전에 우진에게서 석현이 출발했다는 말을 들었는데, 아직도 나타나지 않고 있는 중이었다. 20분이면 벌써 두 번은 더 와야 할 시간이었다. 제가 앉은 자리에서 태광그룹 사옥이 떡하니 보일 정도로 가까운 곳에 있었으니까 말이다.

"설마 바람맞은 건 아니겠지……."

자존심이 상하지만 완전히 배제할 수는 없는 선택지였다. 저 하나 보러 지구 반대편까지 날아왔다는 걸 알면서도, 그는 종종 바람을 맞히곤 했었다. 초조한 마음에 나정이 빨대를 질겅질겅 씹을 때였다. 유리창 너머로 기다란 인영이 스쳐 지나가는 게 보였다. 석현이었다.

"왔다!"

나정은 입에 물고 있던 빨대를 툭, 뱉어 냈다. 그러곤 재빨리 콤팩트를 꺼내 조그마한 거울을 보며 용모를 단장했다. 석현이 테이블 앞으로 도착한 건, 그녀가 입가에 살짝 번진 립스틱을 감쪽같이 지워 냈을 때였다.

"뭐해? 앉아."

서늘하게 저를 바라보는 눈빛을 애써 외면하며 나정은 맞은편 자리를 가리켰다. 그는 후, 낮게 한숨을 내쉬더니 곧 자리에 앉았다. 다가오는 직원에게 아메리카노 한 잔을 주문한 석현이 대뜸 말했다.

"다시는 이런 식으로 불러내지 마."

"누군 이러고 싶어서 이래? 네가 내 연락만 잘 받아 주면 이럴 일 없잖아."

"내가 왜 그래야 하는데?"

"뭐?"

"받기 싫은 네 연락을, 내가 왜 꼬박꼬박 받아 줘야만 하는 거냐고."

예상치도 못한 돌직구에 나정은 선뜻 대꾸하지 못하고 입만 벙긋거렸다. 그런 그녀를 무심한 눈으로 바라보던 석현이 다시금 입을 열었다.

"내가 이 자리에 나온 건, 네 얘기를 듣기 위해서가 아니라 내 얘기를 하기 위해서야."

"무슨 얘기……?"

"지금까지도 여지는 준 적 없었던 것 같지만, 확실하게 하는 게 좋을 것 같아서."

뉘앙스가 영 좋지 않았다. 나정의 눈빛이 흔들렸다.

"문 의원님께 이미 들었지? 나 희수랑 진지하게 만나고 있어."

역시나.

나정은 주먹을 꽈악 그러쥐었다. 제가 우려했던 말이 결국 그의 입에서 나와 버린 것이었다. 그의 말대로 이미 아버지에게 전해 들은 이야기였다. 하지만 직접 들으니 새삼 또 마음이 아픈 건 어쩔 수 없었다. 후우…… 속으로 낮게 심호흡을 한 그녀는 살짝 내리깔았던 시선을 다시금 우아하게 들어 올렸다. 그러곤 마치 처음 듣는 것처럼 되물었다.

"진지하게 만난다고? 그건 결혼까지 생각하고 있다는 거야?"

석현은 아무런 대답도 하지 않았다. 긍정의 침묵이있다. 설마 했는데, 정말로 결혼까지 생각하고 있었던 모양이었다. 기가 막혔다. 하. 나정은 한쪽 입술을 말아 올린 채 실소를 흘렸다.

"결혼이 무슨 애들 장난인 줄 알아? 그 애랑 너랑 가당키나 해?"

"네가 신경 쓸 일 아니야."

석현은 단칼에 선을 그었다. 그래도 지금껏 함께한 세월이 얼만데. 제 마음을 모르는 것도 아니면서. 어쩜 저렇게 냉정할 수 있는지. 한두 번 겪는 일도 아니지만 그때마다 섭섭함이 울컥 치솟아오르는 건 어쩔 수 없었다. 특히나 오늘은 그가 정말로 저를 떨쳐 내기로 아주 작정을 하고 나온 것 같아서 더욱더 그랬다.

"내가 질투 때문에 이렇게 말한다고 생각해?"

치밀어 오르는 섭섭함을 애써 꾹 누르며 나정은 한껏 도도하게 붉은 입술을 달싹였다.

"아니, 천만에. 길가는 사람 붙잡고 물어봐. 백이면 백, 전부 나랑 같은 소리 할걸?"

고집스러운 그녀의 말에 석현이 그만하라는 듯 눈썹을 찌푸렸다. 그러나 나정은 모르는 척 덤덤하게 말했다.

"그러니까 괜한 고집부리지 말고 결혼은 그냥 나랑 해."

"문나정."

"넌 나랑 어울려."

이번엔 아예 얼굴 전체가 찌푸려졌다. 그는 질려 죽겠다는 얼굴로 나정을 바라보며 입을 열었다.

"대체 왜 이렇게 말귀를 못 알아들어? 내가 지금……."

"대신."

단호하게 그의 말허리를 끊어 낸 나정이 말을 이어 갔다.

"그 계집애 만나는 거, 터치 안 할게."

"뭐?"

"사랑이라는 게 영원한 것도 아닌데. 네 사랑이 아무리 대단하고 고귀하다고 해도 결국 끝은 있겠지. 짧으면 좋겠지만 길어진다 해도 바가지 긁지 않을게. 그저 조용히 눈감아 줄게."

준비한 것처럼 술술 뱉고 있었지만, 결코 쉽게 하는 말은 아니었다. 그를 향한 제 마음은 분명 사랑이었다. 그의 옆에 있는 여자를 보고도 질투하지 않을 자신은 없었다. 다른 여자를 마음에 품은 남편을 보며, 하루하루가 지옥 같겠지. 하지만 하나만큼은 확신할 수 있었다. 그를 완전히 뺏기는 것보단 이편이 더 나을 거라는 것.

어차피 이 세계에서 애인 한둘 따로 안 둔 남자를 찾는 게 더 어려웠다. 굳이 멀리서 찾을 것도 없었다. 자신의 부친만 해도 마찬가지였으니까. 주기적으로 여자들을 바꿔 가며 밀회를 즐긴다는 건, 자신뿐만 아니라 모친도 알고 있는 사실이었다. 제 어머니가 그런 것처럼, 많은 사람이 그러는 것처럼, 저 역시도 눈 한쪽을 감고 살아가면 될 일이었다. 게다가 자신은 이미 지난 7년 동안 다른 여자를 마음에 품은 그를 지켜봐 오지 않았던가. 마음의 단련은 누구보다 잘되어 있었다. 뒤늦게 남편의 외도를 알게 돼 충격받고 쓰러지는 일 따위도 없을 터였다. 그저 그 시간이 조금 길어진다고 생각하면 될 일이었다. 그래. 그 정도쯤은 견딜 수 있었다. 최석현을 가질 수만 있다면…….

"……."

석현은 대답 없이 나정을 빤히 바라보았다. 진심인지를 가늠해 보는 것 같았다. 그러다 곧 그녀가 진심 백 퍼센트라는 것을 확인한 듯 깊게 한숨을 내쉬었다.

"그게 말이 된다고 생각해?"

"안 될 건 뭐야?"

"헛소리 그만해, 제발."

헛소리라니. 어쩜 넌 이렇게까지 잔인할 수가 있을까. 내가 어떤 마음으로 이런 말까지 꺼냈는지 누구보다 잘 알면서. 끝까지 여유 있는 척하고 싶었지만 더는 무리였다. 나정의 얼굴이 깊은 서운함에 확 일그러졌다.

"넌 그 대단하다는 사랑 계속해. 내가 다 감당하겠다잖아. 근데 대체 뭐가 문제야?"

"내가 그럴 마음이 없어."

"어째서?"

"서희수를 세컨드로 둘 생각 따위 눈곱만큼도 없으니까."

148

담담한 음성이 귓속을 아프게 파고들었다. 순식간에 눈앞이 아찔해지는 느낌에 나정은 두 눈을 질끈 감았다. 속에서 무언가가 와르르 무너져 내리는 것만 같았다. 조금은 기대했나 보다. 너한테 어떻게 그런 잔인한 일을 시킬 수 있겠느냐고. 조금은 미안해해 주길 바랐나 보다. 최석현이 얼마나 잔인하고 냉정한 남자인지, 지금까지 계속 겪어 봐 놓고도 허튼 희망을 버리지 못했던 것이다. 병신같이…….

"여태까진 그냥 두고 봤지만, 앞으로는 네가 지금처럼 멋대로 구는 거 봐줄 생각 없어. 희수가 조금이라도 신경 쓸 일은 만들고 싶지 않으니까."

완벽한 확인 사살이었다.

쿵! 다 무너진 속에서 마지막으로 버티고 있던 심장마저 바닥으로 나가떨어졌다. 나정은 눈꺼풀을 천천히 들어 올렸다. 파르르, 기다란 속눈썹이 지진이라도 난 것처럼 떨려 왔다. 그때였다. 이제 막 그가 주문했던 커피가 도착했다.

"충분히 알아들었을 거라고 생각하고, 먼저 일어날게."

그는 커피엔 눈길조차 주지 않고 자리에서 일어났다.

"잘 지내라."

퍽이나 다정한 음성이었다. 그래서 더 기가 막혔다. '잘 지내라'라니. 이렇게 제 가슴을 난도질해 놓은 주제에, 그런 말을 잘도……! 가증스러운 그의 마지막 인사말에 나정의 속눈썹이 파르르 떨려 왔다.

"거기 서."

분명 그녀의 말이 들렸을 텐데도 그는 걸음을 멈추지 않았다.

"내 말 안 들려? 거기 서란 말이야!"

냉정한 등짝에 대고 목청을 키워 소리쳐 봐도 마찬가지였다. 그는 그녀를 철저하게 무시한 채 커피숍을 나섰다.

"아아아악!"

그가 완전히 커피숍을 나가는 것과 동시에 나정이 분노를 참지 못하고 비명을 내질렀다. 눈이 완전히 뒤집힌 그녀는 신경질적으로 눈에 보이는 테이블 위를 화악 쓸었다. 쨍그랑! 테이블 위에 놓여 있던 잔이 바닥으로 내동댕이쳐지며 유리 조각이 튀어 올랐다.

꺄, 커피숍 안에 있던 사람들이 놀라 비명을 내질리 댔다. 조금 전 커피를 가져다준 직원 역시 놀란 얼굴로 경찰에 신고를 해야 하는 건지 망설이고 있었고, 누군가는 휴대폰을 들고 이 상황을 촬영하기도 했다. 평화롭던 커피숍 안은 순식간에 쑥대밭이 되었다. 그러나 정작 이 상황을 만든 당사자인 나정은 감당할 수 없는 분노에 휩싸여 주위 상황을 전혀 인지하지 못했다. 독에 마비되기라도 한 것처럼 아무것도 들리지 않고 보이지 않았다. 그녀의 눈에 보이는 건 오직 하나뿐이었다. 그에게서 외면당한 채 산산조각이 나 바닥에서 엉망으로 나뒹굴고 있는 제 진심이었다.

"……용서 못 해, 최석현. 절대로 용서 못 해."

질끈 깨문 입술을 비집고 떨리는 목소리가 흘러나왔다. 목소리만큼이나 바들바들 떨리는 속눈썹 아래로 굵은 눈물방울이 투욱, 떨어졌다.

커피숍 '그리움'은 마감 준비에 한창이었다. 마른 수건으로 테이블 위를 닦던 은성이 문득 이상함을 느끼고 옆을 돌아보았다. 바닥 청소를 하던 희수가 대걸레를 양손으로 잡은 채 뚝 멈추어 서 있는 게 보였다. 그녀의 시선은 멍하니 허공을 향해 있었다. 대체 언제부터 저러고 있었던 건지. 은성이 빤히 바라보았지만 희수는 조금도 눈치를 채지 못한 것 같았다.

"누나!"

꽥, 큰소리를 내지르자 그제야 희수가 깜짝 놀라며 그를 돌아봤다.

"뭐해요?"

"응?"

"청소하다 말고 무슨 생각을 그렇게 깊게 하냐고요."

"……아, 미안."

자신이 무슨 일을 하고 있었는지도 완전히 잊고 있었던 모양이었다. 그녀는 뒤늦게 대걸레로 바닥을 벅벅 닦기 시작했다. 그런 희수를 걱정스럽게 바라보며 은성은 길게 한숨을 내쉬었다. 요 며칠 계속 이런 식이었다. 마치 영혼을 어딘가에 두고 온 사람처럼, 일을 하다가도 문득문득 멍해지기 일쑤였다.

"누나, 정말로 괜찮은 거 맞아요?"

"응. 괜찮아."

"누가 봐도 안 괜찮은 얼굴로 그런 말 하면 어떻게 믿어요?"

"어떤 얼굴로 말해야 해, 그럼?"

희수는 옅게 웃으며 되물었다. 그러나 보는 이가 불편하다 싶을 정도로 너무도 티가 나는 억지 미소였다.

"병원부터 가 보는 게 좋지 않겠어요?"

며칠 전, 석현에게서 연락을 받았었다. 출근 준비도 채 하기 전인 이른 시간이었다. 그녀가 어제 아프다고 했다고, 오늘 출근해서 상태를 보고 괜찮은 것 같은지 말해 달라는 연락이었다.

'누나, 괜찮아요? 아팠다면서요.'
'사장님이 그래?'
'네. 괜찮은 것 같냐고……'

왜 쓸데없는 소릴 애한테 했는지 모르겠다는 듯 그녀는 낮게 한숨을 내쉬었다. 그러곤 가벼운 투로 말했다.

'몸살 기운이 있었는데, 약 먹고 잤더니 괜찮아졌어. 너무 괜찮으니까 걱정하지 말라고 전해 줘.'

그때는 은성도 석현이 괜한 오버를 하는 거라고 생각했다. 워낙에 그녀에 대해 집착이 심한 사람이었으니까. 하지만 방금 같은 일이 계속해서 반복되자 이제는 은성 역시 슬슬 걱정하지 않을 수가 없었다. 그녀가 싫어할 게 뻔해서 석현에게는 아직 말하지 못했지만.

"정말로 아픈 거 아니라니까 그러네."

그녀의 입에서 또다시 고집스러운 말이 나왔을 때였다. 딸랑, 풍경 소리가 들려왔다. 커피숍 안으로 들어오고 있는 건 석현이었다. 그는 연인의 안부를 묻는 전화를 한 날부터 지금까지, 걱정이 됐는지 매일 퇴근 시간마다 이렇게 데리러 오고 있었다. 3일 연속으로 나타났을 때까지는 참 유난이다 싶었지만, 이제는 마냥 반갑기만 했다.

"사장님! 마침 잘 오셨어요."

자리에서 벌떡 일어난 은성은 희수의 손에 들린 대걸레를 뺏어들었다. 그러곤 석현을 향해 등을 있는 힘껏 밀어내며 소리쳤다.

"누나 좀 얼른 데리고 가세요. 얼른!"

짐짝처럼 밀려나며 그녀가 이쪽을 찌릿 노려보았지만, 은성은 짐짓 모르는 체 몸을 휙 돌렸다.

차창 밖으로 네온사인이 화려한 도시의 밤거리가 빠르게 스쳐지나갔다. 희수는 어둠에 번지는 불빛들을 멍하니 바라봤다. 옆에서 저를 살피는 시선이 느껴졌지만, 희수는 차에 올라탔을 때부터 시종일관 창가로만 시선을 고정하는 중이었다. 차가 신호등에 걸렸다. 이번엔 무시할 수 없을 정도로 짙은 시선이 느껴졌다.

"걱정해 주는 건 고마운데."

희수는 여전히 창밖을 바라보며 입술을 느리게 달싹였다.

"퇴근을 내 발로 못 할 정도로 컨디션이 나쁜 건 아니에요. 그러니까 이제 그만 와요. 바쁘잖아요."

"안 바빠."

즉답이었다. 하지만 희수는 조금도 믿지 않았다. 근거는 명확했다. 바쁘지 않았다면 매일 밤 저를 불렀을 남자였으니까 말이다.

희수는 고개를 돌려 운전석을 바라보았다.

"잠은 제대로 자요? 다크서클이 엄청 심한데."

그는 흘긋 룸미러를 보더니, 이내 손끝으로 눈가를 매만지며 작게 말했다.

"……죽지 않을 정도로는 자고 있어."

"그러다 쓰러져요."

"지금 내 걱정해 주는 거야?"

"내 걱정하는 거예요. 회사 업무 때문에 과로해 놓고 나중에 내 핑게 댈까 봐."

무심한 그녀의 말에도 석현은 기분이 좋은지 눈가를 살짝 접어 부드럽게 웃으며 말했다.

"안 쓰러지려고 이러는 거야. 저번에도 말했잖아. 나는 서희수를 봐야 충전이 된다고."

그는 날카로운 눈매 때문에 무표정과 웃는 얼굴의 갭이 유난히 큰 편이었다. 그를 아는 사람들 중에서도 그 사실을 아는 건, 아마 몇 안 될 것이다. 그는 타인의 앞에서 좀처럼 웃는 법이 없었으니까.

한때는 나만 볼 수 있는 이 미소가 좋았다. 내가 그에게 특별한 존재인 것 같아 가슴 벅찼었다. 그런데 지금은……. 그의 미소를 마주하면 가슴 한편이 욱신거렸다. 보통 웃는 얼굴을 보면 따라 웃게 되기 마련이건만. 그녀는 오히려 울컥, 울음이 차올라서 속이 울렁거렸다. 목구멍 끝까지 차오르는 울음을 애써 삼키며, 그의 미소를 외면하려 희수는 다시금 창밖으로 고개를 돌렸다. 울음을 참느라 일그러진 얼굴이 어둑한 차창 위로 선명하게 비치고 있었다. 못났다, 정말. 희수는 속으로 쓰게 중얼거리며 눈을 감았다.

그날로부터 열흘이 지났다. 열흘 동안 희수의 머릿속은 그야말로 전쟁터였다. 단 한순간도 편히 쉴 수가 없었다. 사실 고민할 거리도 없었다. 처음부터 답은 정해져 있었으니까. 언제까지고 이런 엉망진창인 관계를 지속할 순 없는 노릇이었다. 끝이 명확한 관계였다. 어쩌면 지금이 딱 적당한 타이밍인지도 몰랐다. 그의 어머니가 했던 말을 핑계로 대고, 그를 위해서라는 핑계를 댈 수 있을 테니까. 그럼 떠나는 걸음이 조금은 가벼울 수 있을 테니까. 그러나 정해진 답을 선뜻 선택하지 못하고 질질 끌고만 있는 건…… 그의 입장에서 생각해 본다면, 너무도 이기적인 선택이었기 때문이다.

도움은 도움대로 받아 놓고, 이제 와서 당신을 위해서라는 핑계로 도망친다면. 대체 7년 전과 다를 게 뭐란 말인가. 이 관계를 시작할 때 그녀가 바랐던 건 딱 하나였다. 이 관계를 끝낼 때, 상처받는 건 저 혼자이기를. 그런데 이렇게 끝나 버리면, 결국 그 역시 전과 같은 상처를 받게 될 게 너무도 뻔했다. 열흘 동안 계속 곱씹던 생각들을 하나하나 펼쳐 들던 희수는, 문득 쓰게 실소했다. 누군가 제 머릿속을 들여다볼 수 있는 것도 아닌데, 이 와중에도 끊임없이 자기 합리화를 해대고 있다는 사실이 너무도 우스워서였다. 그래. 이건 지독한 자기 합리화였다. 모든 건 그저 핑계일 뿐이었다.

실은, 제가 자신이 없었다. 또다시 그를 제 손으로 밀어낼 자신이……. 속절없이 깊어진 이 마음을, 언젠가 그랬던 것처럼 또다시 꾸역꾸역 파묻으며 하루하루를 살아갈 자신이……. 역시 애초에 시작하지 말았어야 했다. 그땐 최선의 선택이었다고. 어쩔 수 없었다고. 아무리 자위해 봐도 후회와 자기 환멸이 드는 건 어쩔 수 없었다. 의미 없는 곱씹기였다.

더 이상 생각하기를 포기한 희수가 질끈 감은 눈을 뜨는 순간이었다. 때마침 차가 부드럽게 멈춰 섰다. 차창 밖으로 보이는 건 익숙한 풍경이었다.

"데려다줘서 고마워요."

희수가 조수석 문고리로 손을 가져가려는데, 별안간 그기 그녀의 왼쪽 어깨를 재빠르게 붙들었다.

"매번 뭐가 그렇게 급해? 집에 꿀단지라도 숨겨 놨어?"

그는 서운하다는 듯 밉지 않게 그녀를 슬쩍 흘겨보았다. 당연한 일이었다. 제 딴에는 시간을 내서 데려다주는 건데, 오는 내도록 말 한마디 제대로 하지 않고 도착하자마자 바로 내린다니. 부처가 아닌 이상 서운한 마음이 들 수밖에 없을 것이다. 하지만 어쩔 수 없었다. 희수에겐 지금처럼 이렇게 그와 단둘이 한 공간에 있는 것 자체가 곤욕이었으니까.

마치 날카로운 바늘이 그녀의 양심을 쿡쿡 찔러 오는 느낌이었다. 정말로 그를 위한다면 어서 빨리 얘기하라고. 괜한 시간 끌어 봐야 바뀌는 건 없을 거라고. 귓가에다 속살거리며 그녀의 등을 인정사정없이 떠밀어 댔다.

"조금만 더 있다가 가."

그가 그녀의 손을 부드럽게 감싸 쥐었다.

"허튼짓 안 할 테니까. 응?"

마치 애원처럼 느껴지는 낮은 음성이 그녀의 귓바퀴를 부드럽게 휘감았다. 희수가 멈칫하자, 긍정의 뜻으로 읽은 듯 그가 씨익 웃으며 말했다.

"더도 말고 덜도 말고. 딱 5분만 눈 붙일게. 고마워."

멋대로 감사의 인사까지 전한 그는 그녀가 뭐라고 대꾸할 새도 없이 등받이에 편히 몸을 기댔다. 그러곤 눈꺼풀을 내리깔았다. 고른 숨소리가 귓속으로 흘러들었다. 희수는 말가니 그를 바라보았다. 그는, 평온해 보였다.

희수의 시선이 조각 같은 그의 옆얼굴에서 천천히 내려와 겹쳐진 손에 닿았다. 그의 커다란 손바닥이 머금은 온기가 그녀의 손으로 천천히 전해지기 시작했다. 얼어붙었던 손끝부터 따뜻하게 녹기 시작했지만, 딱 그뿐이었다. 가슴에 가득 찬 한기까지 밀어내기엔 역부족이었다. 참 이상한 일이 아닐 수 없었다. 이젠 날이 점점 풀리고 있는데. 특히나 올겨울은 유난히 포근하게까지 느껴졌었는데. 그랬던 겨울의 끝자락에서 그녀는 뒤늦게 저 홀로 얼어붙은 느낌이었다.

"선배."

"응."

노곤한 대꾸엔 졸음이 서려 있었다. 희수는 잠깐 망설였다. 꼭 오늘이어야 할까. 굳이 이 순간이어야 할까. 그러나 답은 금방 나왔다. 그래. 오늘이어야만 해. 시간이 지날수록 말을 꺼내기가 오히려 더 힘들어질 게 분명했다. 브레이크가 고장 난 마음은 이 와중에도 차곡차곡 깊어지고 있었으니까.

"……나, 할 말 있어요."

굳은 결심을 한 그녀는 쉬이 떨어지지 않으려는 입술을 힘들게 달싹였다.

"말해. 듣고 있어."

그는 여전히 눈을 감은 채였다. 희수는 마른 입술을 지그시 깨물었다. 대체 뭐라고 운을 떼야 할까. 고민한 시간은 길었지만 막상 입을 떼려니 적당한 말이 떠오르지 않았다. 애꿎은 입술만 잘근 씹으며 망설이고 있는데, 문득 그녀의 시야에 차 앞 유리 너머로 보이는 광경이 들어왔다. 빌라 입구에서 모자를 푹 눌러쓴 누군가기 급하게 나오고 있었다. 허름한 행색. 급한 걸음. 어쩐지 수상스럽게 보이는 행태에 저도 모르게 시선이 따라붙었다. 그때였다. 세게 부는 바람에 모자 아래 숨겨져 있던 얼굴이 살짝 드러난 것은.

"……!"

남자를 예의 주시하고 있던 희수의 눈이 둥그렇게 커졌다. 경식이었다.

"대체 무슨 말이길래 그렇게 뜸을 들여?"

오랜 침묵에 의아함을 느꼈는지 석현이 감은 눈을 떴다. 그와 동시에 희수의 손이 조수석 문고리를 잡아당겼다. 맞잡고 있던 손이 순식간에 분리가 됐다. 갑작스러운 행동에 석현은 그녀를 붙잡지 못했다.

"서희수……!"

놀란 그의 음성이 뒤통수에 꽂혔지만 희수는 걸음을 멈추지 않았다. 그녀가 향하는 곳은 경식이 사라진 골목이 아닌 빌라 입구였다. 무슨 정신으로 계단을 올랐는지 알 수 없었다. 엘리베이터도 없는 5층 계단을 단숨에 올랐지만 숨이 찬 줄도 몰랐다. 복도에 도착하자 계단을 오를 땐 미처 느끼지 못했던 지독한 술 냄새가 코를 찔러 왔다. 제가 헛것을 본 것이길 바랐는데……. 기대가 무참히 부서졌다.

쾅쾅! 그녀는 다급하게 현관문을 두드렸다. 열쇠를 찾아 꺼낼 정신이 없었다.

"나야! 문 열어."

문이 열리는 것과 동시에 희수는 재빠르게 안으로 들어갔다. 역시나. 예상대로 집 안은 엉망이었다.

"대체 몇 번을 말해야 해. 바로 연락하라고 했잖아. 왜 이렇게 말을 안 들어?"

"연락할 정신이 없었어. 삼촌은 조금 전에……."

평소와 달리 대꾸하는 연수의 목소리에 힘이 없었다. 그리고 어색하게 한쪽 얼굴을 가리고 있는 손까지. 뭔가 이상함을 느낀 희수는 연수의 말이 채 끝나기도 전에 강제로 연수의 팔을 잡고 내렸다. 가려져 있던 뺨이 벌겋게 부어 있는 게 보인다.

"너! 얼굴이 왜 이래?"

"……."

"설마 삼촌이 이랬어? 때린 거야? 그래?"

"……."

"서연수!"

입을 꾹 다물고 있던 연수는 그녀가 매섭게 소리를 내지른 후에야 조심스럽게 입을 열었다.

"실은…… 저번부터 손이 올라가긴 했었어. 화가 많이 나나 봐.

아무리 뒤져도 가져갈 게 없으니까…….”

“저번부터 그랬다고? 근데 그걸 왜 이제 말해!”

“그땐 결국 아무 일 없어서…….”

연수의 변명에 기가 찼다. 희수의 두 눈에 불꽃이 튀었다.

“그걸 지금 말이라고 해!”

“……미안.”

홧김에 소리치긴 했지만, 연수가 잘못한 일이 아니라는 건 너무도 잘 알고 있었다.

그런데도 억울하단 말은커녕 마치 정말 죄라도 지은 것처럼 풀죽어 대꾸하는 동생을 보고 있자니 속에서 뜨거운 감정이 울컥 치솟아 오른다. 눈앞까지 아찔해져 오는 것 같아 희수는 두 눈을 질끈 감았다. 어째서 불행은 늘 한꺼번에 찾아오는 걸까. 너무도 잔인한 녀석이 아닐 수 없었다.

대체 지금 무슨 일이 벌어진 건지 모르겠다. 너무 많은 생각들로 터져 버릴 것 같던 머릿속이 이번엔 과부하가 걸려 텅 비어 버렸다. 이제 나는 어떻게 해야 하는 걸까. 그나마 삼촌이 우리에게 손을 대지 않는다는 게, 유일한 희망이었던 건데……. 지금 두 발로 딛고 있는 땅이 쩍쩍 금이 가서 부서지는 것만 같았다. 한없이 나락으로 떨어지는 것처럼 아득해지는 느낌이었다.

“언니! 괜찮아?”

순간적으로 다리에 힘이 풀려 저도 모르게 휘청하는 희수의 어깨를 연수가 재빠르게 잡았다. 희수는 느리게 눈꺼풀을 들어 올렸다. 서서히 확장되는 시야로 동생의 부은 뺨이 선명하게 들어왔다. 기분 탓인지 모르겠지만 그새 더 부어오른 것 같았다. 그런 주제에 동생의 눈에는 그녀를 향한 걱정이 담겨 있었다. 희수는 입 안의 여린 살을 지그시 깨물었다. 훅 끼치는 비린 맛을 삼켜 내고 천천히 입을 열었다.

"약은, 발랐어?"

"인터넷에 검색해 봤는데 이 정도는 얼음찜질해 주면 금방 가라앉는대."

애써 씩씩한 척 웃어 보이는 동생의 미소에 희수는 가슴이 저릿해져 왔다.

"참! 그래도 내가 이거 하나만큼은 제대로 지켜 냈어. 삼촌이 오자마자 이것부터 바로 찾아내서 꼭꼭 숨겼거든."

연수가 그녀를 향해 척 내미는 건, 조그마한 상자였다. 이 안엔 7년 전과 작년 크리스마스에 그에게서 선물 받은 목걸이 두 개가 들어 있었다.

"나 잘했지?"

씨익, 입꼬리를 말아 올리는 연수를 마주한 희수의 두 눈이 순식간에 새빨갛게 충혈됐다. 하, 입술을 비집고 울음 섞인 실소가 흘러나왔다. 그때였다. 별안간 연수의 눈이 둥그렇게 커졌다. 연수의 시선이 향하는 곳은 희수의 뒤편이었다.

"……언니."

여전히 현관 쪽으로 시선을 고정한 채 연수가 조심스럽게 그녀를 불렀다. 그와 동시에 정신이 없어서 미처 현관문을 닫지 못했다는 것이 뒤늦게 떠올랐다.

아…….

희수는 대답 대신 아랫입술을 질끈 깨물었다. 굳이 뒤돌아보지 않아도 어떤 상황인지 알 수 있었다. 이쪽을 보고 있는 석현의 표정까지도. 절대 보여 주고 싶지 않은 장면을, 절대 보여 주고 싶지 않은 상대에게 들켜 버렸다. 정말이지 최악의 순간이 아닐 수 없었다. 그러나 또 다른 한편으로는 차라리 잘됐다는 생각이 들기도 했다. ……그래. 잘됐어. 오늘 정말 끝을 내는 거야. 마음을 다 잡으며 희수는 손에 들린 상자를 꽈악 그러쥐었다.

## 20. 약점

　서늘한 밤바람이 불어와 짧은 머리카락을 흐트러뜨렸다. 그러나 석현은 정리할 생각도 하지 못한 채 제 앞에 서 있는 희수를 뚫어져라 바라보고 있을 뿐이었다. 어딘지 모르게 공허해 보이는 그녀의 얼굴 위로 조금 전 봤던 장면이 겹쳐 보였다. 그 와중에도 덤덤하던 두 자매의 얼굴까지도. 눈앞에서 다시금 생생하게 떠오르는 장면에 석현은 어금니를 까득 깨물었다.

　"대체 무슨 일이야?"

　결국 길어지는 침묵을 참지 못하고 석현이 먼저 입을 열었다.

"경찰에 신고는 했어?"

"……"

끝까지 돌아오는 대답이 없었다. 답답해서 딱 죽을 맛이었다. 죽은 조개처럼 꽉 다물린 붉은 입술을 노려보던 석현은 이내 휴대폰을 꺼내 들었다.

[112]

숫자 세 개를 빠르게 찍고 통화 버튼 위로 이제 막 손을 가져다 댔을 때였다. 그녀의 입술이 달싹인 건.

"그럴 필요 없어요."

"뭐?"

"신고, 할 필요 없다구요."

그녀의 음성은 표정만큼이나 담담했다. 그래서 그는 더 기가 막혔다. 어디 지금 이 상황이 저토록 담담할 수 있는 상황이던가. 집이 난장판이 됐는데. 물음표가 가득한 그의 속마음을 읽었는지 그녀는 한숨처럼 말했다.

"삼촌 짓이에요."

"뭐……?"

"가끔 있는 일이구요."

"이런 일이 한두 번이 아니라고?"

설명이랍시고 해 주는 말을 그는 도무지 이해할 수가 없었다. 납득은커녕 오히려 한층 더 당황스러울 뿐이었다. 그녀의 삼촌이라는 사람은, 그가 직접 본 적은 없었지만 그녀를 통해 이야기는 많이 들었었다. 분명 좋은 사람이었다. 정이 넘치고 따뜻하고 두 자매를 끔찍이 사랑하는. 마치 어린이를 위해 만들어진 꿈과 희망이 있는 동화에서나 나올 법한 현실감 없는 캐릭터라고 생각했었다. 해서 이번에 그녀를 조사하면서 삼촌이 그녀의 이름으로 사채 빚을 끌어다 썼다는 얘기를 들었음에도 의문을 갖지 못했다. 그저 상황이 여의치 않아서 어쩔 수 없었나 보다 생각하고 말았을 뿐이었다.

"삼촌이 대체 왜……."

낮게 중얼거리는 그의 음성에 그녀는 쓴웃음을 비식 흘렸다.

"내가 어디서 일하는지, 나한테 있는 빚이 얼만지. 전부 정확하게 알고 있었으면서, 이건 전혀 몰랐나 보네요."

정곡을 찔린 석현의 입가가 어색하게 굳었다. 삼촌이라는 작자가 주기적으로 자매를 괴롭힌다는 보고는 받지 못했다. 만약 알았다면 진작 그 부분부터 해결했을 테다.

"꽤 오래됐어요. 도박에 빠지고 알코올 중독자가 된 지."

그녀의 입에서 덤덤하게 흘러나오는 '도박'과 '알코올 중독자'라는 단어가 차례대로 그의 뒤통수를 세게 치고 지나갔다.

"선배가 갚아 준 사채 빚이요. 그거 삼촌이 도박으로 날려 먹은 돈이었어요."

"……."

"집을 이렇게 만드는 이유도 혹시나 돈이 있을까 봐. 돈 되는 물건이라도 있으면 가져다 팔려고 그러는 거예요. 아무래도 술에 취하면 이성적인 판단이 안 되니까. 우리 집에 그런 게 있을 리가 없는데……."

자조적으로 웃는 그녀를 보는 석현의 눈에 일순간 불이 번쩍였다.

"그래서? 지금 삼촌이 그러는 걸 계속 두고 봤다는 거야?"

"할 수 있는 건 다 해 봤어요."

어디 뭘 얼마나 했는지 들어나 보자. 석현이 조금도 믿지 못하고 공격적으로 바라보자, 작게 한숨을 집어삼킨 그녀는 이내 말을 덧붙였다.

"삼촌을 붙들고 애원도 해 보고, 문을 끝까지 안 열어 주려고도 해 보고, 열쇠도 바꿔 보고……."

"……."

"근데 아무것도 안 통하더라고요."

그녀는 여전히 쓴 미소를 걸친 채 말을 이어 갔다.

"대화는 불가능하고, 문을 열어 줄 때까지 소란을 피워서 빌라 주민들한테 욕도 들었고, 열쇠를 바꿨더니 열쇠공을 불러서 따고 들어오는데……. 더 이상 뭘 할 수 있겠어요."

머리끝까지 차오른 화를 삭이지 못해 어금니가 부서질 듯 꽉 깨물고 있는 그와는 달리, 정작 당사자인 그녀는 지나치게 초연해 보였다. 그래서 석현은 더욱더 울컥, 하고 화가 차올랐다.

"경찰에 신고는? 했어?"

그녀는 고개를 내저었다.

"제 손으로 직접 삼촌을 신고할 순 없잖아요."

"왜 못해? 삼촌은 너희한테 그보다 더한 짓도 하는데!"

다그치는 그를 보며 그녀는 한숨처럼 대답했다.

"삼촌이니까요."

"뭐?"

그는 기가 찬다는 듯 되물었지만 그녀는 진심인 얼굴이었다.

"내 가족이니까……."

삼촌과 가족에 대한 애정이 남다른 여자라는 걸, 그도 잘 알고 있었다. 그녀의 이야기를 모르는 게 아니었기에, 어느 정도는 이해하기도 했다. 하지만 지금 상황까지는 도무지 이해해 줄 수가 없었다. 가족이 대체 뭐길래 이런 꼴을 당하면서도 끝까지 감싸 주겠다는 건지. 자신의 이득을 위해서라면 가족이라 할지라도 죄책감 없이 이용하고 또 가차 없이 짓밟는, 그런 사람들과 '가족'이라는 이름으로 묶여 한평생을 살아온 그로서는 아마 평생 이해할 수 없지 않을까.

"후우……."

그는 길게 한숨을 내쉬었다. 속이 답답하다 못해 터질 것 같았지만 이 이상 제삼자인 제가 나설 수는 없었다. 그녀를 빤히 바라보다가 그는 대뜸 손을 척 뻗었다.

"일단, 가자."

뜬금없이 뱉어진 말에 그녀가 무슨 말이냐는 듯 그를 바라보았다.

"가자고. 우리 집이든, 호텔이든."

"집이 이 꼴인데 제가 어딜 가요."

그녀는 어이없다는 듯 그를 바라보았다. 석현은 눈썹을 찌푸렸다.

"설마 내가 지금 침대에서 뒹굴자고 할까 봐 그래?"

그녀는 침묵했지만 긍정이나 마찬가지였다. 대체 나를 어떻게 보고. 순간 화가 불뚝 치솟아 올라 그는 눈을 부라렸다.

"내가 밤마다 널 집요하게 괴롭힌 건 인정하지만, 그렇다고 진짜 아무 생각도 없는 짐승인 건 아니거든?"

"……."

"집이 저 꼴이 됐는데 계속 있을 순 없잖아. 동생도 얼른 저 집에서 나오라고 해."

"정리하면 돼요."

"내일 사람 불러 줄게."

그는 제 손을 잡을 생각이 전혀 없어 보이는 그녀의 손을 덥석 잡아끌며 말을 덧붙였다.

"그리고 당장 이사부터 해."

속절없이 그의 옆에 바짝 다가선 그녀가 쓰게 웃었다.

"선배는 뭐든 쉽게 말하네요."

석현은 그녀의 웃음이 마음에 들지 않았다. 꼭 저와 자신의 사이에 분명한 선을 긋고, 당신과 나는 사는 세계가 달라요. 라고 말하는 것만 같아서였다.

"어려울 건 또 뭐야?"

한쪽 눈썹을 치켜뜨며 그가 말했다.

"가장 쉬운 방법이 있는데, 네가 그건 못하겠다며. 그럼 이사라도 해서 최소한 이런 꼴을 당하는 건 피해야 할 거 아니야. 아니면 다른 좋은 수라도 있어? 그도 아니면, 설마 계속 이렇게 살 생각이었어?"

따지듯 되묻는 그를 빤히 바라보던 그녀가 이내 차분한 얼굴로 입술을 달싹였다.

"집주인 아주머니가 사람이 참 좋아요."

"뭐?"

이게 무슨 남의 다리 긁는 소린가 싶어 석현이 어이가 없다는 듯 되물었다. 하지만 그녀는 여전히 덤덤하게 제 할 말을 이어 갔다.

"몇 년째 보증금, 월세 모두 안 올리고 받으세요. 지금 이 돈으로 구할 수 있는 집은 서울에 없어요. 선배도 잘 알겠지만 모아 놓은 돈도 없구요. 그렇다고 연고도 없는 지방으로 갈 자신은 없어요."

"……."

"솔직히 겁도 나고. 연수 학교도 있으니 복잡하기도 하고……."

길게 말했지만 결국은 돈 문제였다. 또, 그놈의 돈이 그녀의 발목을 붙든 것이다. 도대체 지금까지 서희수는 돈 때문에 얼마나 많은 것을 포기하면서 살아온 걸까. 사치를 부리겠다는 것도 아닌데. 너무도 기본적인 것조차 돈 때문에 포기해야만 하는 삶은 얼마나 서글프고 고단했을까. 참담한 마음에 석현의 미간이 일그러졌다. 그는 속에서 울컥, 치솟아 오르는 뜨거운 덩어리를 애써 삼켜 내며 목소리를 겨우 뱉어 냈다.

"그 부분은 신경 쓰지 마. 내가 알아서……."

말이 채 끝나기도 전에 그녀가 그의 앞으로 불쑥 뭔가를 내밀었다. 그녀의 손바닥보다 조금 더 작은 상자였다.

"이게 뭐야?"

"선배한테 받은 목걸이에요."

석현의 시선이 그녀의 목을 향했다. 새하얀 목덜미가 훵했다. 그의 눈이 가늘어졌다. 그동안 전혀 눈치채지 못했었다. 그저 겨울 옷에 가려진 거겠지, 생각했었다.

도대체 언제부터였을까.

의문을 가지기가 무섭게 답은 금방 나왔다. 열흘 전, 그녀가 종

이쪽지 하나만 남겨 뒀던 그날이 떠올랐다. 전날 밤엔 분명 제 눈으로 그녀의 목에 걸려 있는 목걸이를 확인했었다. 그러니 분명 그날 이후였을 것이다. 그리고 그녀의 태도가 묘하게 바뀐 것도 그때부터였다. 내내 막연하게 저를 괴롭히던 불길한 예감이 등허리를 강렬하게 스치고 지나갔다. 석현의 새카만 눈동자가 바람 앞의 등불처럼 거세게 흔들리기 시작했다.

"이걸……."

겨우 뱉어 낸 목소리도 눈빛만큼이나 잘게 떨렸다.

"왜 나한테 줘?"

"돌려줘야 할 것 같아서요."

심장이 쿵쿵 빠르게 뛰기 시작했다.

"서희수. 너 대체……."

"그날요."

그의 말을 무심히 끊어 내며 그녀가 말을 덧붙였다.

"사실은 선배 어머님 만났어요."

"뭐?"

"선배 집으로 오셨더라고요. 저 만나러."

제기랄……!

그는 속으로 씹어뱉듯 낮게 욕지거리를 내뱉었다. 어째서 그 가능성에 대해 조금도 생각하지 못했던 걸까. 분명 그녀의 행동이 변했는데. 이유가 뭔지 알아볼 생각은 조금도 못 했다. 그저 제 기우이기를 바라기만 했었다. 정말이지 너무도 멍청하고 단순한 생각이 아닐 수 없었다.

"어머니가 뭐라고 하셨는데?"

170

"선배한테 아주 좋은 혼담이 들어왔다고요. 그러니 이런 관계는, 이제 그만 정리해야 하지 않겠냐고 하셨어요."

그녀가 은근하게 강세를 둔 '이런 관계'라는 단어가 귓속으로 아프게 꽂혔다. 석현의 눈가가 절로 찌푸려졌다.

"우선 이런 상황이 벌어지게 된 거, 진심으로 미안하게 생각해. 계속 신경 썼어야 했는데. 명백한 내 잘못이야."

그는 우선 사과의 말을 먼저 했다. 진심이었다. 다만 조금 억울한 부분도 없진 않았다.

"그런데 처음부터 말했었잖아. 어머니 말은 무시해도 된다고. 그 혼담이라는 것도, 네가 신경 쓸 거 전혀 없어. 어머니 혼자 김칫국 드시는 거니까."

"그 여자분이죠?"

'그 여자'라는 건, 나정을 일컫는 게 분명했다. 잠깐 부정할까 생각도 해 봤지만, 아무리 선의의 거짓말이라도 그녀를 속이고 싶지는 않았다. 그는 긍정했다.

"어쩌다 보니 길게 엮였는데……. 정말로 아무 관계 아니야. 이번에 확실히 정리도 했고."

"그래요. 이번은 그렇다고 쳐요."

그녀는 그의 결백을 선뜻 믿어 주는 듯했다. 하지만 이어지는 물음은 그를 도무지 웃을 수 없게 만들었다.

"그런데 그다음은요?"

"……."

"또 그다음은?"

그럴 일은 없어. 단호하게 말하고 싶었지만 석현은 차마 그 말을 뱉어내지 못했다.

자신의 어머니는 욕심이 많은 사람이었다. 일이 이렇게 되었으니 어쩔 수 없이 문나정은 포기할 수밖에 없겠지만, 그렇다고 아들의 결혼까지 포기하진 못할 터였다. 오히려 믿는 구석이 없어졌으니 앞으로는 더 열심히 귀찮은 일을 벌일 수도 있었다.

"알고 있어요. 이 관계를 끝낼 수 있는 권리는 내가 아니라 선배한테 있다는 거."

그의 침묵에 그녀는 그럴 줄 알았다는 듯 담백하게 입술을 뗐다.

"그런데 나…… 정말로 못하겠어요. 선배는 신경 쓰지 말라고 했지만, 전 그게 안 돼요. 이런 일이 있을 때마다 선배 어머니의 원망은 고스란히 제게 올 텐데……. 저는 그걸 계속 감당할 자신이 없어요."

그리 말하는 그녀는 정말로 지쳐 보였다. 상처받은 것처럼 보였다. 불안을 느끼면서도 그 어떤 것도 해결할 생각이 없었던 무심한 자신의 옆에서, 그녀는 그동안 홀로 얼마나 많은 생각을 했던 걸까. 뭐라고 위로를 해야 할까. 아니, 제가 감히 그녀를 위로할 자격이나 있을까. 석현은 턱을 악다물었다. 입이 열 개라도 할 말이 없었다.

"……."

"……."

주위에 깔린 어둠만큼이나 무거운 침묵이 감돌았다. 입을 먼저 연 건, 그녀였다. 그녀는 꿀 먹은 벙어리처럼 입을 꾹 다물고만 있는 그를 잠깐 동안 바라보다 이내 조심스러운 음성을 뱉어 냈다.

"돈, 갚을게요."

172

짧은 한마디가 마른하늘에 날벼락처럼 그의 머리 위로 떨어졌다. 죄책감에 내내 바닥을 향해 있던 그의 고개가 번뜩 들어 올려졌다.

"서희수!"

너무도 뻔한 전개였다. 뒷말을 듣고 싶지 않아 소리쳤지만, 그녀는 전혀 동요하지 않고 제 할 말을 이어 갔다.

"그 큰돈을 한꺼번에 갚을 순 없겠지만, 죽을 때까지 갚을 수 있는 데까진 최대한 갚을게요. 물론 7년 전에 빌린 돈도 포함해서요. 은행 이자까지는 힘들겠지만, 원한다면 이자도 넣어서요."

조곤조곤한 말투가 날카로운 칼날이 되어 그의 가슴에 생채기를 냈다.

"정 못 믿겠으면 차용증이라도……."

"서희수!"

너무 아파서 더는 들어줄 수가 없었다. 석현은 참지 못하고 그녀의 양어깨를 거칠게 붙들었다.

"정말 그게 전부야?"

"……."

"정말로 다른 감정 없이, 단지 돈 때문에 나랑 만난 거였냐고!"

내내 억눌러 두었던 감정이 활화산처럼 폭발했다. 뜨거운 감정이 주체할 수 없이 그의 두 눈 속에서 절절 끓었다.

"아니잖아. 응? 너도 나랑 같은 마음이잖아……."

제발……. 애원하듯 간절한 음성이었다. 바짓가랑이라도 붙들 듯 처량한 얼굴이었다. 그런 그를 바라보는 그녀의 눈빛이 작게 떨렸다. 그러나 아주 잠깐일 뿐이었다. 그녀는 언제 그랬냐는 듯 다시금 냉정한 눈빛으로 그를 바라보았다.

"그래서요?"

눈빛만큼이나 차가운 음성이었다.

"그럼 뭐가 달라져요?"

순식간에 온몸을 얼어붙게 만드는 냉기에 석현은 그저 멍하니 희수를 바라볼 수밖에 없었다.

"나는 사랑보다 돈이 더 중요한 여자예요."

"……."

"그래서 선배를 버렸고, 또다시 선배를 이용했어요."

"……그런 건 상관없어."

석현은 겨우 입술을 떼어 냈다.

"내가 원해서 한 일이야."

"아뇨. 내가 상관있어요."

그녀는 가차 없이 그의 진심을 밀어냈다.

"난 선배 옆에 있겠다고 뻔뻔하게 못 굴어요. 선배 어머니 원망 못 해. 나라도 내 아들이 나 같은 여자 데려온다면 싫을 거야. 가진 것도 없는 주제에 자존심까지 없는, 그런 최악의 여자는……."

말을 차마 끝맺지 못하고 그녀가 아랫입술을 질끈 깨물었다. 발갛게 달아오른 눈가에 투명한 눈물이 고였다.

"난 그 모든 걸 감당하면서까지 선배 옆에 있을 자신 없어요. 선배한텐 미안하지만, 내 진심이라는 게 고작 이 정도밖에 안 된다는 뜻이에요."

더없이 냉정한 음성이 이미 너덜너덜해진 가슴을 자비 없이 후벼팠다. 차라리 오직 돈 때문에 만났다는 대답을 듣는 편이 덜 아팠을까. 그녀의 어깨를 붙든 손에서 하릴없이 힘이 빠져나갔다. 그녀는 기다렸다는 듯이 한 걸음 뒤로 물러났다. 고작 한 뼘밖에 안 되는 거리였지만, 석현에겐 꼭 지구 반대편에 있을 때처럼 아득하게만 느껴졌다.

"선배는 선배 세상에서 살아요. 나는 내 세상에서 살아갈게요."

결코 듣고 싶지 않았던 말이, 기어코 그녀의 입에서 흘러나왔다.

늦은 밤. 서재 밖에서 어수선한 소리가 들려왔다. 최 회장은 읽고 있던 책을 덮고 닫힌 문을 물끄러미 바라보았다. 짚이는 부분은 딱 하나였다. 첫째가 들어온 모양이었다. 아내와 첫째가 기 싸움을 할 때를 제외하면, 이 집은 늘 절간처럼 조용했다. 둘째가 한국에 들어온 뒤로 두 사람이 부딪히는 일이 전보다 더 잦아졌다. 늘 밖으로만 나돌던 녀석이 최근엔 무슨 생각인지 집으로 꼬박꼬박 들어오는 탓이었다.

"무슨 수를 내든가 해야지……."

쯧, 낮게 혀를 찬 최 회장은 쓰고 있던 안경을 내려놓고 자리에서 일어났다.

"회장님, 왜…… 나오셨어요?"

서재를 이제 막 벗어났을 때, 마침 앞을 지나치던 아내가 그를 보고 놀란 얼굴을 했다.

"갑자기 소란스러운 것 같아서. 무슨 일 있소?"

"아뇨. 무슨 일은요……."

아내가 어색하게 말꼬리를 흐렸을 때였다. 현관문이 벌컥 열렸다. 최 회장의 시선이 현관을 향했다. 그리고 곧 두 눈이 크게 늘어났다. 그 너머에서 들어오는 건 자신의 예상과 달리 치원이 아닌 석현이었다.

"네가 이 시간엔 어쩐 일이냐?"

"드릴 말씀이 있어서 왔습니다."

"이 시간에?"

"아주 중요한 얘기라서요."

대꾸하는 음성엔 묵직한 감정이 서려 있었다. 최 회장은 아내를 슬쩍 바라보았다. 아내의 얼굴엔 난감한 기색이 역력하게 드러나 있었다.

"회장님은 들어가 계세요."

"아뇨. 회장님도 같이 들으셔야 할 얘기입니다."

"최석현."

아내가 낮게 으르렁거렸지만, 아들 녀석은 들은 척도 하지 않았다. 게슴츠레한 눈으로 묘한 분위기의 모자를 바라보던 최 회장은 이내 마른 입술을 달싹였다.

"그래. 아들이 아주 중요한 말을 하겠다는데, 부모가 같이 듣는 게 맞지."

최 회장은 윤희의 어깨를 부드럽게 두드리고는 먼저 걸음을 옮겼다. 석현이 빠르게 그 뒤를 따라붙었다. 윤희는 끝까지 못마땅한 시선으로 석현의 뒤통수를 노려보다 뒤늦게 걸음을 옮겼다. 거실 소파에 마주 앉은 세 사람의 주위로 공기가 무겁게 깔렸다. 두 모자 사이에 흐르는 팽팽한 긴장감을 깨트린 건, 최 회장이었다.

"어디 무슨 얘기인지 들어나 보자."

석현은 둘을 한 번씩 번갈아 보더니 이내 주먹을 꽈악 그러쥔 채 말했다.

"저, 결혼하겠습니다."

생각지 못했던 폭탄 발언에 최 회장과 윤희가 동시에 눈을 크게 떴다.

"결혼을 하겠다고?"

"네."

"문 의원 여식이랑?"

"아뇨."

부자가 더없이 진지한 얼굴로 스무고개 같은 질문과 답변을 주고받았을 때였다. 윤희가 인상을 잔뜩 찌푸린 채 뾰족한 음성을 뱉어 냈다.

"지금 그 아이랑 결혼을 하겠다는 말이야?"

'그 아이'라는 건 아마도 아들이 만난다는 여자를 뜻할 터였다. 자신만 모르고 있는. 대화에 끼어들 수 없을 거라 판단한 최 회장은 앞으로 기울었던 상체를 뒤로 젖히며 다시 관찰자 역할로 돌아갔다.

"그 여자가 허락만 해 준다면요. 물론 쉽진 않겠지만."

"최석현!"

담담한 아들과 달리 아내의 목에는 푸른 핏대까지 바짝 섰다.

"너 저번에 뭐라고 했어. 질릴 때까지만 만나 보겠다고 하지 않았어! 결혼 생각은 없다고 해서 내가 잠자코 지켜봤는데, 갑자기 결혼이라니! 이게 대체 무슨 헛소리야!"

최 회장의 눈이 조금 전 아들이 폭탄선언을 했을 때보다 훨씬 더 크게 늘어났다. 아내가 이렇게까지 화를 내는 건 처음 봤다. 모진 시집살이를 당할 때도, 피 한 방울 섞이지 않은 첫째 아들에게 무시를 당할 때도. 그 어떤 상황에서도 시종일관 차분하게 대처했던 그녀였는데 말이다. 도대체 어떤 아이길래……. 최 회장이 조금 더 짙어지는 의문을 떠올릴 즈음, 아들이 제 어머니를 향해 서늘한 음성을 뱉어 냈다.

"약속은, 어머니께서 먼저 어기셨죠."

"뭐?"

"만나셨다면서요."

몰아붙이는 아들의 말에 일순 아내의 입가가 바르르 떨렸다.

"그 아이가 그러디?"

"그게 중요한 건 아닐 텐데요."

윤희는 아랫입술을 질끈 깨물었다. 그런 어머니를 바라보며 석현은 여전히 서늘한 목소리를 뱉어 냈다.

"딱 1년만 지켜봐 달라고 부탁드렸어요. 아니, 제발 저 좀 살려 달라고 애원했어요. 그런데 그게 그렇게 어려우셨어요?"

"내가 널 모르니? 1년? 턱도 없지."

윤희는 서늘하게 코웃음을 쳤다.

"7년을 못 잊은 여자를 고작 1년 만나 본다고 네 마음이 변하겠어? 오히려 더 깊어질 게 뻔한데."

"……."

"너도 사실은 그걸 정말 몰라서 한 말은 아니잖아?"

석현은 선뜻 긍정했다.

"처음부터 지켜질 수 없는 거래였네요."

윤희의 얼굴에 승리의 미소가 서렸다.

"그래. 그 일은 없던 일로 하자꾸나. 그러니 그 아이는 당장 정리해."

"벌써 잊으셨어요? 저 조금 전에 그 여자랑 결혼하겠다고 분명히 말씀드렸는데."

"……너 지금!"

윤희가 화를 참지 못하고 자리에서 벌떡 일어났다. 시종일관 표정 하나 변하지 않고 제 속을 뒤집어 놓는 아들을 노려보는 윤희의 눈에 불길이 치솟았다.

"정말로 나더러 그 아이를 며느리로 받아들이란 말이니? 내 눈앞에서 널 버리고 돈을 선택했던 그 아이를?"

"그렇게 만든 건 어머니셨잖아요."

"결국 선택한 건 그 아이였어!"

두 사람의 기 싸움은 길게 늘어난 고무줄처럼 팽팽했다. 자칫 잘못하다간 바로 끊어질 듯 아슬아슬했다.

"그때 그 여자, 고작 스무 살이었어요. 어머니도 잘 아시겠지만, 당시 그 여자가 처한 상황은 스무 살 여자아이가 받아들이기엔 너무도 벅찬 현실이었고요."

"……."

"그때, 어머니가 하신 건 분명 유도 신문이었어요. 유도 신문으로 나온 답은 사실 여부를 정확하게 판단할 수가 없어서 법에서도 원칙적으로 금지돼 있다는 건 알고 계시죠?"

"……."

"그래도 그 여자는 끝까지 제 앞에 나타나지 않고 어머니와의 약속을 지키려고 했어요. 제가 억지로 찾아냈을 때도 밀어내려고 용을 썼다고요. 그 정도면 괜찮은 점수를 줄 만하지 않으세요?"

논리 정연한 아들의 말에 아내는 아무런 대답도 하지 못한 채 애꿏은 입술만 괴롭혀 댔다. 그러다 이내 하! 콧방귀를 크게 뀌었다.

"난 허락 못 한다! 내 눈에 흙이 들어가기 전까진 못해!"

윤희는 더 이상 아들을 상대하고 싶지 않다는 듯 몸을 획 돌렸다. 이미 논리에서 밀리고 있었다. 길게 얘기해 봐야 자신에게 불리해진다는 걸 잘 알고 있는 보양이었다. 하지만 이어지는 석현의 말에 윤희는 다시 몸을 바로 할 수밖에 없었다.

"죄송하지만, 저 지금 어머니 허락받으러 온 거 아니에요. 그저 제가 이런 결심을 했다고 알려 드리려고 온 겁니다."

획 돌아서서 아들을 노려보는 윤희의 눈이 뒤집힐 듯 커졌다.

"지금 그걸 말이라고 해? 부모 허락 없이 네 멋대로 결혼을 하기라도 하겠다는 거야? 네가 고아니? 혼자 컸어?"

따발총처럼 연신 쏟아지는 뾰족한 음성에도 석현은 눈 하나 깜빡하지 않았다. 분노한 제 어머니를 마주한 아들의 표정은 마치 남 일인 양 덤덤할 뿐이었다.

최 회장은 아들의 표정에서 정답을 읽었다. 사실 답은 아들의 입에서 '결혼'이라는 말이 나오는 그 순간부터 이미 나와 있었던 것이다. 아들의 고집을 누구보다 잘 알고 있었다. 말 안 듣는다고 훈육을 할 수 있는 나이도 아니고, 이미 다 큰 성인이었다. 부모 허락 없이도 충분히 결혼이 가능한 나이. 제 어미가 이대로 끝까지 반대한다 해도 제멋대로 혼인 신고서에 도장을 찍고 통보할 녀석이었다.

"똑똑한 녀석이 왜 이렇게 말귀를 못 알아들어? 그 아이랑 너는 안 돼. 대체 끝이 뻔한 길을 왜 굳이 가려고 하는 거야."

윽박지르는 게 안 먹힌다 싶었는지 아내는 노선을 틀었다. 흥분을 감추고 다정한 음성으로 어르고 달래기 시작했다.

"지금 넌 나 좋자고 반대하는 것 같지? 근데 네가 잘못 알고 있는 거야. 이건 다 널 위해서야. 세상천지 자식 잘못되길 바라는 부모가 어디 있겠어. 응? 석현아, 제발……."

끝은 거의 애원이었다. 어찌나 애절한지 안쓰러워 옆에서 보고 있기가 힘들 지경이었다.

"나는."

지금껏 잠자코 듣고만 있던 최 회장이 느리게 입술을 떼자, 두 모자의 시선이 동시에 이쪽을 향했다.

"한 번 봤으면 싶은데. 둘째가 만난다는 아이."

거실 테이블 위에 문제집을 올려 두고서 수학 문제를 풀던 연수의 손이 뚝 멈췄다. 펜을 내려놓은 그녀는 후우, 낮게 한숨을 내쉬며 방문을 바라보았다. 꽉 닫힌 방문 틈을 비집고 억눌린 울음소리가 흘러나오고 있었다. 벌써 두 시간째였다. 언니는 이 집의 방음이 최악이라는 사실을 가끔 잊는 것 같았다. 그러니 저렇게 이불을 뒤집어쓰고 숨죽인 채 우는 거겠지.

"어차피 다 들리는데. 그냥 속 시원하게 울지. 저게 뭐야……."

연수는 미간을 좁힌 채 작게 중얼거렸다. 집에선 마음껏 울지도 못하는 언니가 안쓰러웠다. 그때도 그랬었다. 아마도 언니가 bar에서 일하기를 그만두기로 마음먹었을 날.

늦은 밤, 제가 잠든 줄 알고 거실에 나가 홀로 울던 언니의 흐느낌을 연수는 숨죽인 채 가만 듣고만 있었다. 제겐 늘 씩씩한 모습만 보여 주고 싶어 하는 언니가 이렇게 가끔 무너질 때마다, 연수는 온 세상이 어지럽게 흔들리는 느낌이었다. 그리고 짙은 자괴감을 느꼈다. 고작 고등학생인 자신은 언니에게 해 줄 수 있는 것이 아무것도 없다는 것이…… 힘이 되어 주고 싶은데 현실은 언니의 작은 어깨를 짓누르는 무거운 짐일 뿐이라는 것이…….

"하아……."

길게 한숨을 내쉬며 연수는 문제집 위로 털썩 엎어졌다. 고개를 돌려 한쪽 뺨을 문제집에 댄 채 숨을 죽였다. 고요한 집 안에 깔리는 옅은 울음을 듣고 있자니, 문득 언젠가 언니와 나눴던 대화가 떠올랐다.

왜 연애를 안 해? 답답해하는 그녀에게 언니는 말했었다. 연애할 처지가 아니라고. 그땐 핑계라고만 생각했었다. 그런데 오늘 언니가 했던 말이 무슨 말이었는지 알아 버렸다.

"헤어진 건가……."

언니의 연인은, 7년 전보다 훨씬 더 멋있는 모습이었다. 친구들이 보는 잡지에 나와 있는 명품 슈트와 시계, 구두가 위화감이라고는 눈곱만큼도 없이 아주 잘 어울렸다. 반대로 아까 반쯤 열린 현관문 너머로 보이는 남자의 모습은 너무도 이질적이었다. 마치 진흙탕에 잘못 떨어진 한 떨기의 꽃처럼. 그 순간 깨달았다. 언니가 왜 그렇게 그 남자와의 연애를 부정했었는지.

결국 이렇게 되리라는 걸 예상했기 때문이 아니었을까.

"……만났다가 헤어지고 하는 거지. 세상에 남자가 그 오빠 하나뿐인가, 뭐."

서글픈 마음을 애써 억누르며 괜스레 볼멘소리를 내뱉은 연수는 벌떡 상체를 일으켰다. 그러곤 다시금 내려놓았던 펜을 꽈악 그러쥐었다. 열심히 공부하는 것. 그게 지금 제가 언니에게 해 줄수 있는 최선의 위로였다.

차에 시동을 껐다. 한순간에 엔진 소리가 멎고 차 안에는 짙은 고요가 내려앉았다. 휴대폰을 꺼내 들던 석현은 문득 시선을 들어 차 앞 유리 너머를 바라보았다. 대충 눈으로 가늠해 본 그녀의 집 창문은 캄캄했다. 잠들었을까……. 잠깐 망설이던 그는 이내 휴대폰을 도로 내려놓고 의자 등받이에 몸을 깊숙이 기댔다. 입술을 비집고 무거운 한숨이 절로 흘렀다.

사실 부모님은 문제가 아니었다. 시간은 조금 걸릴지도 모르지만, 결국엔 백기를 들게 할 자신이 있었다. 만약 끝까지 반대한다고 해도 제 의견을 밀고 나갈 생각이었다. 문제는 그 여자였다. 마음의 빗장을 꼭꼭 걸어 잠그고서 그를 밀어내기에만 급급한…….

그는 고개를 돌려 조수석을 바라보았다. 의자 위에 덩그러니 놓여 있는 상자가 눈에 들어왔다. 아까 끝을 말하던 그녀가 돌려준 것이었다. 그는 팔을 뻗어 그것을 집어 들었다. 달칵, 맑은 소리와 함께 열리는 상자 안에는 목걸이 두 개가 가지런히 놓여 있었다. 둘 다 낯이 익었다. 하나는 크리스마스 때, 또 다른 하나는 7년 전에. 그가 직접 골라 선물한 것이었으니까 말이다. 싸구려였다. 일주일간 막노동을 한 돈으로도 충분히 살 수 있었던.

당연히 진작 버렸을 거라고 생각했는데, 아직도 그녀가 가지고 있다는 사실이 새삼 놀라웠다. 그러자 괜한 기대가 슬그머니 고개를 드는 것이었다. 역시 그녀와 제 마음은 처음부터 같았던 게 아니었을까, 하는.


'그래서요?'
'그럼 뭐가 달라져요?'


그녀는 달라지는 게 없을 거라고 확신하는 모양이었지만, 그에겐 완전히 다른 이야기였다. 7년 전에도, 지금도. 제가 싫어서가 아니라 그 외의 다른 이유로 저를 밀어내는 거라면, 그는 포기할 생각이 조금도 없었다. 만약 정말로 그런 거라면…….
"이번엔 네 손 절대로 안 놔, 서희수."
어둠 속에서 그의 새카만 눈동자가 결연하게 빛났다.

자정에 가까워지는 늦은 밤. 노부부의 침실에는 별 하나 보이지 않는 캄캄한 밤하늘만큼이나 짙은 고요가 내려앉아 있었다.
"자요?"

등 뒤에서 남편의 부드러운 음성이 들려왔지만 윤희는 대꾸하지 않았다.

"아까 내가 둘째 편을 들어서, 속이 많이 상했지?"

투박한 손이 그녀의 등을 부드럽게 쓸었다. 보드라운 실크 잠옷 위로 전해지는 손길은 더없이 다정했다. 한동안은 말을 걸어도 절대 대꾸하지 않으리라, 마음먹었는데. 기습적으로 닥친 남편의 위로에 울컥 감정이 치미는 건 어쩔 수 없었다. 목구멍 끝까지 차오른 뜨거운 것을 애써 삼켜 내며 윤희가 샐쭉하게 입술을 달싹였다.

"이번엔 당신이 경솔했어요. 내가 왜 그렇게 반대를 하는지는 들어 보지도 않고 석현이 편을 들면 어떡해요. 내가 심심해서 반대하는 거겠어요? 다 이유가 있어서인데……."

서운함이 잔뜩 실린 목소리가 허공에서 흩어졌다.

"이유 없이 반대한다는 생각은 한 적 없소. 당연히 이유가 있겠지. 당신이 누구보다 둘째를 끔찍하게 생각한다는 걸 내가 어찌 모를 수가 있겠어."

남편은 다 안다는 듯 불뚝 솟아오른 그녀의 한쪽 어깨를 부드럽게 토닥여 주었다.

"다만, 둘째가 저렇게 확고하게 나오는데 부모랍시고 덮어 놓고 반대만은 할 수가 없는 거 아니겠소."

"……."

"사실은 당신도 알잖아. 둘째 고집은 누구도 못 이긴다는 거."

어찌 모르겠는가. 아들의 고집은 누구보다 그녀가 더 잘 알고 있었다. 그래서 더욱더 격렬하게 반대를 할 수밖에 없었던 것이다.

"그래도 그 아이는……."

"7년 전, 그 아이지?"

나긋한 음성에 윤희가 저도 모르게 어깨를 움찔했다.

"어떻게 아셨어요?"

"너무 흥분해서 잊고 있었던 모양인데, 나도 아까 두 사람이 대화하는 그 자리에 있었소."

낮게 떨어지는 웃음소리에 윤희는 길게 한숨을 내쉬었다.

"여보, 저는 정말로 그 아이를 며느리로 받아들일 자신이 없어요."

"왜. 성격이 아주 나쁘기라도 했던 모양이지?"

"……."

"이상하네. 둘째 성격 생각하면 예의 없는 아가씨를 만날 것 같지는 않은데."

윤희는 선뜻 대답하지 못했다. 예의 없기로는 예나 지금이나 이쪽이 더 했으니까 말이다.

7년 전 봤을 땐, 딱 그 나이답게 똑 부러지고 당돌한 아이였다. 그리고 얼마 전에 봤을 땐……. 지나치게 차분하던 얼굴이 떠올라 윤희는 아랫입술을 살짝 물었다. 분위기가 많이 달라졌다 느낀 건, 저나 나나 단지 나이를 먹었기 때문만은 아니었을 것이다. 아마도 그간의 세월 때문이겠지. 아들의 말대로 고단한 시간을 보냈을 테니까. 묘한 침묵이 깔리자 남편이 문득 물었다.

"혹시 너무 예뻐서 질투라도 하는 건가? 둘째가 날 닮았다면 분명 눈이 아주 높을 텐데."

"지금 무슨……."

기가 차서 반박하려던 윤희는 이내 입을 딱 다물었다. 다 알면서 저리 능글맞게 묻는 남편의 의도가 너무도 뻔했기 때문이다.

"당신, 정말 너무한 거 아니에요? 끝까지 아들 편만 들 거예요?"

얄미워 볼멘소리하자 남편은 그녀의 등을 끌어안으며 하하하, 낮게 웃었다. 따뜻한 웃음소리가 귓가에서 흩어졌다. 윤희는 널뛰던 마음이 조금은 차분해지는 느낌이 들었다.

"사랑이라는 게, 어디 부모가 나서서 억지로 찢어 놓는다고 깔끔하게 찢어지는 거요? 그게 아니라는 건 당신이랑 내가 더 잘 알지 않소."

"그래요. 잘 알죠. 쉽지 않은 거. 근데 부모가 반대하는 결혼의 말로가 얼마나 끔찍한지도 잘 아니까……."

말을 뱉어 놓고 윤희는 황급히 혀를 물었다. 지금 그 말은 제 결혼 생활이 끔찍했노라 말한 것과 다름없었다.

"아니, 여보, 방금 한 말은……."

당황한 윤희가 얼른 변명하려 입을 열었지만 뒷말을 끝마치지는 못했다. 남편이 벽을 보고 있던 그녀의 몸을 자신 쪽으로 돌아보게 했기 때문이었다. 윤희는 못 이기는 척 몸을 돌려 남편과 마주 봤다. 내내 제 뒷모습을 보고 있었을 남편의 두 눈과 시선이 마주쳤다. 짙게 깔린 어둠 속에서도 남편의 눈동자 속에 담긴 따뜻함만큼은 선명하게 보였다.

"알아. 당신이 얼마나 고생했는지."

남편은 그녀의 손을 꽈악 붙잡았다. 해묵은 감정들이 맞잡은 피부를 통해 느른하게 전해졌다. 사과도 아니었고, 그렇다고 긴 위로의 말을 들은 것도 아니었지만. 투박한 손길은 따뜻했다. 꽁꽁 얼어 있는 마음의 귀퉁이를 단숨에 녹여 버릴 만큼.

"그러니까…… 당신은 분명히 그 아이를 마음으로 받아들일 수 있을 거요. 비록 첫 단추는 잘못 끼웠지만, 그거야 풀고 다시 채우면 그만 아니겠소. 시간이 걸리더라도 분명 당신은 좋은 시어머니가 되어 줄 수 있을 거야."

코끝이 시큰해져 윤희는 콧잔등을 찌푸리며 괜스레 시선을 내리깔았다. 그런 그녀를 따뜻한 눈으로 바라보던 남편은 아내의 몸을 자신의 품으로 바짝 끌어안았다.

"적어도 우리만큼은 둘째 편을 들어줍시다, 여보."

윤희는 끝까지 입을 꾹 다문 채였지만, 남편의 품에서 벗어나려고 용을 쓰지는 않았다. 서글프지만 그래서 따뜻하기도 한, 그런 밤이 깊어 가고 있었다.

쿵쿵쿵. 마치 귀청을 뜯어내려 작정이라도 한 듯 크게 울리는 음악 소리. 숨을 쉴 때마다 폐부 깊숙이 들어오는 매캐한 담배 연기. 술에 절어 휘청거리면서도 리듬에 몸을 맡기는 사람들까지. 나정은 주위를 둘러보며 인상을 찌푸렸다. 평소 같았으면 쳐다도 보지 않았을 천박하기 그지없는 장소였다.

"하여튼 딱 저 같은 곳에서 놀고 있어."

못마땅하다는 듯 낮게 혀를 찬 나정은 곧장 2층으로 향했다. 그녀의 걸음이 멈춘 곳은 VIP룸 앞이었다. 망설임 없이 문을 벌컥 열어젖혔다. 안은 밖보다도 훨씬 더 가관이었다. 술에 거나하게 취한 듯 눈이 풀린 치원은 양옆에 여자를 하나씩 끼운 채 하렘을 즐기고 있었다. 여자들 역시 눈이 풀린 건 마찬가지였다. 두 여자는 훤히 드러난 가슴을 치원의 팔에 완전히 밀착시키고서 아양을 떨어 댔다. 그들은 자신들의 세상에 완전히 빠진 것 같았다. 나정의 등장을 눈치채지 못했다.

쾅! 나정이 일부러 문을 있는 힘껏 세게 닫자, 그제야 이쪽으로 하나둘 시선을 옮겼다. 눈을 게슴츠레하게 뜨고서 이쪽을 바라보던 치원이 뒤늦게 그녀를 알아본 듯 눈을 크게 떴다.

"오, 이게 누구야!"

치원의 입매가 비릿하게 말려 올라갔다.

"하마터면 제수씨가 될 뻔했던 문나정 아니야?"

노골적인 비아냥거림이었다. 하필이면 가장 듣고 싶지 않은 말이기도 했고. 평소 같았으면 성질을 부렸겠지만, 지금은 그럴 입장이 아니었다. 나정은 대꾸하는 대신 팔짱을 낀 채 치원을 빤히 바라보았다.

"고귀한 공주님께서 이런 누추한 곳엔 어쩐 일로?"

"얘기 좀 해."

"얘기? 너랑 내가?"

치원은 마치 아주 우스운 얘기를 들었다는 듯 코웃음을 쳤다. 당연한 일이었다. 석현과 사이가 나쁜 치원은, 나정을 달가워하지 않았다. 물론 그건 나정 역시 마찬가지였다. 나정은 제게 협조할 생각이 전혀 없어 보이는 치원을 무시한 채 그 옆의 여자들을 향해 말했다.

"자리 좀 비켜 줄래요?"

여자들은 치원을 바라보았다. 저 여잔 뭐야? 구시렁거리자 치원이 거드름을 피우듯 그들의 허리를 바짝 휘감았다.

"그냥 해."

"둘 다 상황 파악 안 돼? 비켜 달란 말 안 들려?"

사납게 눈을 치뜨자 그녀의 기세에 눌린 여자들이 뭐야, 진짜. 투덜거리면서도 자리에서 일어났다. 두 여자가 방을 나가고, 나정은 빈자리에 앉아 도도하게 다리를 꼬았다.

"대체 뭐야, 너?"

그런 나정을 보며 치원이 기가 막힌다는 듯 눈살을 찌푸렸다.

"왜 갑자기 나타나서 훼방을 놓고 지랄인데?"

"할 말 있다고 했잖아."

"너랑 나 사이에 중요하게 할 얘기가 대체 뭐가 있어서?"

가시를 바짝 세우는 치원을 빤히 바라보며 나정이 붉은 입술을 비틀어 올렸다.

"이제 경계할 이유 없지 않아? 오빠 말대로 나랑 최석현 결혼은 완전히 물 건너갔는데."

치원은 헛웃음을 흘렸다.

"그래서 네가 내 편이라도 들겠다고?"

"안티보다 돌아선 팬이 더 무섭다는 말. 들어 봤어?"

"뭐?"

"여자가 한을 품으면 오뉴월에도 서리가 내린다는 말은?"

치원이 눈살을 찌푸렸다.

"대체 무슨 말을 하는 거야? 빙빙 돌리지 말고 알아듣게 말해."

하여튼 무식하긴. 답답한 마음에 짜증이 훅 치밀어 올랐지만 나정은 애써 참으며 표정 관리를 했다. 치원은 무식한 주제에 욕심만 많은 인간이었다. 이럴 때 이용하고 가차 없이 버릴 말로서는, 더할 나위 없는 적임자였다.

"오빠 편에 서 주겠다는 얘기야."

퍽이나 다정한 음성에 치원이 기가 찬다는 듯 허! 크게 숨을 뱉었다.

"그 말을 지금 믿으라고?"

"왜 못 믿는데?"

"네가 그 오랜 세월 최석현 똥구멍을 핥아 대던 걸, 내가 바로 옆에서 지켜봤는데. 하루아침에 내 편이 되겠다는 널 어떻게 믿을 수 있겠어?"

더는 참아 줄 수가 없어 나정은 눈살을 찌푸렸다.

"천박한 말 좀 그만 쓸 수 없어? 귀가 썩을 것 같아."

치원은 비릿하게 웃으며 빈 잔에 술을 콸콸 따랐다.

"그러니까 천박한 내 편 들겠다는 개소리는 말고, 그만 꺼져. 회장님 첩이랑 짜고 나 엿 먹이려는 거 모를 줄 알아?"

등신 같은 놈. 이렇게 눈치가 없으니, 적통으로 태어나도 반쪽짜리 동생한테 평생 밀리기만 하지. 나정은 속으로 서늘하게 조소했다. 어쩜 형제인데 이렇게 다를 수가 있을까. 아무리 배가 다르다고 해도 이렇게까지 다를 일인가. 참으로 신기한 일이 아닐 수 없었다.

게걸스럽게 술을 들이켜는 치원을 못마땅하다는 듯 바라보며, 나정은 잠깐 동안 정말 이런 인간이랑 손을 잡아야 하는 건지 망설였다. 하지만 고민은 길어지지 않았다. 조금 전 커피숍에서 겪었던 수모가, 최석현의 잔인함이 아직도 생생했다. 저도 모르게 까득, 이를 갈던 나정은 치원이 빈 잔을 테이블에 내려놓는 것과 동시에 다시 한 번 입술을 달싹였다.

"회장님께서 최석현한테 유통 맡길 생각하고 계시는 거, 알고 있어?"

멈칫. 일순간 치원의 눈빛이 날카로워졌다.

"뭐?"

"유통이면, 태광에서 가장 핵심 사업 맞지?"

마치 당장 무슨 일이라노 벌일 듯 섬뜩한 눈빛이었지만, 나정은 여유롭게 제 할 말을 이어 갔다.

"그걸 최석현한테 맡기겠다는 건, 최 회장님이 후계자로 오빠가 아닌 최석현을 점찍어 뒀다는 뜻인 것 같은데. 어떻게 생각해?"

정확한 설명이었다. 치원의 눈빛이 흔들렸다.

"어디서 들었어?"

"지금 그게 중요해?"

쾅! 말이 끝나기가 무섭게 치원이 테이블 위를 세게 내리쳤다.

"웃기지 마! 내가 그 말을 믿을 것 같아? 너 지금 구라 까는 거지? 내가 있는데 회장님이 그 자식한테 후계자를 맡길 리가 없 잖아!"

목에 핏대까지 세워 가며 현실을 외면하려는 모습이 어쩐지 안 쓰럽게까지 느껴져 나정은 동정하듯 나긋하게 말했다.

"정 못 믿겠으면 확인해 봐. 꽤 오래전부터 준비해 뒀던 걸로 알 고 있으니까."

치원은 진실을 가늠하기 위해 눈을 가늘게 뜨고 나정을 빤히 바라보았다. 아무래도 거짓말을 하는 것 같지는 않았다. 태광에는 나정의 부친인 문 의원의 사람들이 몇 있었다. 작정하고 정보를 알아내고자 하면 그다지 어려울 것도 없을 것이었다.

……그게 사실이라니. 치원은 빈 깡통을 꽈악 그러쥐었다. 우지 끈. 그의 손아귀에서 깡통이 힘없이 일그러졌다. 아버지의 애정이 저보다는 재수 없는 동생 놈에게 조금 더 쏠려 있다는 것쯤은 알고 있었다. 그래도 조모인 오 여사와 돌아가신 모친이 애정했던 태광만큼은 제 것이라고 철석같이 믿고 있었는데……. 살면서 이렇게까지 세게 뒤통수를 맞은 건 처음이었다. 치원은 손에 쥐고 있던 캔을 신경질적으로 바닥에 내던지며 어금니를 으득 깨물었다.

"이 얘기를 나한테 하는 이유가 뭐야?"

"아까부터 계속 말했잖아."

나정은 싱긋 웃었다. 조금 전과 달리 절 보는 치원의 눈에선 적개심이 사라져 있었다. 이 기회를 놓칠 순 없었다.

"내가 오빠 편이 되어 주겠다고."

"어떻게……?"

되묻는 치원의 눈동자에 이채가 감돌았다. 역시나. 단순무식의 대명사답게 벌써 반 이상은 넘어온 것 같았다. 나정은 속으로 쾌재를 불렀다.

"최석현의 약점을 알려 줄게."

나정은 은밀하게 속삭이듯 말했다.

"오빠는 아무도 모르게, 조용히, 그 부분만 공격하면 돼."

"약점?"

"제대로만 해 주면, 최석현을 한 방에 무너뜨릴 수 있을 거라 확신해."

"……."

"물론 한 방에 해결이 안 된다고 하더라도 걱정 마. 차후에 있을 주주 총회에서도 내가 가진 주식과 몇몇 주주들의 주식까지, 모두 오빠의 편에 서 줄 테니까."

꼴깍. 치원의 목구멍으로 마른침이 절로 넘어갔다. 엄청난 유혹이 아닐 수 없었다. 나정 쪽이 태광에 행사할 수 있는 지분은 그리 많은 건 아니었지만, 그렇다고 무시할 수준도 아니었다. 그 때문에 치원이 석현과 나정의 결혼을 경계했던 것이기도 했다. 나정이 석현의 편에 서면 제 자리가 아슬아슬해질 수밖에 없었기 때문에. 그런데 만약 나정이 자신의 편에 서 준다면, 이건 백 퍼센트 자신의 승리였다.

"근데……."

이미 마음으로는 홀라당 넘어가 버렸지만, 패를 완전히 다 드러내 보일 수는 없었다. 치원은 애써 냉정한 척 표정 관리를 하며 되물었다.

"이런다고 네가 얻는 게 뭔데?"

돌아오는 나정의 대답엔 망설임이 없었다.

"최석현의 불행."

나정의 새빨간 입술이 한껏 말려 올라갔다. 최석현에게 돌아선 팬이 얼마나 무서운지를 제대로 보여 줄 작정이었다.

# 21. Marry ME

 평소엔 조용한 '그리움'이었지만, 그래도 특별한 날만큼은 조금 복작거리긴 했다. 3월 14일. 화이트데이. 오늘도 그런 날 중 하나였다.

 이제 막 서빙을 끝내고 돌아온 희수는 카운터에 자리를 잡고 섰다. 조금 전 단골에게서 받은 사탕 한 알을 입에 넣고서 커피숍 안을 둘러보았다. 딱 다섯 팀이 있었는데, 모두 연인으로 보이는 커플들이었다. 여자들의 옆자리는 다양한 모양의 사탕 바구니가 차지하고 있었다. 서로 마주한 채 대화를 나누고 있는 이들은 행복해 보였다. 쓱 훑던 희수의 시선이 마지막으로 향한 곳은 조금 전 그녀에게 사탕을 줬던 단골이 있는 테이블이었다. 연애를 시작한 지 얼마 안 됐다는 커플답게 풋풋한 분위기였다. 특히나 남자가 여자를 사랑스러워 죽겠다는 듯 바라보고 있었다. 남자의 눈에서 는 말 그대로 꿀이 뚝뚝 떨어지고 있었다.

*'그나저나 석현 선배는 하나도 안 변했다, 정말. 저 멀리서도 보이더라. 너 보는 눈에서 꿀이 뚝뚝 떨어지는 게.'*

문득, 언젠가 들었던 친구의 말이 떠올랐다. 그 남자도 저런 눈으로 저를 봤던 걸까…… 저도 모르게 멍하니 생각하던 희수는, 뒤늦게 정신을 번뜩 차리고는 제 머리를 가볍게 툭 쳤다.

"무슨 생각을 하는 거야. 쓸데없이……"

지금은 그를 생각할 여유가 없었다. 삼촌 일만으로도 머리가 터질 것 같았다.

"……정말 단칸방이라도 구해서 이사를 해야 하려나."

낮게 중얼거린 그녀는 입 안에서 굴리던 사탕을 까득, 깨물었다. 은은하게 퍼지던 단맛이 순식간에 입 안을 강렬하게 휘감았다.

"누나, 왜 그래요?"

창고에서 나온 은성이 그녀를 보곤 고개를 갸웃했다.

"응?"

"표정이 안 좋아서요."

"내가?"

"봐요. 미간에 주름이 쫙 섰잖아요."

은성이 희수의 눈앞으로 손거울을 척 내밀었다. 그 속엔 정말로 인상을 잔뜩 찌푸리고 있는 여자가 있었다. 희수는 미간 위로 선명하게 생긴 주름을 얼른 펴며 말했다.

"사탕이 너무 달아서 그랬어."

스스로가 생각해 봐도 어이없는 변명이었다. 은성이 의아한 표정으로 절 보는 게 당연했다. 희수는 화제를 전환하기 위해 주머니를 뒤져 사탕 한 알을 은성에게 건넸다. 다행히도 은성은 더 깊게 파고들지 않고 얌전히 사탕을 받아 들었다.

"근데 요즘 사장님이 안 오시네요."

그녀의 옆에 나란히 선 은성이 사탕 껍질을 까며 말했다.

"많이 바쁘시대요?"

"……으응. 그런 것 같아."

희수는 어색한 얼굴로 대답했다. 사실 그의 안부는 제가 더 궁금했다. 그날 이후로 석현에게선 며칠째 소식이 없었다. 조금 더 정확하게 말하자면, 이쪽에서 먼저 연락을 해도 완전히 무시를 하고 있는 중이었다. 물론 그 연락이라는 것도, 커피숍을 그만두겠다는 내용의 문자 한 통이 전부이긴 했지만.

메시지가 잘못 간 걸까. 확인을 못 한 걸까. 뭐가 됐든 다시 연락을 해 봐야 하는 걸까. 하루에도 몇 번씩 그의 번호를 띄워 놓고 망설였지만, 결국 희수는 통화 버튼을 차마 누르지 못하고 휴대폰을 내려놓았다. 그의 목소리를 들을 자신이 없어서였다. 그렇다고 이렇게 질질 끌 수는 없는데……. 속이 답답해져 낮게 한숨을 내쉴 때였다. 은성이 사탕을 입에 집어넣으며 말했다.

"아무리 바빠도 오늘 같은 날은 만나야 하는 거 아니에요? 그래도 화이트데이인데."

은성은 여전히 두 사람이 잘 지내고 있다고 생각하고 있었지만, 굳이 바로잡아 줄 마음은 없었다. 진짜 연애를 한 것도 아닌데, 헤어졌다고 하기도 우습고. 그렇다고 있는 그대로 털어놓을 수도 없는 노릇이었다. 은성이 지금처럼 이렇게 자연스럽게 석현의 이야기를 꺼낼 때는 조금. 아니, 꽤 곤란하긴 했지만 말이다. 이번엔 또 무슨 핑계로 화제를 돌려야 하나. 머릿속으로 적당한 걸 찾고 있을 때였다. 타이밍 좋게 그녀의 휴대폰이 진동했다. 연수의 전화였다.

"나 전화 좀 받고 올게."

살면서 전화가 이렇게 반가운 적이 있었던가. 희수는 마치 복권 당첨 연락을 받은 것처럼 활짝 편 얼굴로 재빨리 창고로 향했다.

─언니, 오늘 집으로 바로 올 거지?

동생이 이렇게 묻는 건 처음이었다. 희수는 고개를 갸웃했다.

"왜. 무슨 일 있어?"

─그냥, 오늘따라 심심해서.

실없긴. 희수는 뜬금없는 동생의 애교에 작게 웃었다.

"미안한데 오늘은 문제집이랑 좀 더 놀고 있어."

─응? 집에 바로 안 와?

"응. 어디 좀 들러야 해서."

몇 시간 전에 자영에게서 연락이 왔었다. 이번에 사물함 정리를 하다가 그녀의 물건을 발견했다는 것이었다. 사실 별로 중요한 물건은 아니었다. 그러니 지금까지 잊고 살았던 거고. 하지만 마지막 인사도 제대로 하지 못했던 게 안 그래도 내내 마음에 걸렸던 터였다. 이번 기회에 인사도 할 겸 찾으러 가겠다고 말했었다.

—안 돼!

별안간 수화기 너머에서 들려오는 비명과도 같은 연수의 목소리에 희수는 깜짝 놀라며 휴대폰을 귀에서 떨어뜨렸다.

"뭐?"

—안 된다고. 무슨 일인지 모르겠는데, 뭐가 됐든 오늘 말고 내일 해. 오늘은 집에 바로 들어와.

"그게 무슨……."

—나 사실은 엄청 중요한 일 있어. 아주 급해.

"무슨 일인데?"

—전화로는 말하기 힘들어. 얼굴 보고 얘기할게. 그러니까 집으로 바로 와. 알았지?

더 묻기도 전에 연수는 전화를 뚝 끊었다. 황당함에 희수는 통화 시간이 찍혀 있는 휴대폰 액정을 멍하니 바라보았다.

"뭐야, 대체……."

뒤늦게 드는 불안감에 미간이 절로 찌푸려졌다.

일방적으로 통화를 끝낸 연수는, 제 대답을 기다리는 남자를 향해 엄지를 척 들어 올렸다.

"성공!"

그녀의 대답에 남자가 만족스럽다는 듯 씨익, 입꼬리를 말아 올렸다. 그와 동시에 연수의 가슴이 콩콩, 속절없이 뛰기 시작했다.

연수는 눈이 매우 높은 편이었다. 친구들은 좋아 죽는 배우나 아이돌을 보고도 별다른 감흥을 느끼지 못했다. 그런데 처음으로 남자의 웃는 얼굴이 예쁘다고 생각했다. 저런 걸 살인 미소라고 하는 걸까. 저도 모르게 넋 놓고 남자의 미소를 바라보던 연수는 뒤늦게 정신을 차리고 제 양 뺨을 찰싹, 세게 내려쳤다. 미쳤어, 진짜! 서연수, 너 정신 차려. 저 남자는 남의 남자야. 심지어 언니의 남자라고!

"갑자기 뭐 하는 거야?"

그녀의 돌발 행동에 석현이 놀란 듯 눈을 크게 떴다. 그제야 연수는 아차, 하며 싱긋 웃었다.

"갑자기 뺨이 간지러워서요."

"그렇다고 그렇게 세게……."

"제 피부가 원래 좀 튼튼해요."

헛소리였다. 석현 역시 뭐라고 대답해야 할지 모르겠는지 어색하게 미소를 지었다. 분명 이상한 애라고 생각하겠지. 이런 이미지는 쉽게 안 지워질 텐데……. 연수는 속으로 길게 한숨을 내쉬었다. 어쩌면 이제 가족이 되어 평생을 보게 될지도 모르는 사이인데, 초반부터 완전히 망한 것 같다.

석현이 연수가 다니는 학교 앞으로 찾아온 건, 지금으로부터 딱 3일 전이었다. 예고도 없이 갑자기 나타난 것만으로도 충분히 놀랐는데, 그는 연수가 놀란 마음을 진정시킬 시간도 주지 않고 더욱더 충격적인 말을 내던졌다.


'언니한테 프러포즈하려는데, 도움이 필요해. 좀 도와줘.'

프러포즈라니. 깜짝 놀란 연수는 입을 쩌억 벌렸다. 그날 이후에도 언니는 종종 늦은 밤, 이불을 뒤집어쓰고 울곤 했다. 그래서 당연히 헤어졌다고 생각했다. 나쁜 놈 같으니라고. 그날 우리 집을 봤으니 충격받았을 수는 있겠지만, 그래도 그렇지. 7년 만에 다시 만나 놓고 어쩜 그렇게 매정할 수가 있어. 속물 같은 놈. 어디 얼마나 잘 먹고 잘사나 보자. 밤마다 언니를 버린 그의 잘난 얼굴을 떠올리며, 저주 아닌 저주까지 주야장천 퍼부어 댔었는데 말이다.

'우리 언니랑…… 헤어진 거 아니었어요?'
'언니가 그래? 나랑 헤어졌다고?'
'그건 아닌데…….'
'그런 적 없어.'

그는 단호하게 말했지만 연수는 쉽게 믿지 못했다. 미심쩍은 눈으로 빤히 바라보자 그가 한숨을 푹 내쉬고는 말했다.

'끝내자는 말을 듣기는 했는데, 나는 헤어질 생각 없어.'
'네? 언니가 그랬다고요? 오빠가 끝내자고 한 게 아니라?'

석현은 고개를 끄덕였다. 그리고 연수는 다시금 입을 쩍 벌렸다. 제가 생각했던 것과 정반대였던 것이다. 속으로 지금껏 그를 욕했던 걸 사과하며, 그녀는 되물었다.

'대체 왜요……?'

'글쎄. 그건 언니만 알겠지. 다만, 한 가지 확실한 건 내가 싫어서 끝내자고 한 건 아니라는 거야.'

그는 확신하는 것 같았다. 연수 역시 동의했다. 정말로 그가 싫어서 끝을 낸 거라면, 매일 밤 눈물로 이불을 적시진 않았을 테니까. 충격을 가라앉히고 차분하게 생각해 보니 언니가 왜 그랬는지 알 것도 같았다.

언니는 포기가 쉬운 사람이었다. 물론 처음부터 그랬던 건 아니었다. 그저 그럴 수밖에 없는 상황이 계속되다 보니 이제는 습관이 되어 버린 것이었다. 이번에도 그런 게 아니었을까……. 그리고 말은 하지 않았지만, 그 역시 실은 언니가 그랬던 이유를 알고 있는 것 같았다. 그래서였다. 언니가 아닌 그의 편을 들기로 마음먹은 것은.

"그런데요."

휴대폰을 거실 테이블 위에 내려놓으며 연수가 운을 떼자, 바닥에 앉아 열심히 풍선에 바람을 넣고 있던 석현이 고개를 들고 이쪽을 봤다.

"오빠, 돈 많지 않아요?"

뜬금없는 물음이었지만 무슨 말을 하는 건지 알겠다는 듯 남자는 피식, 옅게 웃으며 되물었다.

"왜. 이러고 있으니까 없어 보여?"

"네. 솔직히 조금요. 좋게 말하면 인간미가 있어 보이는 건데……."

연수는 차마 뒷말을 잇지 못하고 말끝을 흐렸다. 그가 프러포

202

즈 장소를 집으로 선택했을 때부터 솔직히 말리고 싶었다. 허름한 이 집은 프러포즈 장소로 너무도 어울리지 않는 것 같아서였다. 하지만 그가 집을 선택한 이유를 듣고 연수는 고개를 끄덕일 수밖에 없었다.

'아무래도 희수가 그날 일을 신경 쓸 것 같아서. 혹시라도 그렇다면, 전혀 그러지 않아도 된다는 거 보여 주려고.'

솔직히 감동이었다. 언니는 모르겠지만, 적어도 자신은 그날 일에 대해 엄청난 신경을 쓰고 있었다. 타인에게 너무 깊숙한 치부를 드러내 보인 것 같아 마음이 불편했었다. 실제로 그것 때문에 석현이 먼저 제 언니를 찾을 거라고 오해하기도 했고.

연수는 지금까지 제가 이 사람을 완전히 잘못 봤음을 인정했다. 냉정해 보이는 외모와 달리 속은 이렇게나 깊은 남자였는데 말이다. 그런데 막상 거실 바닥에 두서없이 깔린 꽃들과 아무렇게나 날아다니는 풍선들을 보고 있자니, 역시 말렸어야 했나 하는 마음이 슬쩍 드는 것이다.

"요즘 이벤트 업체 많잖아요. 당연히 사람 불러서 할 줄 알았는데……."

"내 프러포즈인데 남의 손에 맡길 순 없잖아. 이런 건 정성이 중요한 거 아닌가?"

맞는 말이긴 했다. 그래도 이건 좀 너무 허접한 거 아닌가……. 열심히 준비하는 사람 앞에서 할 말은 아닌지라 속으로만 생각하고 있을 때였다. 별안간 뻥! 하는 소리와 함께 석현의 손에 들려 있던 풍선이 터졌다. 하필이면 알파벳 풍선이었다. 하나라도 빠지면 애초에 생각했던 'MARRY ME'라는 문장을 완전히 나타낼 수 없는.

"……어떡해요?"

이제 와서 풍선을 다시 사러 나갈 시간은 없었다. 아직 준비는 반도 되지 않았다. 불어야 할 풍선도 한참 남아 있었다. 연수가 걱정스레 쳐다보는데, 정작 일을 저지른 당사자는 태평한 얼굴로 말했다.

"괜찮아."

"아니. 아무리 정성이 중요하다지만……."

그래도 프러포즌데. 심지어 상견례까지 다 끝내고 뒤늦게 하는 프러포즈도 아니고 정말로 결혼해 달라고 조르는 건데……. 기왕이면 조금은 더 멋진 게 좋지 않겠어요? 답답한 마음에 쏟아지려는 말을 연수가 애써 삼켜 냈을 때였다. 그가 자신이 들고 왔던 박스를 향해 걸어가며 말했다.

"혹시 몰라서 몇 개 더 사 왔거든."

박스 안을 잠깐 뒤적거리던 그는 곧 알파벳 풍선 꾸러미를 꺼내 들었다. 본인의 말대로 여분의 풍선이 가득 들어 있었다.

"아……."

연수는 다시금 집중해서 풍선에 바람을 채워 넣는 그를 보며 작게 입을 벌렸다. 준비성이 철저하다고 해야 하는 건지. 아닌 건지. 헷갈리기 시작했다. 이 프러포즈 정말 괜찮은 걸까…….

*

주점 입구로 들어서는 우진을 본 직원이 기다렸다는 듯 재빠르게 달려왔다.

"전화 받고 오신 분이죠?"

조금 전 나정의 번호로 걸려온 전화를 받았을 때, 들은 남자의 목소리와 같았다.

'휴대폰에 찍혀 있는 제일 최신 번호라 연락드렸습니다. 죄송한데, 지금 좀 와 주시면 안 될까요? 손님이 많이 취하셔서…….'

울먹거리던 목소리의 주인공이 이 직원이었던 모양이었다.

"어떻게 된 일입니까?"

"전화로 설명해 드린 게 전부예요. 혼자 오셨고, 많이 취하셨고요. 그런데도 계속 술을 달라고 하시는데 도저히 말릴 수가 없어서……."

직원은 난감하다는 듯 말끝을 흐렸다. 하긴. 문나정이 어디 누가 말한다고 듣는 타입이던가. 특히나 취한 상태에선 더 대화가 통할 리가 없었다. 그래도 황당하긴 했다. 지금껏 이런 일은 처음이었다. 나정은 저보다도 주량이 훨씬 센 편인데 말이다.

"도대체 얼마나 마신 겁니까?"

"……두 병이요."

"두 병?"

우진은 기가 막혀 인상을 찌푸렸다.

"그걸 그냥 마시게 됐습니까?"

"처음 온 고객님이라 저희가 주량을 알 수가 없어서……."

아무리 돈에 눈이 멀었다고 해도 그렇지. 혼자 온 여자한테 술을 두 병이나 팔다니. 상식적으로 말이나 된단 말인가. 화가 치솟아 올랐지만, 그렇다고 이 일을 직원 탓으로만 돌릴 수는 없었다.

"어디에 있습니까?"

"이쪽이요. 따라오세요."

우진은 표정을 굳힌 채 직원의 뒤를 따랐다. 직원이 안내해 준 룸으로 들어가자 테이블에 엎어져 있는 나정의 모습이 보였다. 널따란 테이블 위에 나뒹구는 빈 양주병 두 개를 확인한 우진의 미간이 한층 더 엉망으로 일그러졌다.

"문나정."

화가 실린 목소리에 나정은 꾸물거리며 고개를 들었다.

"어······?"

다 풀려 있던 눈이 놀란 듯 동그랗게 커졌다. 그녀는 자꾸만 감기려는 눈꺼풀을 필사적으로 부릅뜨며 물었다.

"여긴 어떻게 알고 왔어?"

술독에 푹 잠긴 목소리였다. 맛이 갔네. 우진은 길게 한숨을 내쉬며 그녀의 앞으로 다가갔다.

"일어나. 집에 가자."

"싫어. 집에 안 갈래."

나정은 제 어깨를 붙든 우진의 손을 뿌리쳤다. 그러곤 아예 소파에 벌러덩 드러눕는다. 짧은 치마 아래로 맨다리가 훤하게 드러났다. 우진은 인상을 찌푸리며 자신의 재킷을 벗어 그녀의 다리에 덮어 주었다.

"감당도 못할 술을 왜 이렇게 많이 먹은 거야? 너 요즘 대체 왜 이래?"

그 이유를 뻔히 알면서 되물었다. 석현에게 완전히 걷어차인 나정이 정상일 리 없다는 걸. 지금 그 마음이 얼마나 괴로울지 누구보다 잘 알면서……. 푸후, 입으로 숨을 크게 뱉어 낸 나정이 마치 늘어지는 테이프처럼 느리게 대답했다.

"기분이 너어무 좋아서……. 진짜 너무너무너무 좋아서……. 그래서 좀 마셨어."

하지만 그리 말하는 것과는 달리 그녀는 오히려 기분이 엉망으로 보였다. 그 모습을 보고 있자니, 치솟았던 화는 사그라들고 대신 안쓰러운 마음이 차오르는 건 어쩔 수 없다. 우진은 한숨과 함께 그녀의 옆에 털썩, 엉덩이를 붙였다.

"딱 10분이야. 10분 뒤엔 강제로 데리고 나갈 거니까 그런 줄 알아."

나정은 대답 대신 눈을 감았다. 우진은 그녀를 외면하며 괜히 노래방 기계에서 보여 주는 화면을 응시했다.

"오빠."

"왜."

"오빠는…… 내 편 맞지?"

뜬금없는 물음이었다. 술주정이겠거니 생각한 우진은 대꾸해 주지 않았다.

"최석현이 나쁜 거잖아……. 걔네가 먼저 날 비참하게 만들었잖아……."

역시나. 대답을 바라고 한 말은 아니었던지 나정은 계속해서 술에 절은 목소리를 뱉어 냈다.

"그 두 사람은 지금까지 행복했겠지······? 나는 이렇게 괴로운데. 이렇게 망가졌는데······."

"······."

"나쁜 사람은 벌을 받아야 하잖아. 그게 세상의 이치잖아. 그러니까 그 두 사람은 내가 상처받은 만큼. 아니······! 그보다 더 처참하게 망가져야 하는 건 당연한 거잖아. 내가 나쁜 게 아니라······."

대수롭지 않게 술주정을 듣고 있던 우진의 표정이 일순간 살짝 굳었다. 어쩐지 나정이 하는 말이 가볍게 들리지가 않는 것이었다. 불길한 예감이 등허리를 빠르게 스치고 지나갔다. 우진은 고개를 휙 돌려 나정을 바라보았다.

"문나정."

그새 잠들었는지 돌아오는 대꾸가 없었다. 새근새근. 고른 숨소리가 흘러나왔다.

"너······ 아니지?"

질문이 아니라 바람이었다. 제발 제가 생각하는 것이 아니길. 제 걱정이 허튼 기우이길 바라는 간절한 바람.

"제발······."

떨리는 목소리가 허공에서 하릴없이 흩어졌다. 막연한 불안감에 우진은 두 눈을 질끈 감았다.

"끄으읏!"

연수가 숙였던 허리를 펴며 외쳤다.

"여기도 끝."

석현 역시 거의 동시에 풍선에서 손을 뗐다. 몇 시간 동안의 노동으로 전우애가 생긴 두 사람은 서로를 보며 씨익, 미소를 지었다. 그러곤 약속이라도 한 듯 동시에 뒤로 몇 걸음 떨어져 주위를 둘러보기 시작했다.

거실 한쪽 벽면에는 금색의 풍선이 'MARRY ME'라는 문장을 완벽하게 재현하고 있고. 천장에는 긴 줄이 달린 색색의 풍선들이, 바닥에는 크고 작은 알록달록한 풍선들과 다양한 종류의 꽃바구니가 가득 깔려 있었다. 그리고 현관 입구에서부터 여기까지는 새빨간 장미꽃과 새하얀 향초가 길을 만들고 있었고, 그 길의 끝인 거실의 중심에는 마찬가지로 장미와 향초로 만든 하트가 크게 그려져 있었다. 두 사람이 들어가서 나란히 서고도 남을 정도로 커다란 하트 안에는 직접 뜯은 장미 꽃잎이 수북이 깔려 있었는데, 그 위로 가장 아름다운 꽃다발이 놓여 있었다. 그리고 그 옆에 나란히 놓인 건 편지 봉투였다. 고작 편지 한 통을 쓰는 데 며칠이나 걸렸는지 모르겠다. 매일 밤 썼다 지우기를 반복하다 어젯밤 겨우 완성할 수 있었다.

"제법 그럴듯한데요? 초에 불붙이고 불 끄면 진짜 완벽할 것 같아요."

"거봐. 이벤트 업체 안 부르고 정성껏 해도 충분하잖아."

"오빠 혼자서는 절대 불가능했던 거 알죠?"

연수가 똑 부러지게 제 몫을 챙겼다. 부정할 수 없는 사실이었다. 만약 저 혼자였다면 이렇게 그럴듯한 광경을 만들어 내는 건 고사하고 절대 제시간에 끝내지 못했을 것이다.

"고생 많았어. 고마워."

석현은 순순히 인정했다.

"갖고 싶은 거 있으면 말해. 사례는 제대로 할 테니까."

"됐어요. 사례받자고 도운 거 아니에요."

연수는 양손을 내저으며 거부했다. 누가 서희수 동생 아니랄까 봐. 남에게 도움은 줄지언정 제가 뭔가를 받는 걸 부담스러워하는 게 똑 닮았다. 닮은 얼굴을 보며 잠깐 그녀를 떠올리던 석현은 이내 단호하게 말했다.

"물론 사례받자고 도운 건 아니겠지만, 그래도 도왔으니 사례는 받아야지. 정당한 노동을 지급했으면 정당한 대가를 받아야 하는 법이야. 그게 시장 경제의 기본이고."

충분히 알아듣게 설명을 했다고 생각했지만, 제 언니를 닮아 고집스러운 연수는 끝까지 고개를 내저었다. 그러곤 조심스럽게 입술을 달싹였다.

"그냥, 제가 바라는 건 이 프러포즈가 성공하는 거예요. 그래서 우리 언니, 정말 고생만 많이 한 우리 언니……."

말을 하다 저도 모르게 감정이 격해졌는지 그녀는 잠깐 말을 멈추고 그를 빤히 바라보았다. 촉촉이 젖은 두 눈엔 언니를 향한 애정이 가득했다.

"오빠가…… 앞으로 행복하게 만들어 줬으면 좋겠어요."

마치 동그란 수정 구슬처럼 투명하고, 반짝이고, 예쁜 마음이었다. 고작 고등학교 2학년생의 입에서 나오는 말이라고는 믿어지지 않을 만큼 깊은 마음이기도 했다. 언니를 향한 연수의 진한 마음이 고스란히 전해져 와 석현은 제 가슴까지 먹먹해지는 느낌이었다. 잠깐 동안 연수를 바라보던 석현은 진중한 얼굴로 입을 열었다.

"그런 걱정은 안 해도 돼. 그동안 서희수가 고생했던 만큼. 아니, 그보다 훨씬 더 행복하게 만들어 줄 생각이니까."

"진짜죠?"

석현은 한 치의 망설임도 없이 곧바로 대답했다.

"그럴 자신이 없다면 애초에 시작도 하지 않았어."

"왠지 믿음이 가네요."

그제야 연수는 눈가를 접으며 살풋 웃었다. 눈꼬리에 맺힌 눈물 방울이 형광등 아래에서 반짝 빛났다.

"근데 오빠."

뒤늦게 민망해졌는지 주위를 둘러보며 딴청을 부리던 연수가 문득 말했다.

"뭔가 조금 허전한 것 같지 않아요?"

"응? 뭐가?"

"글쎄요. 뭔지는 모르겠……. 아! 반지!"

연수가 유레카를 외치듯 손뼉을 짝 쳤다.

"원래 보통 저쯤에 반지가 놓여 있어야 하는 거 아닌가?"

연수가 가리킨 곳은 하트 안이었다. 덩달아 시선을 옮긴 석현은 동의한다는 듯 고개를 끄덕였다.

"그러고 보니 조금 허전한 것 같기도 하고."

연수가 물었다.

"반지 가져왔죠?"

"잠시만."

그는 곧장 주방으로 향했다. 의자 위에 걸쳐 놓은 외투 안주머니를 뒤적였다. 일순간, 주머니 속을 휘젓던 그의 손이 멈칫했다. 동시에 미간도 확 구겨졌다. 반지가 든 상자가 있어야 할 자리가 휑한 탓이었다. 당황한 그는 외투 주머니를 모두 확인했다. 하지만 차 키 하나만 달랑 나올 뿐이었다.

"아······."

그제야 그는 아까 차에서 내릴 때 반지를 챙기는 것을 잊었다는 사실을 깨달았다. 짐이 많아서 정신이 없었던 것이다.

"하필 그걸 잊냐."

스스로도 기가 막혀 석현은 제 이마를 탁, 쳤다. 웬만해선 실수를 하는 법이 없는데, 저도 모르게 엄청난 긴장을 한 모양이었다. 하긴. 긴장이 되지 않을 수가 없는 상황이었다. 제 인생에서 처음 있는 프러포즈였으니까 말이다.

"어디 가요?"

반지를 가지러 간 석현이 외투까지 입은 채 거실로 나오자 연수가 눈을 둥그렇게 떴다.

"반지를 깜빡하고 와서."

"네?"

연수의 얼굴에 경악이 서렸다. 석현은 얼른 말을 덧붙였다.

"걱정하지 마. 차에 있으니까."

"확실해요?"

미심쩍은 눈빛이었다. 석현은 확신에 찬 얼굴로 말했다.

"금방 가지고 올게."

연수는 살짝 안도의 한숨을 내쉬었다.

"빨리 다녀와요. 이제 곧 언니 올 시간인데, 만약에 마주치기라도 하면 오늘 고생 말짱 꽝 되는 거니까."

경고인지 응원인지 모를 말을 들으며 석현은 얼른 집을 나섰다. 계단을 내려가는 걸음이 바빴다. 연수의 말대로 곧 희수가 도착할 시간이었다. 정말로 조금이라도 타이밍이 어긋난다면, 그녀와 맞닥뜨릴 수도 있는 상황이었다. 게다가 차가 있는 곳까지는 거리가 제법 됐다. 이 동네에서 그의 슈퍼카는 단연 눈에 띌 수밖에 없었기 때문에, 들키지 않기 위해 빌라 앞이 아닌 골목 어귀에 주차를 하고 온 참이었다. 빌라를 벗어난 그는 거의 달리다시피 골목길을 걷기 시작했다. 군데군데 꺼진 가로등 탓에 골목은 유난히 어두웠다. 늦은 밤 여자 혼자 다니기엔 위험한 길이었다.

"이런 길로 매일 다녔다고……."

겁도 없지. 석현은 미간을 잔뜩 찌푸린 채 혀를 쯧, 찼다. 다행히 지금까지는 별일 없었던 모양이지만, 한 치 앞을 모르는 게 사람 일이었다. 오늘 프러포즈는 거절당한다고 하더라도 이사만큼은 꼭 강행해야겠다고 결심하는 순간이었다. 문득 그의 휴대폰이 울렸다. 우진의 전화였다.

"무슨 일이야?"

급한 마음에 전화를 받자마자 용건부터 물었더니, 우진은 조금 당황한 듯 멈칫하더니 이내 말했다.

ㅡ무슨 일은 아니고……. 별일 없지?

"갑자기 웬?"

ㅡ아니, 그냥.

우진의 목소리가 어쩐지 평소와 조금 다르게 느껴졌다.

"뭐야. 싱겁게. 취했어?"

—아니, 맨정신이야.

부정한 우진은 또 잠깐 뜸을 들이다 물었다.

—근데 희수 씨도…… 잘 지내는 거지?

별안간 석현의 걸음이 뚝 멈췄다.

"형이 희수 안부를 왜 궁금해하는데?"

—그냥, 뭐…….

"뭐야. 아까부터."

시종일관 애매한 우진의 반응에 석현이 눈썹을 찌푸렸다.

"무슨 일 있는 거면, 뜸 들이지 말고 빨리 말해. 나 지금 바빠."

—아니, 정말 아무 일도 없어. 별일 없음 됐다. 바쁜데 괜히 전화로 실없는 소리 해서 미안. 내일 회사에서 보자.

마지막까지 영 찝찝한 통화가 아닐 수 없었다. 그러나 지금은 그걸 따지고 있을 여유가 없었다. 1분 1초가 급했다. 우진을 심문하는 건 내일로 미루기로 하고, 석현은 다시금 걸음을 빠르게 옮겼다.

생각보다 차는 그리 멀지 않은 곳에 있었다. 그는 조수석에 올라타 글로브박스를 열었다. 다행히도 상자는 얌전히 놓여 있었다. 혹시 몰라 상자를 열어 내용물까지 확인했다. 어둠 속에서도 반짝이는 커다란 다이아몬드가 박힌 반지를 보며 석현은 길게 안도의 한숨을 내뱉었다.

달칵. 조그마한 상자가 닫히는 소리가 경쾌하게 차 안을 울리던 그때였다. 문득 그의 시야에 저 멀리서 걸어오는 인영 하나가 보였다. 꽤 먼 거리인 데다가 어두운 밤이었지만, 차분한 걸음걸이만으로도 단번에 알아볼 수 있었다. 서희수였다.

"헉!"

입에서 절로 '헉' 소리가 나왔다. 설마 했던 최악의 상황에 닥친 것이었다. 그는 재빨리 상체를 어정쩡하게 숙이며 머리를 굴렸다. 지금이라도 차에서 내려 빠르게 집으로 내달려야 할지. 아니면 차라리 아예 그녀보다 더 늦게 들어가는 게 나을지. 당장 머릿속에 떠오르는 보기는 두 가지였지만, 둘 다 그리 좋은 선택지는 아닌 게 분명했다.

"진짜 재수도 없지……."

우울한 한숨이 절로 흘렀다. 평소 살면서 계획한 게 어긋나는 경우는 거의 경험하지 못했다. 그런데 서희수만 관련되면 제대로 흘러가는 것보다 계획이 엉망진창 되는 경우가 더 많으니, 참으로 이상한 일이 아닐 수 없었다.

프러포즈는 시작도 하지 않았건만 벌써부터 일이 이렇게 꼬이는데, 결과가 과연 좋을 수 있을까. 사실 애초에 거절당할 확률이 훨씬 더 높은 도박이나 마찬가지였다. 그녀가 순순히 받아 줄 거였다면 애초에 일이 이렇게 되지도 않았을 테다. 물론 오늘 거절당한다고 해도 쉽게 물러날 생각은 추호도 없었다. 그녀의 입에서 네가 싫다는 말을 듣기 전까진 몇 번이고 두드려 볼 생각이었다. 그래도 혹시나 기적이 일어날 수도 있지 않을까, 하는 희망을 슬쩍 품어 보긴 했었는데…….

"기적은 개뿔."

순식간에 힘이 빠지는 기분에 석현은 다시 한 번 길게 한숨을 내쉬었다.

[언니랑 마주쳤어. 같이 들어가야 할 것 같아. 향초에 불 좀 붙여 줘.]

체념한 채로 연수에게 문자를 보낸 후, 석현이 숙였던 상체를 들어 올렸을 때였다. 희수의 뒤로 검은 모자를 깊게 눌러쓴 남자 하나가 나타나더니 이내 뒤에서 그녀를 덮치는 게 보였다. 그러곤 바로 옆에 세워져 있던 낡은 승합차로 그녀를 끌고 가기 시작했다.

"……!"

일순간 석현의 눈이 튀어나올 듯 커졌다. 처음엔 이게 도대체 무슨 상황인지 믿어지지 않았다. 그러나 곧 정신을 차리고 석현은 재빨리 조수석에서 뛰쳐나오며 소리쳤다.

"서희수!"

차를 향해 있는 힘껏 내달리기 시작했지만 이미 그녀를 태운 차는, 문이 닫히기가 무섭게 재빨리 출발하고 있었다.

"서희수……!"

차의 뒤꽁무니를 쫓으며 뱉어 낸 그의 공허한 외침이 어두운 골목길에 낮게 깔렸다.

환청이었을까. 그가 날 부른 것 같았는데…….

희수는 멍하니 생각했다. 꼭 깊은 물속에 잠긴 것처럼 온몸이 무겁고 먹먹한 느낌이었다. 조금 전까지 그녀는 분명 골목을 걷고 있었다. 그러다 바로 뒤에서 나는 인기척을 느꼈다. 어쩐지 느낌이 이상해 걸음을 바삐 옮기는데, 별안간 뒤에서 불쑥 나온 손이 입을 틀어막았다. 놀랄 새도 없이 시야가 가려졌다. 그다음은 강한 힘에 질질 끌려갔고, 금세 어딘가에 거칠게 처박혔다.

이 모든 건 정말이지 순식간에 일어난 일이었다. 도대체 지금 이게 무슨 상황인 건지. 꿈을 꾸는 건 아닐지. 현실감이 전혀 느껴지지 않았다. 그러나 코를 찌르는 매캐한 담배 냄새와 끈의 거친 표면이 손목을 파고드는 통증은, 꿈이라기엔 너무도 생생했다.

"이 여자 확실해?"

"네, 형님! 확실함돠!"

"절대 실수가 있으면 안 돼. 이번이 얼마나 큰 건인지는 너도 알지?"

"그람은요! 걱정 마십쇼! 제가 대가리는 나빠도 눈썰미 하나는 음청 좋습니다!"

저를 두고 나누는 두 남자의 대화가 귓속으로 생생하게 흘러 들어왔다. 그제야 현실감이 느껴졌다. 등줄기를 타고 소름이 쫙 돋아났다. ……꿈 같은 게 아니야. 확신한 희수는 뒤늦게 정신을 차리기 위해 눈을 부릅떴다. 눈앞은 여전히 캄캄했다. 입에는 재갈 같은 것이 물려 있었고, 몸은 옴짝달싹도 할 수 없도록 팔이 묶여 있었다.

"으으읍! 읍읍!"

희수는 있는 힘을 다해 바동거리기 시작했다. 그러자 바로 옆에 앉은 남자가 손을 뻗어 그녀의 입을 거칠게 턱 막았다.

"얌전히 있어. 발악한다고 바뀌는 건 없을 테니까. 오히려 내 성질 건드리면 8 정도 고통받을 걸, 10까지 늘어나게 되는 거야. 알겠어?"

음산한 목소리가 귓바퀴를 질척하게 휘감았다. 순식간에 온몸이 얼어붙는 듯했다. 남자의 말대로 나오지도 않는 목소리를 뱉어 내 봐야 바뀌는 건 없을 거라는 것이 본능적으로 느껴졌다.

"불쌍한 년. 그렇게 평소에 착하게 살 것이지. 도대체 누구한테 원한을 샀길래 이런 험한 꼴을 당해?"

"……."

"그래도 죽이지는 말라는 걸 보면, 좀 낫나 싶기도 하고. 죽이는 것보다 그게 더 잔인한 게 아닌가 싶기도 하고."

알 수 없는 말을 하며 남자는 혀를 쯧, 찼다.

"혹시라도 원망스러운 마음이 들거든, 그 원망은 우리가 아니라 너 자신을 향해야 할 거다. 다 끝날 때까지 지난날을 회개나 해."

남자가 퍽이나 다정한 손길로 그녀의 어깨를 투박하게 두어 번 두드렸을 때였다. 별안간 그녀의 몸이 옆으로 크게 휘청했다. 오른쪽 어깨가 어딘가에 세게 부딪혔다.

"야, 이 샛꺄! 운전 제대로 못 해!"

"죄, 죄송합니다! 갑자기 뒤차가 바짝 따라붙어 가지고……."

숨죽인 남자의 말이 채 끝나기도 전에 다시 한 번 희수의 몸이 휘청했다. 이번엔 왼쪽 어깨가 어딘가에 부딪혔다.

"너 진짜 죽고 싶어?!"

"형님! 큰일 났습니다!"

"그래. 큰일 났지, 이 새꺄. 네가 뒤지게 생겼는데."

"아니. 그게 아니라요, 형님! 지금 뒤차가 저희를 쫓아오는 것 같습니다!"

"뭐? 확실해?"

"느낌이 이상해서 일부러 유턴까지 했는데, 지도 유턴해서 바로 따라붙는 걸 보니깐 확실한 것 같습니다!"

"에잇, 씹. 귀찮게 됐네. 일단 따돌려."

순식간에 차 안의 분위기가 한층 더 어수선해졌다. 희수의 몸은 이리저리 휘청거렸고, 바로 옆에 있는 남자의 입에선 연신 욕설이 흘러나왔다. 뭔가 일이 생긴 것 같은데, 두 눈이 가려진 희수로서 는 무슨 일인지 알 수가 없었다. 그저 기적이 일어나 이 끔찍한 순간에서 벗어날 수 있기를……. 늘 절 외면하던 하늘이었지만 이번 만큼은 제발 제 기도를 들어주기를……. 속으로 간절히 비는 것 만이 지금 그녀가 할 수 있는 전부였다.

"형님! 저 새끼가 아무래도 저희 차를 박을라고 카는 것 같습 니다!"

"저런, 미친……! 밟아!"

"무립니다! 저 차가 너무 빠른……!"

그때였다. 끼이이이익. 소름 끼치는 마찰음이 허공을 날카롭게 갈랐다. 남자들의 입에서 나온 외마디 비명도 허공을 어지럽혔다. 희수는 자신의 몸이 살짝 뜨는 걸 느꼈다. 그리고 이내 쿵! 둔탁한 소리와 함께 어딘가에 처박혔다.

"으읍……."

조금 전과는 비교도 할 수 없는 통증이 그녀의 몸을 덮쳐 왔다. 그와 동시에 가까스로 다잡고 있던 끈이 뚝, 끊어지는 것처럼 순 식간에 정신이 혼미해졌다.

## 22. 봄날

하늘은 높고 푸르렀으며, 눈앞에서 부서지는 햇볕은 따스했고, 불어오는 바람은 포근했다. 희수는 주위를 둘러보았다. 알록달록한 색들의 꽃이 가득 펼쳐져 있는 꽃밭 한가운데 서 있었다. 아름다운 풍경이었다. TV에서나 가끔 봤던, 이국적인 풍경에 희수는 넋을 놓고 감탄했다.

그 순간, 그녀의 시야에 바닥에 깔린 새하얀 천이 보였다. 그녀의 발끝보다 두어 걸음 정도 앞에서 시작된 그 길은 아주 길게 깔려 있었다. 까마득하게 보이는 그 끝엔 뭔가 반짝이는 것이 놓여 있었는데, 무엇인지는 알 수 없었다. 대체 뭘까? 어쩐지 호기심이 동해 빤히 바라보는데, 문득 옆에서 인기척이 느껴졌다. 희수는 고개를 돌렸다. 석현이 웃으며 그녀를 바라보고 있었다.

선배……!

반가운 마음이 불쑥 치솟았다. 희수의 얼굴이 활짝 펴지는 그 순간이었다. 석현의 반대편에서 새하얀 웨딩드레스 차림의 나정이 나타났다. 천천히 거리를 좁힌 두 사람은 희수의 바로 앞에서 걸음을 뚝 멈췄다. 희수는 뒤늦게 석현 역시 턱시도 차림이라는 것을 깨달았다. 그들은 희수에겐 시선도 주지 않고 손을 맞잡았다. 서로를 바라보는 표정이 애틋했다. 뭐라고 말을 할 새도 없이 그들은 희수에게서 완전히 몸을 틀었다. 그러곤 앞으로 길게 나 있는 새하얀 길 위를 나란히 걷기 시작했다.

댕댕댕. 어디선가 들려온 종소리가 두 사람을 축복하듯 울려 퍼졌다. 그 위로 행복에 겨운 두 사람의 웃음이 겹쳐졌다. 희수는 그저 멍하니 서서 그들의 뒷모습을 바라보았다. 돌아설 수도, 그렇다고 앞으로 나아갈 수도 없었다. 두 사람의 모습이 점처럼 멀어졌을 때, 희수는 다리에 힘이 풀려 바닥에 털썩 주저앉았다. 그녀의 주위는 더 이상 꽃밭이 아니었다. 오랜 가뭄이 든 것처럼 척박하고 메마른 땅이 쩍쩍 갈라지고 있었다. 그 위로 뜨거운 눈물이 후두둑 떨어지기 시작했다. 그러나 땅을 적시기는커녕 곧 흔적도 없이 사라져 버렸다.

눈가가 불에 덴 것처럼 뜨거웠다. 희수는 감은 눈을 천천히 떴다.

"언니! 괜찮아?"

다급한 목소리와 함께 불쑥 연수의 얼굴이 시야에 가득 들어 찼다.

"아……."

뭐라고 말을 하고 싶은데, 누군가가 목을 틀어쥐기라도 한 것처럼 목소리가 나오질 않았다.

"정신이 들어? 응? 나 알아보겠어? 응응?"

끝까지 대답은 하지 못하고 금붕어처럼 몇 번 입만 뻐끔내사, 연수가 간호사를 부르겠다며 뛰쳐나갔다. 그제야 시야가 넓어지며 주위가 눈에 들어왔다. 새하얀 천장. 팔에 꽂혀 있는 링거 바늘. 코를 찌르는 알코올 냄새까지. 의심할 여지없이 병원이었다.

내가 왜 병원에 있는 거지……. 멍하니 곱씹어 보려던 희수는 얼굴을 찌푸렸다. 누군가에게 질질 끌려가던 장면이, 저를 덮쳐 왔던 어둠이, 끔찍한 공포가 생생하게 떠오른 탓이었다. 희수는 더 이상 생각하는 것을 멈췄다. 갑자기 머리가 깨질 것처럼 아파져 오기 시작했다. 누군가가 망치로 머리를 계속 세게 내려치는 것만 같았다.

잠시 후, 연수는 간호사와 함께 나타났다. 간호사는 동공, 혈압, 맥박 등 그녀의 상태를 이것저것 확인했다.

"따로 불편한 덴 없으세요?"

희수는 고개를 내저었다. 간호사는 들고 온 차트에 체크를 하며 가볍게 말했다.

"다 정상이네요. 내일 오전에 의사 선생님 회진 도실 테니까, 그때 자세한 얘기는 들으시면 됩니다.”

간호사가 돌아가고, 연수는 긴장이 풀린 것처럼 풀썩 자리에 쓰러지듯 앉았다.

“하, 정말 다행이다…….”

연수는 놀란 가슴을 연신 쓸어내렸다.

“……어떻게 된 거야?”

한참 만에야 입술을 비집고 메마른 목소리가 갈라지며 나왔다. 연수는 재빠르게 생수 뚜껑을 따서 그녀에게 건넸다.

“어젯밤에 사고 난 후로 지금까지 잠만 잤어. 너무 안 일어나서 어찌나 무섭던지. 간호사가 잠든 거라고 걱정하지 말라는데도…….”

연수의 눈가에 투명한 눈물이 그렁 맺혔다.

“지금 몇 시야?”

“오후 일곱 시.”

걱정할 정도로 오래 자기는 했네. 희수는 낮게 한숨을 내쉬며 물을 한 모금 들이켰다.

“어제 일…… 기억나?”

물 한 모금을 겨우 삼켜 냈을 때, 연수가 그녀의 눈치를 보며 조심스럽게 물었다. 희수는 고개를 끄덕였다.

“전부?”

“응. 다 기억나.”

혹시라도 기억상실증 같은 상황까지 걱정했던 건지, 연수는 작게 안도의 한숨을 내쉬었다.

“곧 형사 아저씨 올 거야. 언니 일어나면 연락 달라고 해서 좀 전에 연락했거든."

"……."

"일단 내가 알고 있는 것만 말하자면…… 그놈들은 둘 다 현장
에서 잡혔고, 병원 치료 끝내고 오늘 경찰서에 잡혀갔어. 뭐 때
문에 그런 일을 벌였는지는 아직 모르나 봐. 수사를 더 해 봐야
알 것 같대."

형사. 경찰서. 수사. 흔하지만 낯선 단어들을 잠자코 듣고 있자
니 새삼 실감이 났다. 나 정말로 큰일 날 뻔한 거구나……. 희수의
어깨가 절로 움츠러들었다. 갑자기 뱃속까지 한기가 들이닥치는
느낌이 들어서였다. 그런 희수의 반응을 보고 연수가 참담한 얼
굴로 길게 한숨을 내쉬었다.

"정말 아직도 안 믿긴다……. 대체 왜 이런 일이 일어났는지…….
납치라니……. 영화에서나 나올 법한 일 아니냐고……."

눈물까지 그렁그렁 매달고서 울먹이는 연수의 목소리 위로 다른
목소리 하나가 겹쳐졌다.


*'불쌍한 년. 그러게 평소에 착하게 살 것이지. 도대체 누구한테
원한을 샀길래 이런 험한 꼴을 당해?'*


분명 그 남자는 제가 누군가의 원한을 샀다고 말했다. 원한이
라니……. 여전히 이해가 안 가는 말이었다. 털어서 먼지 안 날 정
도로 청렴결백하게 살아온 건 아니었지만, 그렇다고 이런 일까지
당할 정도로 남에게 해를 끼치며 살지도 않았다. 살면서 지은 죄
는, 딱 하나였다.

최석현. 그 남자를 배신하고 상처 준 것…….

'난 그 모든 걸 감당하면서까지 선배 옆에 있을 자신 없어요. 내 진심이라는 게 고작 이 정도밖에 안 된다는 뜻이에요.'

갑자기 목이 메어서 희수는 주먹을 꽈악 그러쥐었다. 아득해지는 눈앞으로 꿈속에서 봤던 남자의 모습이 떠올랐다. 보통 잠에서 깨면 꿈은 금방 잊는 편이었다. 그런데 어째서 행복해 보이던 그의 얼굴은 이렇게나 생생한 건지 모르겠다. 우스운 일이 아닐 수 없었다. 작정하고 그의 가슴을 할퀴어 놓은 주제에, 저는 고작 꿈 하나 때문에 이렇게 마음 아파한다는 것이…….

"근데, 언니."

옷자락에 눈물을 꾹꾹 눌러 찍어 내던 연수가 문득 생각났다는 듯 조심스럽게 운을 뗐다.

"할 얘기가 있는데……."

"말해."

희수는 대수롭지 않게 대답했지만, 연수는 쉽게 입을 열지 못했다. 몇 초간 머뭇거리는가 싶더니 느릿하게 입술을 달싹였다.

"……어제 말이야. 언니 구해 준 사람."

"구해 준 사람?"

"응. 차로 들이받아서 멈추게 만든……."

"차로 들이받았다고?"

놀라 되묻던 희수는 뒤늦게 정신을 잃기 전 마지막 기억을 떠올렸다. 뒤에서 차가 쫓아온다며 당황하던 남자들. 타이어가 바닥에 끌리는 소리. 둔탁한 마찰음……. 공황 상태였고, 눈까지 보이지 않아 어떤 일이 일어나는 건지 알 수 없었다. 그런데 이제 보니 연수의 말이 이해가 됐다. 희수는 작게 고개를 끄덕였다. 연수는 이번에도 바로 말을 잇지 못하고 머뭇거리다 말했다.

"그 사람, 사실은 그 오빠거든……."

희수의 눈이 둥그렇게 커졌다.

"그 오빠라니? 설마…… 지금 석현 선배 얘기하는 거야?"

연수는 참담한 표정으로 고개를 끄덕였다. 일순간 왠지 불길한 예감이 등허리를 빠르게 스쳐 지나갔다.

"선배는?"

희수는 다급하게 되물었다.

"……."

연수는 대답 대신 아랫입술을 질끈 깨물었다. 두 눈에는 빠르게 눈물이 차오르기까지 했다.

"연수야, 선배는? 괜찮은 거 맞지? 응?"

희수는 간절함을 담아 재촉하듯 되물었다. 그러자 연수가 두 눈을 질끈 감으며 대답했다.

"……아직 못 깨어났어."

투명한 눈물 줄기가 연수의 양 볼을 타고 바닥으로 흘러내렸다.

윤희는 몇 번이고 심박동 기계를 확인했다. 그래프는 분명 안정적이었다. 그런데 대체 왜 눈을 뜨질 못하는 건지……. 의사는 타박상 외에 특별한 이상 소견은 없다고 했다. 아마도 사고 때문에 충격으로 깊게 잠든 것 같으니 기다려 보자고 했다. 하지만 손 하나 까딱하지 않고 잠만 자고 있는 아들을 보고 있자니, 시간이 지날수록 괜한 걱정과 불안감이 스멀스멀 올라오는 건 어쩔 수 없다. 윤희는 곤히 잠든 아들을 빤히 내려다보며 한숨처럼 말했다.

"지금, 시위하는 거니?"

지난밤, 갑작스럽게 아들의 사고 소식을 전해 들었다. 의식이 없는 채로 병원에 실려 왔다는 말에 혼비백산해서 도착한 병원에서 윤희는 그보다 더 충격적인 이야기를 들어야만 했다. 사고의 원인이었다.

아들은 여자 하나를 구하기 위해 달리는 차를 직접 들이받아 사고를 냈다고 했다. 하마터면 사람을 구하기는커녕 저까지 잘못될 수도 있는, 정말이지 위험한 방법이 아닐 수 없었다. 기가 막혔다. 도저히 믿어지지가 않았다. 어느 상황에서도 냉정함을 잃지 않던 아들이 그런 선택을 했다는 게.

"네 목숨까지 걸고 지키고 싶은 여자라고……. 그러니 반대하는 건 의미가 없다고……. 지금 어미한테 알려 주려는 거야?"

하얗게 질린 아들의 손을 연신 애틋하게 매만지던 윤희가 한숨을 길게 내쉬었다.

"그래, 알았어. 네 진심이 얼마나 대단한지 알았으니까……. 인정해 줄 테니까……. 이제 그만 일어나렴."

윤희는 아들의 손에 얼굴을 묻었다. 피부를 타고 전해지는 미미한 온기에 윤희의 눈가가 촉촉하게 젖어 들어갔다.

"허락해 달라면서, 그 아이를 더 밉게 만들면 어떡하니. 네가 잘

못되면 엄마가 어떻게 그 아이를 용서할 수 있겠어. 응? 그러니
까 제발……."

애원하듯 속삭였을 때였다. 문득 병실 밖이 소란스러워짐을 느
꼈다. 무슨 상황인지 알 것 같았다. 윤희는 상체를 꼿꼿하게 세
웠다. 젖은 눈가를 단정하게 갈무리하고 자리에서 일어났다. 병실
문을 열고 나서자 경호원이 한 여자를 막고 있는 게 보였다. 병원
복을 입은 채 경호원에게 들어가게 해 달라고 빌고 있는 건, 역시
나 그녀의 예상대로 그 아이였다.

"됐이요."

짤막한 한마디에 경호원과 희수의 눈이 동시에 이쪽을 향했다.
윤희를 본 희수의 눈이 둥그렇게 커졌다. 윤희는 경직된 채 저를
바라보는 희수를 빤한 시선으로 마주 보았다. 제 아들은 아직도
의식이 돌아오지 않았는데, 정작 당사자인 희수가 멀쩡한 것을 보
고 있자니 속에서 쓴 물이 올라오는 듯했다. 하지만 화가 난다거
나 하지는 않았다.

사실 어젯밤 사고 소식을 들은 이후부터 지금까지 희수를 떠올
릴 때마다 속에서 천불이 이는 것 같았다. 너무도 원망스럽고 미
웠다. 아들이 이렇게 된 모든 책임을 희수에게 오롯이 돌리고 있
었던 것이다. 그런데 막상 얼굴을 마주하니 그랬던 분노는 흔적도
없이 사라져 버린 듯했다. 대신해서 그 자리를 채우는 건 허무하
고 쓸쓸한 감정이었다. 조금만 덜 힘들어 보였다면 달랐을까. 아
직도 깨어나지 못한 아들보다도 오히려 네가 더 아파 보이는 게
아니었다면…….

"들여보내요."

경호원이 희수를 저지하던 손을 내렸다. 자유의 몸이 됐지만 희수는 여전히 멍하게 윤희를 바라보고만 있을 뿐이었다. 먼저 시선을 외면한 건 윤희였다. 그녀는 병실 반대편으로 걸음을 옮기기 시작했다.

"······어머니."

힘겹게 뱉어진 꽉 억눌린 음성이 윤희의 발목을 붙잡았다. 윤희는 그 자리에 멈춰 섰다.

"······죄송합니다. 죄송해요. 정말 너무 죄송합니다······."

울음 섞인 사과의 말이 병원 복도를 크게 울렸다. 서러운 흐느낌이 윤희의 등을 자꾸만 때려 댔다.

"······."

윤희는 끝내 돌아보지 않았다. 주먹을 꽈악 그러쥔 채 멈췄던 걸음을 다시금 옮기기 시작했다. 그런 윤희의 얼굴이 눈물을 참느라 아프게 일그러졌다.

✽

이미 한참 전에 다 닳은 수액 팩을 상자에 집어넣으며 간호사가 경고하듯 말했다.

"환자분, 환자분도 일어난 지 얼마 안 됐어요. 아직은 절대 안정 취하셔야 한다고요."

간호사의 목소리에는 짜증이 설핏 서려 있었다. 당연한 일이었다. 수액을 갈아야 하는 줄도 모르고 석현의 얼굴만 멍하니 보고 있다가, 결국 저를 찾으러 나선 간호사에게 병실로 붙들려 오는 길이었다.

"아시겠죠?"

간호사는 확답을 받으려는 듯 되물었지만, 희수의 바짝 마른 입술은 열리지 않았다. 침상에 누워 있는 그녀는 그저 멍한 시선으로 반대쪽 팔목에 새로운 바늘이 꽂히는 걸 그저 멍하니 바라보기만 했다. 제법 굵은 바늘이 꽂히는데도 통증은 조금도 느껴지지 않았다. 현실 감각이 전혀 없었다. 이건 정말 악몽이 아닌 걸까······.

조금 전 그의 병실에서 형사를 만났다. 동생에게 듣고 이쪽으로 바로 왔다는 형사는 짧은 스포츠머리에 새까만 가죽점퍼 차림이었는데, 형사가 아니라 범죄자라고 해도 믿을 수 있을 정도로 인상이 험악했다. 그는 용의자라며 사진 두 장을 보여 주었다.

'아는 사람입니까?'

한참을 들여다봤지만 전혀 모르는 얼굴들이었다. 커피숍 일을 하면서 스치듯 본 적도 없는 것 같은 낯섦에 희수는 고개를 내저었다.

'혹시 최근에 누군가에게 원한을 살 만한 일을 한 적이 있습니까? 이를테면 감정싸움이나, 돈 문제로 다퉜다거나······.'

형사는 또다시 물었다. 모르겠어요. 이번에도 희수는 고개를 내저었다. 형사는 못마땅하다는 듯 혀를 낮게 찼다. 그 뒤로도 형사는 몇 가지의 질문을 더 했고, 희수의 답변은 여전히 같았다.

'이봐요, 서희수 씨, 이런 식으로 나오시면 곤란합니다. 저는 그쪽 편입니다. 그런데 이렇게 협조를 해 주지 않으시면 어떡합니까?'

결국 형사는 답답하다는 듯 인상을 잔뜩 찌푸린 채 짜증 어린 음성을 내뱉었다. 그러나 답답한 건 이쪽도 마찬가지였다. 이번에도 희수는 그 어떤 말도 할 수가 없었다. 협조를 하지 않으려는 게 아니었다. 다만, 무슨 일이 일어났는지. 아니, 이게 꿈인지 현실인지조차 제대로 분간이 되지 않는 그녀에겐 너무도 어려운 질문들이었을 뿐이다. 초췌한 희수의 얼굴을 빤히 들여다보던 형사는 짧은 한숨과 함께 펼쳤던 수첩을 탁, 덮었다.

'오늘은 일단 여기까지만 하기로 하고……'

낮게 중얼거리던 형사는 문득 떠올랐다는 듯 그녀를 바라보며 되물었다.

'마지막으로 하나만 더 묻겠습니다. 태광그룹 최석현과는 어떤 관계입니까?'

이번엔 그녀가 대답할 수 있는 질문이었다. 그러나 또다시 희수는 선뜻 대답하지 못했다. 형사의 시선을 피해 잠깐 멈칫하다가 이내 말했다.

'대학교 선후배예요.'
'흐음, 대학교 선후배라.'
'…….'
'정말로 그게 전부입니까?'

형사는 다시 한 번 확인하듯 물었다. 희수는 네, 하고 고개를 끄덕였다. 그리지 형시는 입술을 삐딱하게 말아 올리며 힛웃음을 흘렸다.

'대체 어느 대학 선배가 후배를 위해 제 목숨을 건다는 건지…….'

혼잣말처럼 중얼거렸지만 목소리는 조금 전과 달라지지 않았다. 저 들으라고 한 말인 게 분명했다. 그러나 희수는 짐짓 모르는 체 이번에도 역시 침묵을 선택했다. 헤어진 연인. 돈을 받고 몸을 내어 주는 관계. 그러나 그마저도 이제 끝인……. 그와의 관계에 대해서는 한마디로 정의를 내릴 수가 없었다. 결국 형사는 30분을 날렸다는 듯 짜증스레 자리에서 일어났다.

'내일 다시 오겠습니다.'

딱딱한 마지막 말이 꼭 경고처럼 느껴졌다. 내일은 지금보다 더 협조적이어야 할 겁니다, 하는.

수액 방울이 똑똑 일정한 속도로 떨어지기 시작했다. 처치를 끝낸 간호사는 병실을 나서기 직전 다시 한 번 그녀를 향해 경고했다.

"절대 안정. 아시죠?"

탁. 간호사가 나가고 병실 문이 닫혔다. 마찰음이 아득하던 정신을 깨우는 것 같았다. 희수는 기다렸다는 듯 곧바로 자리에서 일어났다.

"언니!"

연수가 재빠르게 그녀의 앞을 막아섰다.

"또 그 오빠한테 가려는 거야?"

"가 봐야 해."

"방금 간호사가 하는 말 못 들었어? 절대 안정해야 한다잖아. 언니도 아직 환자라고."

"난 괜찮아. 멀쩡해."

동생의 손길을 뿌리치려는데, 연수는 손에 더 힘을 주며 단호하게 고개를 내저었다.

"안 돼. 못 가."

"선배가 깰 수도 있잖아."

"깨어나면 바로 연락 준다고 했잖아."

"그래도……. 눈떴을 때 아무도 없으면……."

"아무도 없긴 왜 아무도 없어? 가족이 없는 것도 아니고, 심지어 간병인까지 있는데."

"……"

"언니 걱정이나 해. 지금 언니 얼굴이 어떤 줄 알아? 아까보다 훨씬 창백해졌어. 곧 큰일이 난다고 해도 전혀 이상할 것 같지가 않다고."

걱정 어린 연수의 눈동자가 고집스럽게 빛났다. 결코 쉽게 보내 주지 않을 것 같았다. 사실 연수의 말 중엔 틀린 말이 없었다. 자신이 그의 옆에 있겠다고 해서 바뀌는 것 역시 없을 것이었다. 체념한 희수는 침대에 도로 털썩 주저앉았다. 눈가가 시큰거렸지만, 말라 버린 눈물샘은 건조하기만 했다.

"참, 언니, 나 줄 거 있는데."

"나중에."

힘없이 고개를 내저었다. 그런 희수의 앞으로 연수가 고집스럽게 뭔가를 건넸다.

"지금 봐. 중요한 거야."

그녀의 무릎에 놓인 건 손바닥만 한 편지 봉투와 작은 상자였다.

"이게…… 뭔데?"

"오빠가 언니한테 주려던 거."

탁한 희수의 눈동자가 잘게 떨렸다.

"그게 무슨……."

연수가 이번에는 희수의 앞으로 자신의 휴대폰을 내밀었다. 휴대폰 액정을 가득 채우고 있는 건, 사진이었다. 익숙한 곳에 남자가 있었다. 풍선과 꽃바구니가 가득한 바닥에 아무렇게나 주저앉아 풍선에 바람을 넣고 있는 남자의 옆얼굴은, 더없이 진지해 보였다.

연수는 검지로 액정을 한번 터치했다. 다른 사진이 나왔다. 꽃과 풍선, 그리고 향초로 예쁘게 꾸며진 집 안이 보였다. 자신의 집이 아닌 것 같았다. 멍하게 사진을 훑던 희수의 시선이 거실 벽면에 붙어 있는 알파벳 풍선에서 멈췄다.

[MARRY ME]

알파벳 하나하나를 읽어 내려가는 희수의 눈가가 빠르게 젖어 들어갔다.

"사실 언니한텐 말 못 했는데, 어제 그 오빠 내내 우리 집에 있었어. 프러포즈하고 싶다고 해서 내가 도와주기로 했거든."

프러포즈라니……. 조금도 예상하지 못한 일이었다. 이번에는 정말로 그가 저를 떠날 거라 생각했다. 질렸을 거라고. 꿈처럼 다른 여자에게 가 버릴 거라고…….

기다란 속눈썹이 파르르 떨려 왔다. 희수는 떨리는 손으로 상자의 뚜껑을 조심스럽게 열었다. 달칵, 소리를 내며 열린 상자. 그 안에 든 건 커다란 다이아몬드 반지였다. 크리스마스 때 그가 선물한 목걸이와 같은 디자인이었다. 보자마자 단번에 알아차릴 수 있었다. 그는 목걸이를 선물할 때부터 이미 이런 날을 계획하고 있었다는 걸……. 희수는 반지를 꽈악 그러쥐었다. 냉기를 머금은 반지가 여린 살을 묵직하게 눌러 왔다.

"편지도 확인해 봐. 며칠 동안 고민해서 쓴 거라더라……."

울컥, 목구멍 끝까지 차오르는 울음을 애써 눌러 삼키며 희수는 봉투를 열었다. 새하얀 편지지엔 그를 닮아 길쭉한 글씨가 빼곡히 담겨 있었다.


『희수에게.』

벌써부터 눈물이 터져 버릴 것만 같아 희수는 이를 악 깨물었다. 바람 앞의 등불처럼 거세게 흔들리는 두 눈이 편지를 천천히 읽어 내려가기 시작했다.

『언젠가 네가 영화 속 남자 주인공이 여자 주인공에게 줄 편지를 쓰는 장면을 보고 감동적이라고 했던 게 떠올라서 편지를 써 보려고 해.

태어나서 처음 써 보는 편지야. 생각보다 더 어색하고 민망하고 부끄럽네.

그래도 한 자, 한 자 진심을 다해 쓰고 있으니까 영화를 봤을 때처럼 이번에도 네가 감동해 주길 기대해 본다.

무슨 말부터 시작해야 할까…….

우선, 예고도 없이 프러포즈를 해서 많이 놀랐을 거라고 생각해. 아니, 동생까지 매수해 집 안을 엉망으로 만들었다고 화를 낼지도 모르겠다.

그래도 어쩔 수 없어. 나로선 이게 널 붙잡을 수 있는 유일한 방법이었으니까.

너도 나와 같은 마음이냐고 물었지. 너는 그런다고 바뀔 건 없다고 말했고.

하지만 희수야, 혹시라도 네가 나와 같은 마음이라면, 나는 왜 우리가 끝을 내야 하는 건지 모르겠어.

널 못 본 지 일주일이 지나가고 있어.

고작 일주일이 이렇게 고통스러운데. 당장이라도 달려가고 싶은데. 너도 내 생각을 하고 있을 것만 같은데.

어째서 이 마음을 참아야 하는 거야? 내가 너무 이기적인 거야?

지난 7년간, 너 없이 내가 어떻게 살았는지 정말 조금도 모르겠어. 다만 한 가지 확실한 건, 또다시 그렇게 살 순 없다는 거야.

그러니까 희수야.

만약 정말로 내가 싫어서가 아니라 다른 이유로 날 밀어내는 거라면, 딱 한 번만 날 믿고 따라와 주면 안 될까?

네 마음이 나보다 적어도 괜찮아. 손톱만큼이라도. 아니, 먼지 한 톨만큼이라도 괜찮아.

다른 건 내가 다 해결할게. 네가 다른 일 때문에 힘든 일 없게 할게.

오늘은 무슨 옷을 입을지. 밥은 뭘 먹을지. 주말엔 뭘 하면서 시간을 보낼지. 그런 사소한 고민들만 하면서 살게 해 줄게. 약속해.

7년이나 지났는데 여전히 널 못 잊어서 미안해. 못 놔줘서 미안해. 끝까지 내 방식대로 사랑해서 미안해.

대신 그만큼 평생 잘할게. 두고두고 갚을게. 그럴 수 있게 해 줄래?』


사랑해서 미안하다는 말이 유리 파편처럼 눈에 쿡 박혔다. 아팠다. 모진 말을 쏟아 내고 돌아서던 날, 세상이 무너진 얼굴을 하던 그의 마지막 모습이 또 다른 눈에 쿡 박혔다. 너무도 아팠다. 어떻게 이 남자는 이렇게 한결같을 수가 있을까. 어떻게 제게 이렇게까지 맹목적일 수가 있을까. 나 따위가 뭐라고. 내가 대체 뭐라고……

가슴까지 전해지는 통증에 희수의 두 눈에는 금세 뜨거운 눈물이 가득 차오르기 시작했다. 너무 울어서 더는 나올 눈물이 없을 줄 알았는데 아니었던 모양이다. 어느새 얼굴을 듬뿍 적신 눈물 방울이 편지지까지 적시고 있었다. 눈물이 닿은 자리의 잉크들이 번져 더는 글씨를 알아볼 수 없을 지경이었다.

"흑⋯⋯. 흐읍⋯⋯."

다급히 손으로 입을 막았지만, 억눌려 있던 울음은 기어코 틈을 비집고 흘러나왔다. 희수는 편지지를 품에 끌어안고 하염없이 눈물을 쏟아 냈다. 그때였다. 자리를 비켜 주겠다며 밖으로 나갔던 연수가 급하게 병실로 뛰어 들어오며 소리쳤다.

"언니! 오빠 깨어났대!"

거짓말처럼 눈물이 뚝 멈췄다. 쿵쿵쿵. 멈춰 있던 가슴이 세게 뛰기 시작했다.

✻

엘리베이터에서 내린 희수는 빠르게 복도를 가로질러 갔다. 그녀를 알아본 경호원이 곧바로 문에서 비켜섰다. 꽉 닫힌 병실 문 앞에서 희수는 내달리던 걸음을 뚝 멈췄다. 떨리는 손으로 문고리를 잡았지만, 어쩐지 선뜻 열 수가 없었다.

"⋯⋯후우."

멈추어 선 채로 길게 심호흡을 한 다음에야 조심스럽게 문을 열었다. 널따란 병실 안은 고요했다. 희수는 조심스럽게 안으로 걸음을 옮겼다. 텅 빈 병실 안. 침대에 걸터앉아 있는 석현의 뒷모습이 보였다. 희수는 저도 모르게 숨을 참았다. 그저 뒷모습만 봤을 뿐인데 가슴이 저릿했다. 또다시 눈물이 차올랐다.

그때, 인기척을 느낀 듯 석현이 천천히 자리에서 일어났다. 그가 빙글 돌아섰다. 조금 창백하긴 했지만 후광이 비칠 정도로 잘생긴 얼굴은 여전했다.

"……."

"……."

두 사람의 시선이 부딪혔다. 그의 눈에 따뜻함이 감돌았다. 그리고 마침내 그의 입에서 '괜찮아?' 하는 말이 나오는 순간. 희수의 눈에서는 뜨거운 눈물이 왈칵 쏟아졌다.

"지금 누가 누굴 걱정하는 거예요? 선배 정말 큰일 날 뻔했어요. 알아요? 누가 그렇게 무식하게 차로 들이받아. 정말 사람이 어쩜 그렇게 무모할 수가 있어요? 잘못되면 어떡하려고. 선배 잘못되면 나는 어떻게 살라고……!"

희수는 악을 쓰듯 소리쳤다. 저 때문에 이렇게 된 사람인데. 이제야 일어난 사람인데. 화를 낼 게 아니라 고맙다고, 미안하다고, 오히려 그를 안아 줘야 하는 건데. 머리로는 알면서도 속에서 들끓는 감정을 도저히 주체할 수가 없었다.

희수는 울음을 참지 못하고 뱉어 냈다. 부끄러운 줄도 모르고 어린아이처럼 엉엉 소리 내서 울었다. 둑이 무너진 듯 하염없이 쏟아지는 눈물 때문에 시야까지 완전히 흐려졌다. 석현은 그런 희수의 앞으로 바짝 다가왔다. 그러곤 그녀의 양 뺨을 부드럽게 감싸 쥐며 눈물을 닦아 주었다.

"울지 마."

아무래도 그는 모르는 것 같았다. 슬플 때 위로를 받으면 더 슬퍼진다는 것을.

"네가 울면 대체 어떻게 해야 할지를 모르겠단 말이야. 영혼까지 굳는 것 같다고."

다정한 음성에 눈물이 멈추기는커녕 오히려 수도꼭지가 고장 난 것처럼 더 콸콸 쏟아지기 시작했다.

"울지 말라니까."

낮게 한숨을 내쉰 그는 희수의 등을 끌어안았다. 가녀린 몸은 그의 품에 쏙 안겨 들었다. 커다란 손이 부드럽게 등을 토닥여 주었다. 하지만 희수는 좀처럼 눈물을 멈출 수가 없었다. 그가 입고 있는 병원복은 금세 그녀의 눈물로 축축하게 젖어 갔다.

"대체 내가 뭐라고 목숨을 걸어. 나까짓 게 뭐라고……."

울먹이는 그녀의 목소리 위로 그의 덤덤한 음성이 이어졌다.

"너 잘못되면, 어차피 나도 못 살아."

문득 희수의 눈앞으로 죽은 듯이 잠들어 있던 석현의 얼굴이 떠올랐다. 혹시라도 이대로 깨어나지 않는 건 아닐지……. 그때 느꼈던 막연한 공포감까지도 생생하게. 순간적으로 울컥, 화가 치솟아 올라 희수는 그의 품에서 떨어져 나왔다.

"지금 그걸 말이라고 해요?"

제법 매섭게 쏘아붙였지만 그는 여전히 덤덤한 얼굴이었다. 오히려 희수의 젖은 눈가를 닦아 주는 여유까지 부리며 차분한 음성을 뱉어 냈다.

"지난 7년 동안 살아도 사는 게 아니었어. 전보다 더 끔찍할 게 뻔한데, 어떻게 또다시 반복할 수가 있겠어. 난 정말로 자신 없어."

"……."

"그렇게 살 바엔 차라리 죽는 게 더 나아."

어떻게 그런 무서운 소릴 쉽게 할 수 있느냐고. 화를 내고 싶었지만 그러지 못했다. 결코 쉽게 하는 말이 아니라는 걸, 이제는 너무도 잘 아는 탓이었다.

"정말 선배는……."

"병원복을 입어도 태가 나지?"

장난스러운 말에 희수는 찌릿, 그를 노려보았다. 그는 하하, 크게 웃었다. 듣기 좋은 웃음소리가 귓가로 흘러들었다. 이유 없이 또 눈물이 날 것 같았지만 희수는 이를 꽉 깨물고 참았다.

"이제 다 울었어?"

그가 다정하게 물었다.

"아직 덜 울었어요."

희수는 일부러 퉁명스레 대꾸했다.

"그냥 참는 거예요. 너무 울었더니 머리가 아파서."

"그러게 울지 말라니까."

"선배는 그런 말 할 자격 없어요. 내가 누구 때문에……."

그 순간이었다. 갑자기 다리에 힘이 풀린 것은. 희수가 휘청하자 그가 재빠르게 허리를 붙들었다.

"괜찮아?"

희수는 작게 고개를 끄덕였다. 그는 걱정스러운 얼굴로 그녀를 소파에 앉혀 주었다.

"의사 부를게."

"그러지 말아요. 정말 괜찮아요. 긴장이 풀려서 그런 거예요."

"하여튼 고집은."

그는 혀를 쯧, 찼지만 걸음을 되돌려 그녀의 옆자리에 털썩 주저앉았다. 두 사람은 나란히 앉아 허공을 바라보았다. 먼저 입술을 뗀 건 희수였다.

"도대체 무슨 일이 일어난 건지 모르겠어요. 왜 나한테 이런 일이 벌어진 건지. 아깐 형사도 찾아왔었는데……."

차마 말을 잇지 못하고 말끝을 흐렸다. 그러자 그가 그녀의 손을 부드럽게 감싸 쥐었다.

"많이 무서웠지?"

희수는 부정하지 못했다. 그가 네 맘 다 안다는 듯 그녀의 손을 잡은 손에 조금 더 힘을 주며 말했다.

"근데 걱정 안 해도 돼. 별일 아니야. 내가 다 알아서 정리할 거고."

뉘앙스가 어쩐지 묘했다. 희수가 고개를 돌려 그를 바라보았다.

"……혹시 뭔가 알고 있어요?"

"아직 확실한 건 아니야. 그리고 내 예상이 틀렸더라도 상관없어. 어떻게든 찾아내서 뿌리를 뽑아 버릴 거니까."

그의 새카만 눈동자가 매섭게 번뜩였다. 당장 살인이라도 저지를 것 같은 눈빛이었다. 일순 희수의 어깨가 절로 움츠러들었다. 그러자 그는 얼른 날카로운 표정을 누그러뜨리고 다정하게 그녀의 어깨를 끌어안았다. 그녀의 몸이 자연스럽게 그를 향해 기울었다.

"어렵겠지만…… 그래도 그냥 잊어."

"……."

"나쁜 꿈을 꾼 거라고 생각해."

그의 말대로 쉽게 잊을 수 있는 일은 결코 아니었다. 살면서 이런 말도 안 되는 경험을 해 보는 사람이 몇이나 될까. 평생 트라우마로 남을지도 모를 일이었다.

그런데 참 이상한 일이 아닐 수 없었다. 그가 별일 아니라고 하니 정말 별일 아닌 것 같은 느낌이 드는 것이다. 어제는 단지 해프닝이었고, 앞으로의 제 인생에서 이런 일은 결코 다신 일어나지 않을 거라고…….

희수는 그의 너른 어깨에 살포시 기대고 있던 고개를 들어 올렸다. 그러곤 몸을 아예 휙 돌려 그를 제대로 바라보았다.

"왜 그렇게 봐?"

빤한 시선이 부담스러웠는지 그가 어색하게 웃었다. 희수는 그런 석현을 한참 동안이나 빤히 바라보다 이내 입술을 느리게 달싹였다.

"……아까요. 잠들어 있는 선배를 보면서 생각했거든요."

그가 부드럽게 되물었다.

"무슨 생각을 했는데?"

"선배가 깨어나면…… 그땐 정말로 솔직해져야겠다고요."

일순 석현의 눈이 둥그렇게 커졌다.

"사실은……."

잠깐 숨을 참은 희수는 다시금 말을 이어 갔다.

"내 지난 7년도 선배의 지난 7년과 마찬가지였어요."

미미하게 흔들리는 그의 새카만 눈동자를 똑바로 바라보며, 희수는 고해 성사라도 하듯 한참 뒤늦은 고백을 시작했다.

"지금까지 단 한 번도 선배를 잊은 적 없어요. 그래서 다시 만났을 때, 두려웠지만 한편으론 너무 설렜어요."

"……."

"선배도 날 잊지 않아서 다행이라고. 비록 제대로 된 관계는 아니었지만, 그래도 선배랑 같이 있는 시간들이 꿈만 같아서 영원했으면 좋겠다고도 생각했어요."

"……."

"그렇게 큰 욕심을 내면서도 선배를 위하는 척, 위선을 떨었어요."

평생 뱉어 내지 못할 거라 생각한 진심이었다. 혼자만의 비밀로 무덤까지 가져가야 한다고 생각했다. 그런 진심을, 누구의 강요도 없이 제 의지로 뱉어 내는 지금 희수는 꼭 꿈을 꾸고 있는 것만 같았다. 그러나 꿈이 아니라는 것을 알기에, 너무 떨려서 가슴이 터질 것만 같았다.

"정말 이런 나라도 괜찮은 거라면……."

희수는 바르르 떨리는 입가에 힘을 주며, 쥐어짜듯 힘겹게 목소리를 뱉어 냈다.

"나랑 결혼해 줄래요?"

희수는 내내 꽉 그러쥐고 있던 주먹을 그의 앞에서 펼쳤다. 형광등 불빛을 받아 반짝이는 반지를 확인한 그의 눈이 바람 앞의 등불처럼 거세게 흔들리기 시작했다.

"……진심이야?"

그녀의 떨림이 그에게까지 전염된 모양이었다. 석현의 목소리가, 입가가, 눈빛이 바들바들 떨리고 있었다.

"응. 진심이에요."

희수는 활짝 웃으며 고개를 끄덕였다.

"끼워 줄래요?"

왼손을 그의 앞으로 내밀었다. 그는 도저히 믿어지지가 않는지 잠깐 동안 눈을 깜빡이다 이내 반지를 그녀의 왼손 약지에 조심스럽게 끼웠다. 반지는 마치 처음부터 그녀의 것이었던 것처럼 빈틈없이 딱 맞았다. 그는 한참 동안이나 그녀의 손에 끼워진 반지를 얼떨떨한 얼굴로 바라보았다.

"나 지금 꿈꾸는 거 아니지……? 이거 현실 맞는 거지……?"

"꼬집어 줄까요?"

장난스러운 희수의 물음에 그제야 석현의 얼굴에 안도감이 스쳤다.

"와! 죽다 살아날 만하네. 이런 기적도 일어나고."

감탄하듯 말한 그가 그녀의 몸을 꽈악 끌어안았다.

"고마워. 나 받아 줘서."

고맙다는 말도. 미안하다는 말도. 늘 그녀의 몫이건만……. 그는 늘 지금처럼 이렇게 선수를 쳤다. 그래서 희수는 더 미안하고 고마웠다.

"지금 네 선택 후회할 일 없도록 내가 정말 잘할게."

설렘 가득한 목소리에서 그가 지금, 이 순간 얼마나 큰 행복감을 느끼고 있는지가 고스란히 전해졌다. 그러나 미안하게도 희수는 그의 풍선이 터지기 전에 바람을 살짝 빼 줘야만 했다.

"대신 조건이 있어요."

화악. 말이 끝나기가 무섭게 석현이 빠르게 그녀를 제 품에서 떼어 냈다.

"조건?"

조금 전까지만 해도 행복으로 충만하던 얼굴에 불안한 균열이 선명하게 일었다.

"그래요. 조건."

희수는 고개를 끄덕였다. 석현의 미간이 좁혀졌다.

"뭔데, 그 조건이라는 게?"

"아까 선배 어머니 뵀었어요. 선배가 안 일어나서…… 많이 힘들어하셨어요."

"그래서?"

"아마도 제가 더 미워지셨을 거예요. 전보다 더 받아들이기 힘드실 거예요."

그녀의 말이 길어질수록 그의 불안감이 커지는 듯했다. 입가가 점점 더 경직되어 갔다. 긴장감이 바짝 서린 석현의 얼굴을 바라보며 희수는 차분하게 말을 덧붙였다.

"그래도 우리, 선배 부모님 허락은 꼭 받기로 해요. 물론 쉽지 않을 거고, 시간이 얼마나 오래 걸릴지도 모르겠지만……."

"그 얘기였어?"

그녀의 말허리를 끊은 석현의 얼굴에서 언제 그랬냐는 듯 긴장감이 싹 사라졌다.

"난 또 뭐라고."

그는 별로 대수롭지 않다는 듯 어깨를 으쓱해 보였다.

"그건 걱정하지 마. 이미 반은 허락받았으니까."

"허락을…… 받았다고요?"

"응."

석현은 마치 칭찬을 기다리는 것처럼 씨익 미소를 지었다. 그러나 그의 기대와 달리 희수의 눈은 가늘어질 뿐이었다.

"나는 결혼하겠다고 말한 적도 없는데, 멋대로 허락을 받았다고요?"

"아, 그건……."

"그리고 허락이면 허락이지. 반은 또 뭐예요?"

허를 찔려 당황한 듯 석현은 잠깐 눈을 이리저리 굴렸다. 아무래도 할 말이 딱히 떠오르지 않는 모양이었다. 결국 포기했는지 그는 이내 그녀의 허리를 휘어 감아 자신의 쪽으로 바짝 끌어당기며 능글맞게 웃었다.

"지금처럼 행복한 순간에 그런 사소한 건 따지지 말자, 우리."

"순 제멋대로……."

불만스럽게 불퉁 대꾸하던 희수의 입이 일순간 딱 다물어졌다. 그녀는 어색하게 굳은 얼굴로 주춤 뒤로 물러났다.

"선배, 잠깐……."

그는 그녀가 왜 그러는지 이미 알고 있는 듯했다. 그는 입가에 짓궂은 미소를 걸치고는 그녀가 떨어지지 못하게 자신의 쪽으로 허리를 더 바짝 끌어당겼다.

"아, 이거?"

"……."

"원래 이렇게 눈치 없는 놈은 아닌데. 이상하게 네 앞에서는 정신을 못 차리더라. 반은 네 탓이니까, 네가 이해해."

마치 남 얘기를 하고 있는 듯한 어투였다. 도대체 이 남자는 이부분에 있어선 어디까지 뻔뻔해질 작정인지 모르겠다. 눈을 슬쩍 흘긴 희수가 제 허리에 감긴 팔을 세게 뿌리치며 그의 품에서 벗어나려고 하는 순간이었다.

"어딜."

그가 그녀의 몸을 소파에 눕혔다. 그러곤 그 위로 자연스럽게 올라타며 그녀의 얼굴을 빤히 내려다보았다.

"이제 절대 안 놔줄 거야."

그녀를 가득 담은 두 눈동자가 소유욕으로 활활 불타고 있었다. 어쩐지 위험한 예감이 들어 희수가 양손을 뻗어 그의 가슴팍을 단단히 밀어냈다.

"선배, 여긴 병원……."

"괜찮아. 여긴 VIP 병동이니까."

그는 아주 가볍게 그녀의 손길을 뿌리치고는 허리를 숙였다. 이마가 부딪히고 입술이 살짝 닿았다가 떨어졌다. 그가 그녀의 두 눈을 빤히 바라보며 뺨을 부드럽게 감싸 왔다. 그러곤 사랑스러워서 못 견디겠다는 표정으로 고백했다.

"사랑해."

"……."

"사랑해, 희수야."

언제나 한결같은 무거운 진심이 희수의 얼굴 위로 고스란히 떨어졌다. 하지만 더는 부담스럽게 느껴지지 않았다. 그저 아무것도 아닌 제가 이렇게 완벽한 남자에게서 이토록 과한 사랑을 받을 수 있음에 감사할 뿐이었다. 저를 온전히 담은 두 눈을 똑바로 마주한 채 희수는 살짝 웃었다.

"나도요."

팔을 뻗어 그의 목덜미를 끌어안았다. 가까워지는 그의 입술에 제 입술을 가져다 대며 속삭이듯 고백했다.

"계속 사랑하고 있었어요."

기다렸다는 듯 두 입술은 빈틈없이 맞물렸다. 누가 먼저랄 것도 없이 두 사람은 서로를 깊게 탐하기 시작했다. 맞붙은 몸의 열기가 점점 더 짙어지고 있었다.

시린 겨울의 끝자락.

영원히 오지 않을 것만 같던 봄이, 찾아왔다.

〈完〉

*Epilogue*

활짝 열린 창문으로 들어온 포근한 봄바람이 머리카락을 가볍게 흐트러뜨렸다. 희수는 뺨을 간질이는 머리카락을 귀 뒤로 넘기며 마지막 접시를 식탁 위에 올려두었다.

6인용 식탁 위가 먹음직스러운 음식들로 가득 찼다. 시간이 빼듯했지만 결국 성공했다. 그녀의 입가에 뿌듯한 미소가 걸렸을 때였다. 초인종이 울렸다. 앞치마를 벗어 의자 위에 대충 걸쳐놓곤 얼른 현관으로 달려가 문을 열었다. 문 앞에 멀뚱히 서 있는 교복 차림의 손님을 확인한 희수가 활짝 웃었다.

"길 안 잃고 잘 찾아왔네."

"내가 어린 앤가, 뭐."

연수가 입을 비죽였다.

"들어가도 돼?"

"당연하지. 얼른 들어와."

그녀가 건넨 손님용 실내화를 신은 연수는 쭈뼛거리며 집 안으로 들어섰다.

"우와, 집 진짜 장난 아니다. 꼭 드라마에 나오는 부잣집 같아."

거실을 한번 훑은 연수의 입이 쩍 벌어졌다.

"집 구경시켜주고 싶은데, 주인이 없어서."

"궁금하긴 하지만 괜찮아. 어차피 곧 언니가 주인 될 텐데, 그때 구경하지 뭐."

연수가 장난스럽게 웃으며 희수의 왼쪽 손을 바라보았다. 그와 동시에 눈이 둥그렇게 커진다.

"반지는? 어디 갔어?"

"보관해 두고 있어. 평소에 끼고 다니기는 조금 불편해서."

"하긴. 다이아몬드가 크긴 컸어."

동의한다는 듯 고개를 끄덕이던 연수가 별안간 떠오른 생각에 눈을 가늘게 뜨고 물었다.

"두 사람, 혹시 문제 있는 건 아니지?"

"갑자기?"

"친구한테 들었거든. 남녀가 동거하다 보면 연애 때 서로 몰랐던 모습을 발견해서 실망하게 되고, 그게 싸움으로 번지는 경우도 많다고."

연수의 말대로 두 사람은 석현의 집에서 동거 중이었다. 두 달 전, 병원에서 퇴원하자마자 석현은 희수를 자신의 집으로 데려왔다. 그녀가 살던 집에 가려면 그 길을 지나야만 하고, 그렇게 되면 그날 일이 생각날 수밖에 없다는 것이 이유였다. 이번엔 그의 뜻에 얌전히 따르기로 했다. 그의 말대로 아직 그 일이 있었던 길을 아무렇지 않게 지나다닐 자신이 없었던 탓이었다. 연수 역시 트라우마가 생긴 건 마찬가지라 당분간은 기숙사에서 생활하기로 했다.

딱 며칠만 신세를 질 생각이었다. 그런데 지금처럼 두 달이 넘어가고 있는 건, 행동력이 남달리 빠른 남자 때문이었다. 그의 집에서 신세를 진 지 사흘째 되던 날이었다. 그가 그녀에게 묻지도 않

고 전셋집을 마음대로 처분해버렸다는 사실을 알게 된 건. 그는
그녀에게 꼭 필요한 몇 가지를 제외하곤 집 안의 물건들을 모두
처분했다는 말도 덧붙였다. 황당함에 누구 마음대로? 하고 따져
물었을 때, 그는 서희수의 대리인 역할인 서연수의 동의를 받았
다며 뻔뻔한 얼굴로 응수했다. 졸지에 보금자리를 잃은 그녀는 기
약 없는 동거를 이어갈 수밖에 없었다.

"고등학생인 네 친구가 동거하는 남녀의 심리에 대해 어떻게 그
렇게 잘 알고 있나, 의심스럽지만 걱정 마. 우리는 그런 거 아니
니까."

희수는 웃으며 고개를 내저었다.

그와 함께하는 생활은 평화로웠다. 해가 바뀌었으니 지난 8년
동안. 아니, 그전에도 이렇게 여유로웠던 적이 있었나, 싶을 정도
였다. 그는 당분간 쉬는 게 좋겠다며 커피숍 문까지 닫아버렸다.
유급휴가를 받고 쉬게 된 은성은 좋아했지만, 백수가 된 그녀는
마냥 좋아할 수만은 없었다.

하루 대부분을 햇살이 따사롭게 내리쬐는 창가에 앉아 책을 읽
으며 보내는 생활은, 딱 일주일만 즐거웠다. 같은 생활이 두 달째
반복되자 슬슬 무료하고 지루해지는 것이다. 누군가에겐 호강에
겨운 소리 한다고 핀잔을 들을 수도 있겠지만.

"정말이지?"

"그렇다니까. 영양가 없는 대화는 이쯤하고, 얼른 밥이나 먹자.
배고프지?"

"응. 언니가 맛있는 거 해 준다고 해서 점심도 대충 먹었어."

희수의 뒤를 따라 주방으로 들어온 연수의 눈이 식탁을 보며 다

시 한번 휘둥그레 커졌다.

"또 누구 올 사람 있어?"

"아니, 없어."

"근데 뭘 이렇게 많이 차렸어?"

"좀 많지?"

"조금 정도가 아닌데?"

"너 좋아하는 것들 하나씩 하다 보니 이렇게 됐어."

희수는 머쓱하게 웃으며 연수의 식탁 의자를 꺼내줬다. 저 때문에 집이 아닌 기숙사 생활을 하게 된 동생에게 미안한 마음이 한가득이었다. 집밥이라도 든든하게 차려줘야 제 마음이 조금은 편할 것 같아서 이것저것 준비했더니, 이렇게 잔칫상이 되어버렸다.

"갈비찜, 불고기, 갈치조림⋯⋯. 정말 끝이 없네."

연수는 접시에 가득 담긴 음식들을 하나씩 눈으로 짚으며 감탄했다. 전엔 해 주고 싶어도 여유가 없어서 못 해 줬던 음식들이었다.

"재룟값만 해도 엄청나게 들었겠는데?"

"선배가 너한테 대접하라고 카드 줬어. 마음껏 긁어도 된다고 해서 그렇게 했고."

석현은 희수보다도 연수를 더 살뜰하게 챙겼다. 그가 그녀 몰래 꽤 큰 액수를 용돈으로 주고 있다는 것도, 학기 중에 연수가 기숙사에 들어갈 수 있도록 손을 썼다는 것도. 짐짓 모르는 척하고 있었지만 사실은 다 알고 있었다.

"오, 역시 우리 예비 형부!"

"남은 건 싸 줄 테니까 기숙사 가서 먹어."

그제야 연수는 언니의 지갑 걱정을 떨쳐내고 본격적으로 식사를 시작했다. 맛있게 고기를 뜯는 연수의 모습을 보며, 희수는 안 먹어도 배부르다는 말을 떠올렸다.

"시험은 잘 봤어?"

　모의고사가 있는 날이었다.

"당연하지. 내가 누군데."

"자신감이 넘친다?"

"근거 있는 자신감이야. 요즘 잘 때 빼곤 공부에 매진하고 있거든."

　연수의 젓가락은 집중적으로 고기반찬만 공략하고 있었다. 희수는 조금 놀랐다. 연수가 고기를 이렇게까지 좋아하는 줄은 몰랐는데 말이다. 지금껏 그녀가 차려준 풀떼기 반찬들도 늘 맛있게 먹어주던 동생의 모습이 떠올라 희수는 속으로 쓴 물을 삼켜냈다.

"기숙사 생활은 할 만해? 공동생활인데 불편하진 않아?"

"응. 불편한 건 전혀 없어. 밥도 꼬박꼬박 나오고. 룸메이트랑도 잘 맞고. 오히려 남들 등하교할 시간에 공부할 수 있어서 전보다 훨씬 좋아."

"갑자기 공부에 엄청 열심이네."

"좋은 직장에 취업해야 얼른 빚도 갚지."

　일순 희수의 젓가락이 허공에서 뚝 멈췄다. 빚……. 석현의 도움을 받아 빚 청산을 끝냈다는 사실을 연수는 아직 모르고 있었다.

"계속 그걸 생각하고 있었던 거야?"

"공부할 때 아주 좋은 원동력이 되어주고 있어."

웃는 동생의 얼굴에 가슴 한편이 시큰했다.

"빚은 걱정하지 마. 언니가 알아서 할 테니까."

"어떻게 알아서 할 건데?"

"……."

말문이 막혀 희수가 아랫입술을 살짝 깨물었다. 그러자 연수는 새삼 진지한 눈빛으로 말을 덧붙였다.

"예비 형부가 엄청난 부자라는 건 알고 있지만, 그래도 우리가 진 빚은 우리가 갚는 게 맞다고 생각해. 대단한 혼수는 못 해가도 시댁에 책잡히진 말아야지."

그런 건 또 어디서 주워들었는지. 고등학생 주제에 아주 야무진 생각이 아닐 수 없었다. 도저히 반박할 말이 떠오르지 않는.

"……그래. 네 말이 맞아."

잘 바른 생선살을 연수의 밥그릇 위에 올려주며 희수는 고개를 끄덕였다.

"그래도 너무 무리하지는 마. 언니도 노력할 테니까."

솔직하게 말하는 게 좋을까. 잠깐 고민하던 희수는 결국 동생의 어깨를 억누르고 있는 짐을 조금 덜어주는 선택을 했다. 빚이라는 부담이 살아가는 데 원동력이 될 수 있다면, 어쩌면 그건 마냥 나쁜 건 아닐지도 몰랐다. 좋은 직장이 인생을 바꾸는 법이었다. 적어도 연수만큼은 저와 달리 무시당하지 않는 삶을 살 수 있기를. 욕심일지라도 그녀는 너무도 간절하게 바라고 있었다.

"참. 어제 삼촌 보러 갔었다고 했지?"

연수가 문득 떠올랐다는 듯 물었다. 희수는 고개를 끄덕였다. 삼촌은 현재 치료센터에 강제입원 된 상태였다. 이 또한 석현의 뜻이었다.

'너희 자매한테 한 짓을 생각하면 감방에 집어넣고 싶지만, 그
건 네가 원하지 않을 테니까. 차라리 치료센터로 보내면 어때?'
'치료센터요?'
'알코올중독, 도박중독. 다 치료가 필요한 병이야. 잘만 치료하
면 나을 수도 있을 거고.'

상세한 설명에 희수는 놀라지 않을 수가 없었다. 그가 제 삼촌에
대해 이렇게까지 생각하고 있을 줄은 전혀 몰랐으니까. 예나 지금
이나 생긴 것과 다르게 섬세한 남자가 아닐 수 없었다.
　전국의 도박장을 떠도는 삼촌을 찾아내는 것부터 입원시키는
것까지. 쉽지 않을 거라 생각했지만 크나큰 오산이었다. 희수가
긍정적으로 대답한 바로 다음 날, 그는 삼촌의 입원 소식을 전했
다. 마치 미리 준비하고 있었던 것처럼. 그녀에게 석현은 아낌없
이 주는 나무였다. 부모라고 한들 제게 이렇게까지 퍼줄 수 있을
까, 싶을 정도였다.
　"어땠어?"
　"처음보단 많이 좋아졌어."
　연수의 얼굴에 화색이 돌았다.
　"정말?"
　"아직 불안해하기는 하는데. 의사 선생님 말씀이, 그래도 호전
될 가능성이 꽤 많이 보인다고 하더라. 아무래도 시간은 좀 걸리
겠지만."

처음 면회를 갔을 땐, 삼촌은 정신적으로 매우 불안정해 보였다. 왜 자신을 이런 곳에 가뒀느냐고. 당장 풀어달라고. 눈이 뒤집힌 채 쌍욕까지 퍼부어댔었다. 그런데 어제 만난 삼촌은 아예 다른 사람 같았다. 여전히 불안정해 보이기는 했지만, 그래도 그녀에게 더는 쌍욕을 퍼붓진 않았다. 물론 답답하다, 괴롭다, 힘들다, 나가고 싶다. 자신의 의견을 피력하긴 했지만 말이다.

"얼마가 걸려도 좋으니까 예전 삼촌으로 돌아오면 좋겠다."

"응. 그럴 수 있을 거야."

마주한 두 자매의 눈동자가 미래에 대한 희망으로 반짝였다.

"언니! 이리 좀 나와 봐!"

주방을 간단하게 정리한 뒤 후식으로 먹을 과일과 쿠키를 접시에 담아내고 있을 때였다. 거실에서 들려오는 다급한 음성에 희수는 들고 있던 걸 내려놓고 바로 거실로 향했다.

"왜 그래. 무슨 일 있어?"

"이것 좀 봐!"

하얗게 질린 얼굴의 연수가 거실 TV를 가리켰다. 희수가 연수의 손끝을 따라 시선을 옮기는 사이 아나운서의 단정한 음성이 귓가로 흘러들었다.

― ……배임·횡령죄로 태광그룹 최치원 부사장이 고소를 당한 가운데……. 태광그룹은 내일 긴급 주주총회를 열어…….

커다란 화면으로 태광그룹 본사 앞에서 진을 치고 있는 기자들의 모습과 포승줄에 두 팔이 묶인 채 고개를 푹 숙이고 있는 태광그룹 최치원 부사장의 모습이 차례차례 지나갔다.

"이거 형부 회사 맞지? 저 사람은 형부 형이고?"

"……."

"아니. 대체 이게 무슨 일이야……?"

당혹감이 짙게 서린 얼굴로 연수가 중얼거렸다. 하지만 희수는 덤덤한 얼굴로 화면을 바라볼 뿐이었다.

기다란 거실 소파 정중앙에 자리를 잡은 그녀는 세운 무릎에 턱을 괸 채 물끄러미 TV를 바라보았다.

— ……윤리의식이 없는 오너일가에 대한 국민의 반발이 거세지는……. 세습 경영 논란이…….

시선은 화면을 향해 있었지만 집중하고 있는 건 아니었다. 이젠 익숙하게까지 느껴지는 아나운서의 목소리 역시 한 귀로 들어와 반대편 귀로 빠르게 빠져나갔다.

보름 전이었다. 그녀에게 있었던 사고의 진범에 대해 알게 된 건.

'미안해. 아니길 바랐는데, 나 때문에 네가 이런 일을 겪게 된 거였어.'

그는 참담한 얼굴로 그녀의 앞에서 무릎을 꿇었다.

'그게…… 무슨 말이에요?'
'형이 꾸민 일이었어.'

그는 아무래도 처음부터 예상하고 있었던 모양이었다. 반면 희수는 그저 당황스럽기만 했다. 형제간의 사이가 나쁘다는 건 알았지만, 그래도 설마 이런 일에 그의 형이 연루되어있을 거란 생각은 꿈에서도 하지 못했다.

'네가 선택해. 법대로 할 건지, 아니면 네가 당한 딱 그만큼 고통스럽게 만들어 줄 건지.'
'……'
'내 마음 같아선 갈아 마셔버리고 싶지만, 그래도 이 부분에서만큼은 네 선택을 존중할게. 참고로 그냥 넘어가자는 대답은 기각이야.'

석현은 당장이라도 자신의 형을 죽여버리고 싶다는 듯한 눈빛이었다. 오히려 그녀보다 그의 분노가 훨씬 더 깊은 것 같았다. 하긴. 어떻게 안 그럴 수 있겠는가.
어쨌거나 피를 나눈 형제였다. 가족이었다. 그런데 형이 자신 때문에 자신이 사랑하는 여자에게 허튼짓을 하려 했다는 사실을 알게 됐을 때, 그는 어떤 마음이었을까. 그는 이미 예상하고 있었다지만, 그럼에도 현실을 확인했을 땐 분명 충격적이었을 것이다.

그래서 희수는 충격의 늪에서 오랫동안 허우적거릴 수가 없었다. 제가 힘들어할수록 그가 더 힘들어질 테니까.

'……법대로 하면요? 회사엔 아무 문제없어요?'
'거기까지 신경 쓸 필요 없어.'
'선배네 회사예요. 내가 어떻게 신경을 안 쓸 수가 있겠어요.'

고집스러운 그녀의 눈빛에 그는 낮게 한숨을 내쉬었다.

'한바탕 소란은 있겠지. 그래도 그 정도는 내가 해결할 수 있어.'

믿음이 가는 대답이었다. 아니, 그를 믿지 못한다고 해도 어차피 이대로 조용히 넘어갈 순 없을 터였다. 결국 그녀는 둘 중 하나를 선택해야 했다.

'그럼 법대로 해요. 괜한 일 벌이지 말고.'

애써 덤덤한 척 대답했다. 정말 괜찮아? 묻는 그에게 괜찮다 말했다. 어차피 그 일은 미수에 그쳤고, 범인이 잡혔으니 더는 불안하지 않을 것 같다고. 100퍼센트 진심은 아니었지만 그렇다고 100퍼센트 거짓인 것도 아니었다.
"여전히 안 믿기긴 하지만……."
희수가 TV 속 치원의 얼굴을 보며 낮게 중얼거렸다.
죄명이 '납치 미수'가 아닌 '배임, 횡령'뿐인 건, 그녀를 위한 석현의 배려였다. 이미 마무리된 사건을 다시 파헤치게 될 경우, 그 과정에서 오히려 희수가 더 고통받을 수도 있기 때문이었다. 태광 그룹 부사장이 그런 일을 저질렀다는 게 밝혀지면, 결코 조용히 넘어갈 순 없을 테니까. 물론 석현은 이 정도로 끝내는 게 영 마음에 들지 않는 눈치였지만, 늘 그랬던 것처럼 희수가 원하고 희수를 위한 결정을 했다.

"그나저나 선배는 괜찮은지 모르겠네."

희수의 시선이 벽에 걸려 있는 시계로 향했다. 자정이 넘어가도록 그는 아직 집에 오지 않았다. 다섯 시간 전, 늦을 것 같으니 먼저 자고 있으라는 연락 이후로 깜깜무소식이었다. 뉴스에선 밤늦도록 태광그룹 소식이 연이어 보도되고 있었다. 그러면 분명 철저한 준비를 끝낸 상태였겠지만, 그래도 아마 곤란하긴 할 것이었다. 회사의 입장에선 최치원 부사장이 배임□횡령을 했다는 사실이 이런 식으로 터지는 걸 원치 않았을 테니까.

입술을 비집고 절로 흘러나오는 한숨을 길게 내쉬었을 때였다. 삑삑삑. 도어록 비밀번호를 누르는 소리가 들렸다. 희수는 얼른 TV를 끄고 현관으로 향했다.

"아직 안 자고 있었어?"

그가 저를 반기는 그녀를 향해 놀란 얼굴을 해 보였다.

"집주인이 안 들어왔는데 식객이 어떻게 먼저 자요."

"누가 보면 내가 눈치 주는 줄 알겠다. 분명 내가 눈치 보면서 사는 것 같은데 말이야."

그가 피식, 옅은 웃음을 흘렸다. 희수는 그런 남자를 따뜻한 시선으로 물끄러미 바라보았다. 오늘 아침엔 분명 단정하게 메고 갔던 넥타이가 반쯤 풀어 헤쳐져 있었다. 그것만 봐도 오늘 그의 하루가 얼마나 고단했는지를 대충은 알 것 같았다. 안쓰러운 마음에 희수는 괜히 장난스럽게 물었다.

"그래서 선배는 내가 기다린 게 싫어요? 지금이라도 들어가서 잘까요?"

"어딜."

그가 돌아서는 그녀의 허리를 답삭 잡아끌었다. 그러곤 자신의 품으로 안겨드는 작은 몸을 꽈악 끌어안았다.

"다녀왔이."

"오늘도 수고했어요."

조금의 틈조차 허용하지 않는 뜨거운 포옹에 숨이 막힐 것 같았지만, 희수는 내색하는 대신 팔을 뻗어 그의 너른 등을 토닥여주었다. 토닥토닥. 그녀의 다정한 손길을 느끼는 이 시간이, 석현은 최근 가장 행복하다고 했다. 고된 하루를 한 방에 보상받는 느낌이라고. 그리고 그건 희수 역시 마찬가지였다. 하루 종일 혼자 집에서 시간을 보내다 지금처럼 그의 품에 안길 때면, 몸을 은근하게 덥혀주는 따뜻한 온기 덕분인지 들쑥날쑥했던 감정이 차분하게 가라앉는 느낌이 들어서 좋았다.

마치 경건한 의식처럼 진행된 포옹은 한참 만에야 끝이 났다. 석현이 그녀의 허리를 감았던 팔에 힘을 풀며 시선을 맞춰왔다. 은근한 시선이었다. 물론 그게 무엇을 뜻하는지 희수는 너무도 잘 알고 있었다. 의식의 마지막. 희수는 엷게 웃으며 그의 입술에 제 입술을 가져갔다. 초옥, 꽃잎에 나비가 앉듯 가볍게 붙었다 떨어지는 입술. 그제야 그는 만족스럽다는 듯 씨익, 입꼬리를 말아 올리며 그녀를 놓아주었다.

"배는 안 고파요?"

구두를 벗고 실내화로 갈아 신은 그가 집 안으로 들어오는 것을 보며 희수가 다정하게 물었다.

"뭐 좀 먹을래요?"

"괜찮아. 저녁을 늦게 먹었거든."

넥타이를 끌어 내리며 그가 소파에 쓰러지듯 엉덩이를 붙였다. 완전히 녹초가 된 모습이었다. 넥타이에 이어 재킷까지 마저 벗은 그가 후우, 길게 한숨을 내쉬는 모습을 보는 희수의 얼굴에 다시금 안쓰러운 감정이 떠올랐다.

"바로 씻을 거죠? 욕조에 물 받아줘요?"

그는 고개를 내저었다.

"지금은 손 하나 까딱하기 싫어. 좀 더 쉬다가 씻을래. 그보다……"

피곤함이 가득 담긴 눈빛을 들어 올린 그가 희수를 응시하며 자신의 옆자리를 툭툭 쳤다.

"충전부터 해야겠어. 완전히 방전이야."

희수는 튕기지 않고 곧장 그의 옆에 가 앉았다.

"다리 좀 빌릴게."

뭐라고 대꾸도 하기 전에 그는 그녀의 허벅지 위에 머리를 기대며 벌러덩 드러누웠다. 긴 다리가 소파 바깥으로 튀어나왔음에도 불구하고 눈을 감은 그는 퍽이나 편안해 보인다. 희수는 그런 그를 내려다보며 괜스레 한소리를 했다.

"아직 허락하지 않았거든요?"

"어차피 허락 할 거잖아."

"누가 그래요?"

"내가."

"뭐라고요?"

"그래서 아니야?"

뻔뻔하게 되묻는 그는 여전히 눈을 감은 채였다. 희수는 눈살을 살짝 찌푸렸다.

"선배도 알고 있죠? 선배 정말 뻔뻔하다는 거."

"당연히 알고 있지. 서희수가 이런 내 뻔뻔힘을 은근히 매력적으로 생각한다는 것도 잘 알고 있고."

씨익, 매력적으로 말려 올라가는 그의 입꼬리를 보며 희수는 헛웃음을 흘렸다. 엄청난 콩깍지가 쓰인 게 분명했다. 저 뻔뻔스러움이 밉기는커녕 귀엽게 느껴지는 걸 보면. 그리고 사실 그가 미안함에 제 눈치를 보는 것보단 이편이 훨씬 낫기는 했다.

"그래요. 내가 졌어요."

희수는 엷은 웃음을 머금은 채 흐트러진 그의 머리카락을 부드럽게 쓸어 넘겨 주었다. 두 사람은 의식적으로 치원에 관한 이야기를 입에 올리지 않았다.

일을 대충 마무리했을 때 시각은 새벽 4시를 넘어가고 있었다. 서재를 나온 석현은 조심스럽게 안방 문을 열었다. 희수는 널따란 침대 위에서 곤히 잠들어 있었다. 무드등이 켜져 있고 손에 책이 들려있는 걸 보니, 그를 기다리려고 했던 모양이었다.

혹시라도 단잠을 방해할까 조심스럽게 책을 들어 협탁 위에 올리고 무드등을 껐다. 창밖에서 흘러들어오는 달빛 때문에 완전히 어둡지는 않았다. 그는 달빛을 등지고 침대의 빈자리에 모로 누웠다. 잠들어 있는 그녀의 옆얼굴을 바라보고 있자니, 온종일 경직돼 있던 그의 입가가 절로 느슨하게 풀어진다.

"예쁘게도 자네. 깨우고 싶게."

심술궂게 중얼거린 그는 길게 한숨을 내쉬었다. 아래쪽이 뻐근해져 오는 탓이었다. 매일 밤 한 침대에서 잠을 자기는 했지만, 언제 마지막으로 그녀를 안았는지 바로 생각이 나지 않을 정도로 까마득했다. 풀지 못한 욕망은 차곡차곡 성실하게도 쌓여가고 있었다.

그날 이후 하루하루가 말 그대로 전쟁이었다. 최근 열흘 동안 잔시간을 모두 합쳐 봐도 24시간이 채 되지 않았다. 그마저도 숙면하진 못했다. 속으론 썩어 들어가고 있을지언정 어쨌건 밖으로 봤을 땐 평화로운 회사였다. 그런 태광에 폭탄을 내던진 게 그였기에, 수습 또한 그의 몫이었다. 몸과 마음이 죽을 만큼 피곤하기는 하지만, 후회는 없었다. 그에겐 무엇보다 서희수가 중요했으니까. 그리고 그의 복수는 아직 끝나지 않았다.


*'네가 족쳐야 할 상대는 나보다도 문나정 그 기집애라니까! 그 영악한 년이 널 가지려고 날 이용한 거라고!'*


석현에 의해 정해진 본인의 캄캄한 앞날에 대해 처음 알게 된

날, 치원은 그의 바짓가랑이를 붙든 채 악을 써댔다. 그래도 양심이라는 게 먼지만큼은 남아 있는지, 봐달라는 말은 차마 하지 못했다. 그렇다고 혼자 죽으려니 억울했던 모양이었다. 하지만 치원의 주장과 달리 나정이 이 사건의 배후였다는 증거는 어디에서도 찾을 수 없었다. 그럼에도 석현은 치원의 말이 허무맹랑하다고 생각되진 않았다. 그가 아는 한, 자신의 형은 멍청하고 야비한 인간이긴 하지만 이런 상황에서 없는 말을 할 인간은 또 아니었다.

안 그래도 그날 걸려왔던 우진의 전화가 신경이 쓰이던 참이었다. 우진 역시 나정에게서 뭔가 묘한 기류를 느꼈으니 그리 물었던 걸 테다. 분명 이번 일에 나정의 개입이 있었을 거란 생각이 들었다. 그러나 심증만으로 나정을 벌할 순 없는 노릇이었다. 물론, 그렇다고 그냥 넘어가 줄 생각은 더더욱 없지만 말이다. 내일이었다. 바로 내일이면, 문나정을 나락으로 끌어내릴 열쇠가 그의 손에 들어오게 될 것이다. 그는 주먹을 느리게, 그러나 힘 있게 꽈악 그러쥐었다.

"죄를 지었으면 응당 벌을 받아야지."

낮게 깔리는 음산한 목소리와 함께 어둠 속에서 그의 새카만 눈동자가 사납게 번뜩였다.

달칵. 안방 문이 열리는 소리에 희수는 얼른 주방을 벗어났다. 출근 준비를 끝마친 석현이 거실을 가로지르는 게 보였다. 각 잡힌 정장과 단정하게 맨 넥타이. 반듯한 포마드 헤어. 언제나 그렇듯 조금도 흐트러짐 없는 모습이었다.

"벌써 출근하려고요?"

"응. 준비해야 할 게 좀 있어서 서두르려고."

오늘 임시 주주총회가 열린다고 했던가. 회사에 다녀본 적이 없어서 정확히 뭘 뜻하는지는 모르지만, 그에게 중요한 날이라는 건 알고 있었다.

"그래도 10분 정도는 괜찮죠?"

"10분?"

"아니다. 5분만 내줘요."

희수는 의아해하는 그의 팔을 잡아 주방으로 이끌었다. 식탁 위에는 그녀가 새벽부터 일어나 정성 들여 끓인 전복죽이 한 그릇 놓여 있었다.

"오늘은 부담 없는 걸로 준비했어요. 든든하게 먹되, 소화는 잘 될 수 있도록."

그의 표정이 어두워지는 걸 보며 희수는 얼른 선수를 쳤다. 그가 쉽게 거절할 수 없도록.

"고마워. 잘 먹을게."

작전이 먹혔는지 그는 순순히 자리에 앉았다. 희수는 그의 맞은 편에 자리를 잡았다.

"근데."

푸른빛을 띤 죽을 숟가락으로 휘휘 젓던 석현이 운을 뗐다.

"앞으론 정말 식사까지 챙길 필요 없어. 몇 번이고 말했지만, 밥해 달라고 내 집에서 지내라고 한 거 아니야."

"알아요. 그냥 내가 하고 싶어서 하는 거예요. 아침은 먹여서 보내고 싶어서."

"마음만 고맙게 받을게."

그는 그녀가 자신의 아침밥을 차리는 걸 싫어했다. 아니, 아침뿐만이 아니었다. 모든 집안일을 못 하게 했다. 심지어 그는 일주일에 한 번 오던 가사도우미를 매일 오게 하겠다고 했다. 희수는 극구 사양했다. 제가 지내는 동안엔 굳이 도우미를 부를 필요가 없지 않겠냐는 게 그녀의 생각이었다.

두 사람의 의견차는 좀처럼 좁혀지지 않았다. 고집으로 둘째가라면 서러울 두 사람이었으니 당연했나. 나름 아닌 다툼은 3일 동안 이어졌다. 3일째 되던 날, 그들은 결국 전처럼 일주일에 한 번만 도우미를 부르는 것으로 극적인 합의를 봤다. 물론 이 모든 게 저를 향한 그의 배려라는 건 잘 알고 있었다. 하지만 이쯤 되니 합리적인 의심이 드는 건 어쩔 수 없다. 희수는 눈을 가늘게 뜨고 물었다.

"설마 내가 한 음식이 맛없어서 매번 말리는 건 아니죠?"

"무슨 말도 안 되는 소릴 해. 호텔 주방장이 한 음식보다 네가 한 음식이 더 맛있어. 진심이야."

그는 정색하고 말했다. 그녀에게 오해를 받은 게 퍽 억울한 모양이었다. 거짓말을 하는 것 같지는 않았다.

"그럼 그냥 먹어요. 군말 없이."

뚝 떨어지는 음성에 그는 더 이상 토를 달지 않고 죽을 입으로 가져갔다.

"아침마다 일어나서 밥 챙기는 거 귀찮지 않아?"

반쯤 죽 그릇을 비웠을 때 그가 넌지시 말했다. 아직도 미련을

270

못 버린 모양이었다.

"전혀요."

희수는 칼같이 대답했다.

"오히려 요리하는 거나, 청소하는 게 소일거리라고 생각되니 즐거울 지경이에요. 책 읽는 것도 이제 질렸거든요."

솔직히 말하자면, 원래도 요리하는 걸 좋아했다. 제가 열심히 만든 반찬들이 연수의 입에 쏙쏙 들어갈 때면 세상 뿌듯함을 느꼈다. 그러니 돈에 구애받지 않고 질 좋은 재료들을 맘껏 이용할 수 있게 된 지금은 훨씬 더 재미있을 수밖에 없었다.

"카드 줬잖아. 나가서 쇼핑도 하고, 친구들도 만나고 해."

"쇼핑은 됐어요. 원래도 별로 즐기지 않을뿐더러 필요한 건 선배가 다 사 주는데, 쇼핑이 무슨 재미가 있겠어요."

퇴원 후 그의 집에 왔을 때, 희수는 놀라지 않을 수가 없었다. 화장대와 옷장 같은 가구뿐만 아니라 그녀가 사용할 만한 화장품과 옷까지 모두 준비가 되어있었기 때문이다. 이후에도 마찬가지였다. 그녀가 말을 꺼내기도 전에 그는 알아서 이것저것 척척 사다 줬다. 혹시 독심술이라도 하나? 설마 집에 CCTV를 설치한 건 아니겠지? 섬세한 남자라는 건 알았지만, 섬세함을 넘어 제 속에 들어갔다 나온 것처럼 굴어서 별 의심이 다 들 정도였다.

"그리고 친구도요. 친구라곤 하나밖에 없는데, 동은이가 요즘 연애하느라 날 만나줄 시간이 없대요."

희수는 일부러 눈꼬리를 축 내리며 아쉬운 소릴 했다. 그의 동정심을 유발하기 위해서였다.

"미안해. 요즘 바빠서 너한테 너무 소홀했어. 일 대충 정리되

면 데이트 자주 하자. 멀리는 못 가도 가까운 곳으로 여행을 가
도 좋고."

역시나. 그는 바로 걸려들었다. 희수는 다시 한번 과장되게 입
을 비죽 내밀었다.

"그렇게 말하면 내가 뭐가 돼요. 선배 사정 다 아는데, 바쁜 사
람한테 괜한 투정 부리는 생각 없는 여자 된 것 같잖아요."

"아니. 내 말은 그런 뜻이 아니라……."

"난 선배 일 존중해요. 힘닿는 데까진 열심히 내조해 줄 생각
이구요."

가만 듣고 있던 그의 눈썹이 씰룩인다. 연기가 너무 어설펐던 걸
까. 아니면 오버가 너무 과했던 걸까. 아무래도 그가 눈치를 챈 모
양이었다.

"하고 싶은 말 있으면 해. 괜히 사람 들었다 놨다 하지 말고."

"……티 났어요?"

"많이."

어색하게 웃어 보인 희수는 이내 기다렸다는 듯 눈을 반짝이며
입을 열었다.

"커피숍은 언제 다시 오픈할 생각이에요?"

"글쎄. 아직 계획 없는데."

"아직도 계획이 없으면 어떡해요. 벌써 두 달쨌는데."

"두 달밖에 안 된 거지."

단호한 그의 대답에 희수는 길게 한숨을 내쉬었다. 그래도 최
근엔 한 이불을 덮고 자고 있는데, 어쩜 이렇게 생각이 다를 수
가 있을까.

"선배도 잘 알잖아요. 단골 장사는 너무 오래 문 닫으면 손님 다 떨어져 나간다는 거. 안 그래도 장사가 잘되는 편은 아니었는데……."

"대체 몇 번을 말해야 해. 커피숍으로 돈 벌 생각 없다니까."

"적어도 마이너스는 안 되어야 할 거 아니에요."

"상관없어."

"뭐라구요? 선배 경영학과 나온 사람 맞아요?"

희수는 기가 찬다는 듯 되물었다. 그러나 그는 한심하다는 듯 바라보는 그녀의 시선에도 아랑곳하지 않고 아주 덤덤하게 대답할 뿐이었다.

"내 투자는 이미 성공했어. 지금 네가 여기 있잖아."

덤덤하다 못해 뻔뻔하게까지 보이는 남자의 얼굴을 보며 희수는 입을 쩍 벌렸다. 장사에 전혀 관심이 없을 때부터 이미 알고는 있었지만, 이 남자는 정말로 오직 저 하나 때문에 건물을 통째로 사 들였던 모양이었다. ……제 값어치를 이렇게나 비싸게 쳐줘서 고맙다고 해야 하는 걸까. 말문이 막힌 희수가 굳어 있을 때였다. 그가 희수야, 하고 다정하게 불렀다.

"나는 네가 푹 쉬었으면 좋겠어. 네가 지난 8년 동안 밤낮으로 돈 버느라 고생만 하고, 하루도 맘 편히 못 쉬었을 거 생각하면."

"……."

"내 억장이 다 무너져 내려."

억눌린 목소리가 아프게 귓속을 파고들었다. 희수는 아랫입술을 지그시 깨물었다. 눈가가 시큰거린 탓이었다. 그간의 고생스러웠던 삶이 파노라마처럼 눈앞을 스쳐 지나가서가 아니었다. 정말이지 상상도 못 했었다. 그가 지금껏 절 보며 그런 생각을 하고 있을 줄은……. 저를 불쌍하게 여겼다는데, 이상하게 자존심이 상하지는 않았다. 얄팍한 동정심 따위가 아니라, 분명한 사랑이었기에.

"……."

무겁게 전해지는 그의 진심에 희수는 시선을 내리깔았다. 그러자 그가 마치 그녀를 달래듯 다시금 다정한 음성으로 물었다.

"뭔가 하고 싶은 거 없었어?"

"……하고 싶은 거요?"

"이를테면 배우고 싶었던 거라던가."

희수는 느리게 눈을 깜빡였다. 어쩐지 허를 찔린 것 같은 느낌이었다. 하고 싶은 것……. 단 한 번도 생각해 본 적이 없었다. 그럴 여유가 없었다고 하는 게 맞겠지만.

"글쎄요……. 갑자기 물어보니까 생각이 안 나요."

희수는 애써 옅게 웃으며 대답했다. 그런 그녀를 향해 그가 여전히 다정하게 말했다.

"찬찬히 잘 생각해 봐. 뭐가 됐든 다 하게 해 줄 테니까."

마지막 말도 결코 잊지 않았다.

"돈 버는 것만 빼고."

이번 임시 주주총회의 주요 안건은 최치원 부사장의 해임과 최석현 부사장의 선임이었다. 치원이 거대한 사고를 치기는 했지만,

대부분은 결코 쉽지 않을 거라 예상했다. 회사에 워낙 오 여사의 영향력이 지대했기에 치원을 따르는 주주들이 많았기 때문이었다. 그러나 모두의 예상을 뒤엎고 임시 주총은 단 30분 만에 끝나 버렸다. 과반수가 훌쩍 넘는 주주들이 기다렸다는 듯 석현의 손을 들어준 것이었다. 석현의 편에 선 이들 중 절반은 평소에 치원을 못마땅하게 여겼던 이들이었지만, 나머지 절반은 치원의 편이라 믿어 의심치 않았던 이들이었다. 그들의 변심을 전혀 예상하지 못했던 듯, 주총이 시작될 때까지만 해도 기세등등하던 치원 측 사람들은 얼빠진 얼굴로 쫓겨나듯 강당을 빠져나갔다.

"축하드립니다, 부사장님?"

석현이 강당을 나왔을 때, 기다리고 있었다는 듯 정 이사가 인사를 건네 왔다. 축하한다는 말과 달리 그를 향한 정 이사의 두 눈엔 못마땅한 기색이 역력했다. 당연한 일이었다. 그는 치원의 외삼촌으로 철저하게 치원의 편이었고 오 여사의 사람이었다. 아니, 어쩌면 오 여사보다도 더 간절히 치원이 왕좌에 오르길 고대했을지도 몰랐다. 정 이사가 멍청한 조카를 왕좌에 앉히고 뒤에서 직접 조종하려는 원대한 꿈을 꾸고 있다는 건, 당사자인 치원을 제외하면 모두가 알고 있던 사실이었다.

"진심입니까?"

"뭐요?"

"아뇨. 왠지 감사하단 인사보단 죄송하다는 인사를 드려야 할 것 같아서요. 눈치 없이 대답하는 건 실례일 테니 여쭤보는 겁니다."

여유로운 그의 대꾸에 정 이사의 얼굴에 반쯤 걸려 있던 가식적인 가면이 바닥으로 툭 떨어졌다. 정 이사는 이를 으득 갈며 말했다.

"오 여사님께선 알고 계셨을까요. 당신이 호랑이 새끼를 키웠다는 걸."

"그런 걱정은 않으셔도 될 겁니다. 조모님께선 누구보다 강력하게 호랑이 새끼를 배척하셨던 분이니까요. 선견지명이 있으셨죠."

그는 이번에도 여유롭게 받아쳤다. 아무리 찔러도 꿈쩍 않는 상대를 보는 정 이사의 얼굴이 종잇장처럼 와락 구겨졌다. 석현은 속으로 피식, 실소를 흘렸다. 당장이라도 제 멱살을 붙들고 쌍욕을 뱉고 싶어 하는 정 이사의 속마음이 훤히 보이는 탓이었다.

"사내에서 정 이사님이 줄타기를 가장 좋아하시고, 또 잘하신다 전해 들었습니다."

실컷 비웃어주고 싶은 걸 참으며, 석현은 여전히 덤덤한 얼굴로 말을 이었다.

"현명하신 분이니, 어느 줄을 놓고 어느 줄을 잡아야 할지 잘 알고 계시리라 믿습니다."

"글쎄. 이쪽도 그리 탄탄한 줄처럼 보이진 않아서 말이지."

정 이사는 코웃음을 쳤다.

"그래도 원래 잡으려던 줄보단 탄탄할 텐데요."

"자네 지금 부사장 됐다고, 내가 우습게 보이기라도 하는 건가?"

"그럴 리가요."

가볍게 어깨를 으쓱해 보인 석현은 이내 살짝 상체를 숙여 정 이사의 귓가에 낮은 음성을 흘렸다.

"참고로 말씀드리자면, 앞으로 저는 경영하는 데 있어서 공자님의 말씀을 따를 생각입니다. 온고지신. 아주 좋은 가르침이죠."

온고지신. 만약 치원을 버리고 그를 선택한다면, 적어도 태광과 오랫동안 함께해 온 정 이사를 당장 내치진 않겠다는 뜻이었다. 그 말인즉슨, 반대로 끝까지 치원의 편에 서겠다면 가차 없이 끊어내 버리겠다는 뜻이기도 했다.

"……."

상체를 곧게 편 석현은 머릿속으로 빠르게 계산기를 두드리고 있는 정 이사를 마주 보았다. 그러곤 한껏 여유롭게 입꼬리를 말아 올리며 마지막으로 덧붙였다.

"부디 선택하시는 데 조금이나마 도움이 되셨길 바랍니다."

석현이 회장실에 이제 막 들어섰을 때, 최 회장이 기다렸다는 듯 말했다.

"수고했다."

최 회장은 누구보다 먼저 석현의 편에 섰지만, 그럼에도 역시 다른 이들처럼 쉽지 않을 거라 예상했었다. 그래서 오늘 결과를 보고 놀라지 않을 수가 없었다.

사실 둘째가 회사경영에 뜻이 있을 거라곤 생각하지 못했었다. 그럴 수밖에 없는 것이, 싫다는 녀석을 자신이 억지로 회사에 들여앉힌 게 아니던가. 그게 늘 안타까웠다. 첫째보단 둘째가 사업적인 능력이 훨씬 더 뛰어나다는 건, 그뿐만 아니라 세상 사람들이 다 아는 사실이었으니까. 그런데 제힘만으로 이렇게 완벽하게 자리를 잡다니. 물론 마냥 기뻐할 수만은 없는 상황이었지만, 그럼에도 둘째 아들이 너무도 기특한 건 어쩔 수 없었다.

"그 치들을 대체 어찌 꾄 게야?"

"형의 공이 컸죠."

제 편이던 이들의 신임을 단번에 잃을 정도로, 당신의 큰아들이 그동안 엉망으로 일해 왔다는 걸 회장님도 알고 계시지 않느냐고. 정확하게 짚어주는 아들의 말에 최 회장은 크흠, 하고 헛기침을 했다.

"그래도 쉽진 않았을 텐데."

"어렵지도 않았습니다."

무뚝뚝한 아들의 대답에 최 회장은 속으로 낮게 한숨을 내쉬었다. 원래도 살가운 녀석은 아니었지만, 두 달 전 치원이 엄청난 일을 저지른 후 부자 사이가 더욱 서먹해진 느낌이었다. 이유가 아예 짐작이 가지 않는 건 아니었다. 아마 석현은 그가 곤란해진 첫째를 위해 뒤에서 힘을 쓸 거라 생각하고 있는 듯했다.

"부르신 이유가 뭡니까."

"사과하려고 불렀다."

"……사과, 말씀입니까?"

툭 뱉어진 최 회장의 말에 석현이 느리게 되물었다. 전혀 예상하지 못했다는 듯.

"아무리 아비라도 지은 죄가 있으면 아들에게 사죄해야 마땅할 테지."

최 회장은 미약하게 흔들리는 아들의 두 눈을 똑바로 바라보며, 그동안 내내 가슴속에 담아두었던 진심을 고해성사하듯 내뱉었다.

"난 말이다. 항상 첫째 놈이 안쓰러웠다."

석현은 잘 알고 있었다는 듯 덤덤한 얼굴이었다. 그런 아들의 얼굴을 아프게 바라보며 최 회장은 뒷말을 이었다.

"첫째가 다섯 살 때였지, 아마. 너와 네 모친이 집으로 왔던 게."

"……."

"그때 녀석이 내 눈을 똑바로 바라보면서 말하더구나. 아버지. 우리 엄마는 왜 좋아해 주지 않았어요? 아버지는 나보다 저 녀석이 더 좋은 거죠?"

"……."

"눈물이 그렁그렁한데 울지 않으려고 어찌나 독하게 입술을 깨물었던지……. 피가 철철 나는데도 그 어린 것이 표정 변화도 없어."

"……."

"그런데도 나는…… 아무 말을 못 했다. 그런 게 아니라고. 그 한마디가 뭐 그리 어려워서……."

최 회장은 시큰거리는 눈가를 양손으로 지그시 눌렀다.

"그게 내내 마음에 걸렸어. 그래서 내가 빠져야겠다고 생각했다."

"……."

"어머님은 첫째를 챙기고, 네 모친은 너를 챙기니까. 첫째가 점점 더 엇나가는 줄 알면서도. 네가 상처받는 줄 알면서도. 그냥 나는 중립을 지키는 게 최선이라고……. 나란 인간은 아비 노릇 할 자격이 없으니까…….”

주름진 눈가가 젖어 들었다. 최 회장은 주먹을 꽈악 그러쥔 채 악다문 턱을 위로 쳐들었다.

“그런데 이제 보니 내가 방관자가 되어선 안 됐던 거였어. 어머니와 네 모친 관계도, 너와 치원이 관계도……. 다 내가 망쳐버린 거였어.”

속에서 울컥 치미는 뜨거운 덩어리를 애써 삼켜내며 최 회장은 석현과 시선을 맞추었다.

“이제라도 바로잡으마. 너무 늦었지만 지금부터라도 아비 노릇을 해 보마.”

지나간 세월에 대한 회한이 짙게 서린 잿빛 눈동자가, 아들에게 뒤늦은 용서를 구하고 있었다.

“그러니 혹여라도 네 형이 죗값을 덜 치르게 될까 염려할 필요 없다.”

“……무슨 말씀인지 잘 알아들었습니다.”

긴 이야기 끝에 아들의 입에서 나온 말은 건조하기 그지없었다. 그러나 최 회장은 그것만으로도 만족했다. 애초에 용서를 바라고 하는 말은 아니었다. 평생을 가도 용서 받지 못하리라는 것도 잘 알고 있었다. 다만…… 못난 아비의 진심이 전해졌다면, 그래서 조금이라도 속의 응어리가 풀렸다면, 그걸로 되었다.

“조만간 자리 한번 만들거라.”

뜬금없는 말에 석현이 최 회장을 바라보았다.

“말이 나온 지가 언젠데, 얼굴은 봐야지. 더 늦기 전에 직접 사과도 하고 싶고."

아들의 눈이 커졌다.

✳

희수는 오랜만에 외출했다. 그녀가 사는 동네로 외근을 나왔다
며 같이 점심을 먹자는 동은의 연락을 받은 것이다. 5년 만에 시
작한 연애의 재미에 푹 빠져있던 동은이 웬일로 절 찾았나 했더
니, 진짜 이유는 따로 있었다.

"난 신경 쓰지 말고 재밌게 놀라고 했더니, 정말로 문자 한 통 없
이 재밌게 노는 거 있지? 어이가 없어서."

허! 하고 동은이 크게 코웃음을 쳤다.

"앞뒤 문맥을 파악하면 그 뜻이 아닌 건 금방 알 수 있지 않아?
똑똑한 사람이 이런 데선 어쩜 그렇게 머리가 안 돌아가나 몰라.
설마 모르는 척하는 건 아니겠지?"

"에이, 설마."

"한두 번이어야 설마, 하고 넘어가지. 오죽하면 내가 이런 의심
까지 하겠냐고."

어젯밤 남자친구와 다퉜다는 동은은 밥을 먹는 것도 잊은 채 열
변을 토해내는 중이었다. 그리고 희수는 적당히 호응하며 남의 연
애사를 꽤 재미있게 듣고 있었다. 특히나 별것도 아닌 일로 서로
오해하는 부분에선 옛날 생각이 나서 설핏 웃음까지 나왔다. 8년
전, 석현과 희수가 처음 연애를 시작했을 때도 마찬가지였다. 두
사람 역시 지금의 동은과 그녀의 연인처럼, 별것도 아닌 오해로

다투고 밤새도록 가슴앓이하곤 했었다.

"이러다가 답답증 걸려 죽겠어. 그냥 확 헤어져 버릴까 보다!"

"다른 부분에선 잘 맞는다며."

"그렇긴 한데."

"그냥 이번만 네가 이해해. 원래 여자보다 남자들이 단순하다고 하잖아. 이건 과학적으로도 밝혀진 내용이고."

달래는 말에 동은은 어쩔 수 없다는 듯 한숨을 푹 내쉬었다. 애초에 정말로 헤어질 생각을 한 건 아니었을 것이다. 그냥 친구에게 투정 부리고 위로받고 싶었을 뿐.

"근데, 석현 선배도 그래?"

별안간 던져진 물음에 당황한 희수가 응? 하고 눈을 둥그렇게 떴다.

"네 남자친구도 이렇게 한 번씩 네 속을 뒤집냐고."

"……아니. 선배는 남자치고 좀 많이 섬세한 편인 것 같아."

분명 동조해주길 바라는 걸 텐데. 그래도 차마 거짓말은 할 수 없어 희수는 친구의 눈치를 보며 작게 고개를 내저었다. 그러자 동은이 밉지 않게 눈을 흘긴다.

"복 받은 기집애."

"미안. 이 상황에서 할 말은 좀 아니었지?"

"됐거든? 둘 중 하나라도 복 있어서 다행이지."

흥, 하고 쿨하게 콧방귀를 뀐 동은이 스파게티 면을 한가득 퍼 입으로 가져갔다. 스파게티가 그들의 테이블에 놓인 지 30분 만이었다.

"그나저나."

그릇이 어느 정도 비워져 갈 무렵이었다. 배가 부르자 뒤늦게 친구의 안부가 떠올랐는지 동은이 문득 물었다.

"두 사람은 대체 어떻게 돼 가고 있는 거야?"

"응? 우리 뭐?"

"결혼 말이야."

"아……."

일순간 희수의 얼굴에 난감한 기색이 스쳐 지나갔다. 퇴원하고 일주일쯤 지나서였다. 연락도 없이 커피숍으로 찾아온 동은이 입구에 붙어있는 '개인적인 사정으로 한동안 가게 문을 닫게 되었습니다.'라는 불친절한 문구를 보고 놀라서 희수에게 전화한 것은.

– 어떻게 된 거야? 무슨 일 있어?

걱정 가득한 동은의 물음에 희수는 선뜻 대답하지 못했다. 제게 일어난 사건을 어떻게 설명해야 할지 알 수가 없어서였다. 좋은 일도 아닌데 군이 얘기를 해야 할까. 한다면 어디까지 해야 할까. 적당한 말을 찾지 못하고 머뭇거리고 있는데, 통화 내용을 대충 듣고 있던 석현이 별안간 그녀의 휴대폰을 뺏어 들었다.

'우리 결혼 준비하려고.'

'선배!'

'맞아. 내가 프러포즈했어. 희수는 받아줬고.'

말릴 새도 없이 그는 술술 얘기했다. 동은의 축하까지 받은 후에야 휴대폰을 돌려준 그는 당당하기 그지없는 얼굴로 어깨를 으쓱해 보였다.

'왜. 내가 없는 소릴 한 건 아니잖아?'

물론 늘 그랬던 것처럼 수습은 온전히 그녀의 몫이었다. 그리고 지금이 그 수습을 해야 할 타이밍인 듯했다.

"어디까지 진행됐어? 식장은 예약했어?"

희수는 부담스럽게 반짝이는 친구의 시선을 피하며 작게 내답했다.

"아니. 아직……."

"요샌 반년 전부터 식장 예약해야 한다고 하던데. 아, 하긴. 선배네 집안이 어떤 집안인데. 그런 건 상관없겠다. 요샌 꼭 식장이 아니어도 괜찮기도 하고."

혼자 북 치고 장구도 친 동은이 다시 한번 물었다.

"날은 언제로 잡았어?"

"그것도 아직……."

"어머, 애 좀 봐!"

동은이 과장되게 놀라며 호들갑을 떨었다.

"가장 기본인데 아직 날도 안 잡았다고? 말 나온 지가 언젠데!"

그날 이후로 그와 결혼에 대해 진지하게 대화를 한 적이 없었다. 조금 더 정확하게 말하자면 대화를 할 기회가 없었다고 해야 할 것이다. 동거를 시작하고, 회사 일이 바빠지고, 그날의 진실에 대해 알게 되고……. 마주 앉아 대화를 나눌 여유가 없을 정도로,

두 달 동안 그들에겐 너무도 많은 일이 있었다.

아니. 대화할 시간이 있었다고 해도 동은의 기대처럼 척척 진행될 순 없었을 것이다. 애초에 프러포즈를 받아들이긴 했지만 당장 결혼을 할 수 있는 상황은 아니었다. 연수도 아직 그녀의 보살핌이 필요한 미성년자고, 수중엔 모아둔 돈도 없었다. 게다가 이번 일과 엮인 그의 형은 교도소에 들어가게 생겼다. 물론 오롯이 치원의 잘못이긴 했지만, 어쨌든 결과적으로는 동생이 직접 형을 진창으로 밀어 넣은 것이었다. 회사 일을 떠나 그의 부모님 입장에서는……

의식적으로 외면해오던 현실을 떠올리자 가슴이 답답해져 와 희수는 길게 한숨을 내쉬었다. 안 그래도 그의 부모님에게 허락을 받을 수는 있을까 암담했는데, 이젠 한층 더 어려워져버렸다.

"회사에 일이 생겼잖아. 선배도 나도 정신이 없었어."

희수는 어색한 얼굴로 대충 핑계를 댔다. 아예 거짓말인 건 아니었다.

"……아, 맞아. 그랬지. 나도 뉴스 봤어."

뒤늦게 생각났다는 듯 동은의 얼굴이 짐짓 숙연해졌다. 대한민국 국민이라면 모를 수가 없었다. 어제부터 시작해 지금 이 순간까지도. 모든 언론에서 태광그룹에 일어난 일에 대해 심도 있게 다루는 중이었다.

"이제 어떻게 되는 거야? 석현 선배가 둘째 아들이니까, 부사장 자리에 앉게 되는 건가?"

"글쎄. 회사 일은 나도 잘 몰라서."

"하긴. 석현 선배가 회사 일에 대해 미주알고주알 떠들 사람은 아니지."

동은은 이해된다는 듯 고개를 끄덕였다.

"아, 그러고 보니 오늘 태광 임시 주총 한다고 뉴스에서 들은 것 같은데. 그것 때문이려나?"

궁금한 건 바로 해결해야 직성이 풀리는 동은이 휴대폰을 꺼내 들었다. 뭔가를 찾는 듯 스마트폰 액정을 몇 번 두드리던 동은의 눈이 별안간 입을 쩍 벌렸다.

"헐, 대박!"

"왜?"

감탄인지 경악인지 알 수 없는 친구의 반응에 불안해진 희수가 얼른 물었다. 그러자 동은이 희수의 두 눈을 똑바로 바라보며 울먹이듯 소리쳤다.

"선배가 부사장으로 취임했대!"

다행히 나쁜 소식은 아니었다. 희수가 속으로 안도하는 사이 동은이 제가 들고 있던 휴대폰을 그녀에게로 내밀었다. 인터넷 뉴스 기사엔 동은의 말대로 석현이 태광그룹의 부사장이 되었다는 내용이 적혀 있었다.

"태광그룹 부사장이라니. 석현 선배 진짜 짱이다! 대단한 사람인 건 진작 알고 있었지만, 새삼스럽게 더 대단해 보이는 거 있지?"

동은은 마치 자신이 승진한 것처럼 감격한 얼굴로 소리쳤다.

"그럼 너 이제 사모님 되는 거야? 인생 역전이다, 정말! 축하해, 내 친구!"

"소리 좀 낮춰. 사람들 다 쳐다보잖아."

"아, 미안. 내가 너무 흥분했네."

동은은 곧바로 사과했지만, 얼굴은 여전히 흥분으로 붉게 물들어 있었다. 희수는 친구를 향해 얼음이 가득 든 물 컵을 건넸다. 물잔을 단번에 비워낸 동은이 얼음만 남은 컵을 테이블 위에 내려놓았다. 그러곤 언제 그랬냐는 듯 진지한 얼굴이 되어 입을 열었다.

"진지하게 충고하는데, 더 시간 끌지 말고 하루빨리 날 잡아."

"……."

"선배가 워낙 지독한 순정남이라 그럴 일은 없겠지만, 혹시라도 마음이 변하면 어떡해. 사람 앞일은 모르는 건데."

여기까지 얘기한 동은은 희수의 눈치를 슬쩍 보고는 얼른 말을 덧붙였다.

"내가 악담을 하려는 게 아니라, 순수하게 네가 걱정돼서 하는 말이야. 알지?"

절 걱정해 주는 동은의 마음이 진심이라는 건 누구보다 그녀가 더 잘 알고 있었다. 제 친구가 혹시라도 비련의 여주인공처럼 버림받을까 봐 걱정돼 죽겠다는 듯 바라보는 동은의 눈빛을 마주한 채 희수는 대답 대신 옅게 웃어 보였다.

회사 건물을 나서며 석현은 희수에게 전화를 걸었다. 최근 일 때문에 집에 늦게 들어가는 대신 이렇게 짬이 날 때면 통화로 그리움을 달래곤 했다. 신호음이 몇 번 가지도 않았는데 기다렸다는 듯이 전화를 받았다. 여보세요? 수화기 너머에서 흘러나오는 맑은 목소리에 그의 입가가 절로 느슨해졌다.

"뭐 하고 있어? 밥은 먹었고?"

－ 밥은 먹었고. 지금은 집에 가는 중이에요.

"외출했었어?"

－ 동은이가 동네로 와서 같이 점심 먹었어요.

"좋았겠네. 연애한다고 안 놀아준다고 서운해 했잖아."

－ 응. 오랜만에 수다 실컷 떨고, 맛있는 것도 먹고. 좋았어요.

조잘조잘. 즐거운 목소리를 들으며 석현은 동은에게 따로 연락해야겠다고 생각했다. 한창 좋을 때인 건 알지만, 우리 희수도 조금만 더 챙겨줄 순 없겠느냐는 로비를 해야겠다고.

－ 참. 뉴스 봤어요. 부사장 취임, 축하해요.

반나절도 채 지나지 않았건만, 하루 중 가장 많이 들은 말이었다. 하도 들어 지겹다는 생각이 들 정도로. 그런데 이상하게 그녀의 입에서 나온 축하 인사는 같은 말임에도 불구하고 지겹긴커녕 색다르게 들렸다. 제가 잘 되는 걸, 누구보다도 그녀가 진심으로 기뻐한다는 걸 알아서일까. 그의 입꼬리가 한껏 위로 말려 올라갔다.

"말로만 때울 생각은 아니지?"

－ 그럼요?

"오늘은 일찍 퇴근할 거야. 저녁에 파티하자. 둘이서."

－ 좋아요. 뭐 먹고 싶은 거 있어요?

"있어. 엄청, 매우, 지금 당장 먹고 싶은 거."

－ 대체 뭐가 먹고 싶길래 수식어가 그렇게 화려해요?

"서희수."

– ······.

수화기 너머가 갑자기 고요해졌다. 아마 희수는 지금쯤 당혹감에 붉게 달아오른 얼굴을 식히고 있을 테였다. 웃음이 터져 나오려는 걸 참으며 석현이 되물었다.

"왜 말이 없어?"

– ······오늘따라 목소리가 지나치게 밝네요. 부사장 된 게 많이 즐거운가 봐요.

화제를 돌리려는 의도가 분명하게 보였지만 석현은 이쯤에서 봐주기로 했다. 오늘은 특별한 날이니까.

"당연히 즐겁지. 내가 부사장이 되었다는 건, 이제 바쁜 일이 얼추 정리되어 간다는 뜻이고. 그건 곧 서희수랑 함께 보낼 시간이 늘어난다는 뜻이기도 하거든."

자신의 귀에도 제 목소리가 과하게 밝다는 걸 느낄 수 있을 정도였다. 과장을 조금 보태자면, 그는 지금 당장 하늘로 날아갈 수도 있을 것처럼 들떠있는 상태였다.

"참. 좋은 소식이 하나 더 있는데."

– 좋은 소식이요? 뭔데요?

그는 휴대폰을 쥔 반대 손으로 근질거리는 입가를 매만지며 말했다.

"나중에 얘기해 줄게. 얼굴 보고 직접 말하고 싶어."

– 알았어요. 어떤 좋은 소식인지 기대하고 있을게요.

"그래. 퇴근할 때 또 전화할게. 참. 외식하면 되니까 괜히 요리한다고 고생하지 말고 푹 쉬고 있어. 알았지?"

알겠다는 대답도 없이 뚝, 전화가 끊어졌다. 어쩌면 그녀는 이미 마트를 향해 가고 있을지도 모를 일이었다.

"하여튼 고집은."

휴대폰을 그러쥐며 석현은 작게 혀를 내둘렀다. 하지만 그의 입 가엔 미소가 만발해 있었다.

기분 좋은 걸음은 곧장 회사 근처의 커피숍으로 이어졌다. 널따 란 실내를 둘러보던 석현의 시선이 구석진 자리에서 멈췄다. 검은 모자를 푹 눌러쓴 채 커피를 홀짝이던 자리의 주인이 그를 향해 일은체했다. 석현 역시 간난하게 눈짓을 하고는 자리로 다가갔다.

"미안합니다. 일이 생겨서 조금 늦었네요. 많이 기다렸습니까?"

"아닙니다. 저도 금방 왔습니다."

다가오는 직원에게 아이스 아메리카노 한 잔을 주문한 석현이 맞은편을 빤히 바라보았다. 그의 시선을 느낀 듯 남자가 얼른 옆 자리에 두었던 종이가방을 위로 올렸다. 커다란 종이가방 안엔 노 란 서류봉투가 빼곡히 들어있었다.

"예상보다 훨씬 더 많군요."

"그동안 엄청 해 먹었더라고요. 어찌나 많은지 하마터면 약속한 시각에 못 맞출 뻔했습니다."

그의 예상대로였다. 털어서 먼지가 나오지 않을 사람은 없지만, 이건 먼지 수준을 넘어섰다. 이렇게 많은 죄를 저지르고도 어쩜 그렇게 뻔뻔하게 고개를 들고 다닐 수 있는 건지. 차기 대선을 노 린다고도 했던 것 같은데. 대체 사람 간이 얼마나 크단 말인가. 새 삼 문 의원이 존경스러울 지경이었다.

"고생 많았습니다. 약속했던 금액의 두 배를 드리죠."

"감사합니다!"

고개를 꾸벅 숙이는 남자의 광대가 터질 듯 솟아올랐다. 석현은 여유롭게 다리를 꼬고는 서류봉투 하나를 집어 들어 내용물을 확인했다. 언젠가 문 의원이 저지른 비리에 관한 내용이 상세하게 적혀 있었다. 빼도 박도 못 할 증거들과 함께.

이 정도면 그가 원하는 걸 아주 쉽게 손에 넣을 수 있을 테다. 나정이 죗값을 치를 수 있도록 그가 택한 건, 문나정의 부친인 문 의원의 뒷조사였다. 부친이 지은 죄를 협박 삼아 나정을 눈앞에서 영영 치워버릴 생각이었다. 마음 같아선 당장이라도 제 손으로 그 가증스러운 목을 졸라버리고 싶었지만, 서희수를 생각하면 최대한의 이성을 끌어 모을 수밖에 없었다. 평생을 살인자의 아내로 살게 할 순 없는 노릇 아닌가.

"참. 그 집은 딸도 대단하던데요?"

종이를 대충 획획 넘기던 석현의 손이 일순간 허공에서 뚝 멈췄다.

"뭐가 나왔습니까?"

"학창시절 동급생을 심각하게 괴롭히곤 돈으로 무마했던 사건부터 시작해서 대학 입시에 취업까지. 자잘한 게 많더라고요."

그는 쯧, 혀를 찼다. 평소 행실을 보면 그리 놀라울 일도 아니었지만, 어쨌든 이 자리에 윤희가 없어서 다행이었다. 본인이 아들에게 어떤 여자를 붙여주려고 했었는지 알게 된다면 뒤로 넘어갈지도 몰랐다.

"8년 전엔 꽤 큰일도 하나 쳤고요."

"8년 전?"

"어떤 이해관계가 얽혔는지까지는 조사를 안 해봤는데, 당시에 꽤 유망하던 벤처기업 하나를 말아먹었더라고요. 그 수습은 당연히 부친인 문 의원이 했는데, 그 일로 아직까지 협박 받는 것 같더라고요. 그 성격에 고향 후배한테 협박까지 당하고. 딸이 뭔지……."

남자가 혀를 낮게 차는 것과 동시에 석현의 얼굴이 하얗게 질렸다. 순간적으로 숨이 턱 막혀오는 탓이었다. 8년 전. 유망하던 벤처기업. 문 의원의 고향 후배……. 기시감이 드는 단어들을 속으로 느리게 곱씹던 그는 넥타이를 거칠게 잡아끌었다. 하지만 답답함은 조금도 가시지 않았다. 마치 누군가가 제 목을 양손으로 꽈악 조르는 것만 같았다.

"……그 일에 대해."

그는 떨리는 입가를 애써 다잡으며 느리게 되물었다.

"조금 더 자세하게 설명해 줄 수 있습니까?"

쿵쾅쿵쾅. 심장이 불안정하게 뛰기 시작했다.

우진이 석현의 전화를 받은 건, 지금으로부터 20분 전이었다.

– ……형. 지금 바로 여기로 와 줄 수 있어?

이제 막 집 앞에 주차하고 차에서 내리던 우진은 망설임 없이 다시 차에 올라탔다. 수화기 너머에서 들려오는 석현의 목소리가 어쩐지 아슬아슬하게 들리는 탓이었다.

약속장소에 도착한 우진은 지하로 이어진 계단을 빠르게 내려갔다. 잔잔한 재즈가 흘러나오는 실내는 어두웠지만 우진은 금방 석현을 찾을 수 있었다. 구석진 자리에 앉아 술을 따르고 있는 석현의 모습은, 조금 전 들었던 목소리만큼이나 아슬아슬해 보였다. 일순 등허리를 관통하는 불길한 예감을 애써 떨쳐내며 우진은 재빠르게 석현에게로 향했다.

"뭐야, 이 상갓집 분위기는? 잔치를 벌여도 모자랄 판에."

"……."

일부러 웃으며 툭 던졌지만 돌아오는 대답은 없었다. 석현은 그를 보지도 않고 빈 잔에 술을 따랐다. 커다란 위스키 병은 이미 바닥을 보이고 있었다.

"설마, 너 혼자 이렇게 마신 거야?"

"……."

이번에도 돌아오는 대답은 없었다. 얼음에 희석도 하지 않은 채 원액을 입 안에 털어 넣는 석현의 모습에 우진은 주먹을 꽈악 그러쥐었다. 더 이상 자신의 예감을 부정할 수가 없었다.

"무슨 일 있어?"

묻는 것조차 조심스러웠다. 왠지 석현의 입에서 엄청난 말이 나올 것만 같아서.

"……형."

탁. 빈 잔을 테이블 위에 내려놓으며 석현이 그제야 우진을 바라보았다. 빨갛게 충혈된 흰자위가 어둠 속에서도 선명하게 보인다.

"나 이제 어떡하면 좋냐……."

버석하게 마른 입술 틈으로 흘러나오는 건 절망 섞인 음성이었다.

"갑자기 그게 무슨 뜻이야. 무슨 일인데?"

"……."

"대답 좀 해 봐. 말을 해야 알 거 아니야. 어?"

"……."

"최석현!"

결국 답답함을 참지 못하고 목소리를 높이자 석현이 느릿하게 자신의 옆에 있던 뭔가를 들어 테이블 위로 올렸다. 노란 서류봉투였다.

"이게 뭔데?"

석현은 대답 대신 다시금 술병을 기울였다. 얼마 남아 있지 않던 술은 조그마한 샷 잔을 절반도 채우지 못했다.

"여기."

석현이 손을 들어 직원을 불렀다.

"그 정도만 해. 너 이미 많이 마셨어."

우진은 다가오는 직원을 도로 물렸다.

"괜찮아. 나 지금 너무 멀쩡하니까."

"그건 네 생각이고."

"형. 제발……."

"……."

"술이라도 안 마시면…… 돌아버릴 것 같아서 그래."

그리 말하는 석현의 눈빛이 너무도 절실해서, 우진은 차마 말릴 수가 없었다. 결국 석현의 뜻대로 직원이 새 술병을 가져오는 사이 우진은 봉투를 집어 들었다.

봉투 안엔 서류가 몇 장 들어있었다. 대체 무슨 일이길래. 불안한 마음을 억누르며 찬찬히 종이에 적힌 빼곡한 글씨를 읽어 내려가던 우진의 눈동자가 일순간 움직임을 뚝 멈췄다. 그의 두 눈이 바람 앞의 등불처럼 거세게 흔들리기 시작한다.

"이게…… 뭐야?"

눈빛만큼이나 떨리는 목소리로 우진은 믿을 수 없다는 듯 되물었다.

"나 때문이래."

대답하는 석현의 음성이 처연했다. 하지만 우진은 도저히 믿을 수가 없었다. 아니, 믿고 싶지 않았다.

"똑바로 말해. 내가 알아들을 수 있게."

그는 덜덜 떨려오는 입가에 애써 힘을 주며 다시 한번 되물었다.

"8년 전, 서희수네 집을 망하게 만든 게……. 걔 인생을 시궁창에 빠트린 게……. 다 나였다고……."

정확하게 말하자면 최석현이 아니라 문나정이었다. 서류 속 증거들이 그렇게 말하고 있었다.

"이거…… 확실한 거야?"

석현은 대답 대신 느리게 시선을 내리깔았다. 그늘진 그의 얼굴이 참담했다.

"하. 말도 안 돼……."

절로 벌어지는 입술 틈으로 꽉 막힌 숨이 터져 나왔다. 우진의 얼굴 역시 참담함으로 일그러졌다. 나정이 이번 사건에 연루되어 있을 거란 예감을 지울 순 없었지만, 애써 모르는 척했었다. 석현과 희수, 그 두 사람에겐 너무도 미안하지만. 그래도 내가 마음에 담은 여자가 그 정도로 형편없는 여자는 아닐 거라고. 그렇게 믿고 싶었다.

'다른 남자들은 다들 나 좋다고 난린데, 최석현은 아니라잖아. 그래서 더 좋아. 매력이 넘쳐.'

'백마 탄 왕자님이라고 생각했어. 외모도 딱 내 취향이었고. 근데 보면 볼수록 다른 남자애들하고는 다르더라. 어른스럽고, 차분하고…… 독보적인 게릭디잖아. 마치 한정판 같은? 처음으로 갖고 싶다는 생각이 들었어. 옷이나 액세서리가 아닌 사람이.'

그런데 너란 여자는…….

'오빠는…… 내 편 맞지?'

'최석현이 나쁜 거잖아……. 개네가 먼저 날 비참하게 만들었잖아…….'

'나쁜 사람은 벌을 받아야 하잖아. 그게 세상의 이치잖아. 그러니까 그 두 사람은 내가 상처받은 만큼. 아니……! 그보다 더 처참하게 망가져야 하는 건 당연한 거잖아. 내가 나쁜 게 아니라…….'

우진은 뼈마디가 부러질 듯 주먹을 꽈악 그러쥐었다. 손에 들려 있던 종이 귀퉁이가 형편없이 구겨졌다.

"……형. 나 말이야. 이번 일만으로도 죽을 만큼 미안했다?"

"……."

"나 때문에 그런 일을 겪었다는 게 너무 미안해서…… 미안하

다는 말로는 설명할 수 없을 정도로 미안해서…… 그래서 오히려
더 뻔뻔하게 굴었어."

"……."

"별일 아닌 척. 나랑은 상관없는 척……."

"……."

"이기적인 거 아는데, 그렇게라도 서희수 옆에 있고 싶어서…….
서희수가 너무 간절해서……."

울음 섞인 석현의 목소리가 가만 듣고 있는 우진의 귓속으로 아
프게 파고들었다.

"그런데 이것만이 아니래……."

절망스러운 그의 마음이, 참담한 그의 심정이, 우진의 가슴까지
고스란히 전해졌다.

"서희수의 모든 불행이 나 내 탓이래……."

석현의 고개가 힘없이 아래를 향했다.

"이젠…… 뭘 어떻게 해야 할지 모르겠어."

질끈 감은 눈꺼풀 아래로 뜨거운 눈물방울이 뚝뚝 흘러내렸다.

[The End]

페이지의 맨 아래에 적힌 문구까지 모두 읽은 희수는, 조심스럽
게 책장을 덮고서 젖은 눈가를 손바닥으로 꾸욱 눌렀다. 어찌나
울었는지 눈가가 부어오르다 못해 따가울 지경이었다. 영국의 어
느 저자가 쓴 소설책이었는데, 처음부터 끝까지 가슴 아픈 이야기

였다. 심지어 마지막엔 주인공이 죽어버리기까지 했다.

"새드엔딩인 줄 알았으면 시작도 안 했을 텐데……."

사실 반쯤 읽었을 즈음 결말을 예상하긴 했다. 그래도 설마, 하며 끝까지 주인공을 응원하며 읽었는데 막상 마무리가 이렇게 되니 허탈한 건 어쩔 수 없다. 죄 없는 책과 얼굴도 모르는 작가에게 괜한 배신감마저 든다. 옆자리에 수북이 쌓인 휴지 더미를 쓰레기통에 집어넣은 후 거실 벽에 걸려 있는 시계를 확인했다. 벌써 새벽 2시가 넘어가고 있었다.

"시간이 인제 이렇게 됐지."

희수는 깜짝 놀라며 현관으로 시선을 옮겼다. 조금 늦을 것 같다는 연락을 끝으로 석현은 지금껏 깜깜무소식이었다.

"조금 늦는다더니. 이게 어떻게 조금이야?"

여전히 열리지 않을 것 같은 현관문을 노려보며 볼멘소리를 내뱉은 희수는 주방으로 향했다. 식탁 위에는 이렇게까지 늦을 줄도 모르고 둘만의 파티라는 말에 들떠 이것저것 준비해 놓은 음식들이 한가득 차려져 있었다.

"나 혼자라도 먹을 걸 그랬네."

뒤늦게 후회해 봐야 소용없는 일이었다. 이미 다 식은 음식들은 조금도 맛있어 보이지 않았다. 저녁을 걸렀음에도 불구하고 입맛이 뚝 떨어질 정도로.

"내일 아침밥 차려주나 봐라."

소소한 복수를 계획한 희수는 흥, 새침하게 콧방귀를 뀌고는 찬장에서 밀폐 용기를 꺼내 음식들을 차곡차곡 담기 시작했다. 커다란 냉장고가 손도 대지 않은 음식들로 가득 찼을 때였다. 초인

종이 울렸다.

"누구지?"

아직 석현이 집에 오지 않았음에도 의문부터 들었다. 그는, 오늘처럼 늦는 날엔 절대 초인종을 누르는 법이 없었다. 혹시라도 잠든 그녀를 깨울세라 까치발로 집 안을 돌아다니는 사람이었다. 인터폰을 확인한 희수의 눈이 둥그렇게 커졌다. 네모난 액정에 가득 차는 얼굴은 낯설지 않았다. 우진이었다.

상대방을 확인한 희수는 달리다시피 현관으로 가 문을 열었다. 역시나 그녀의 예상대로 우진은 혼자가 아니었다. 우진의 옆엔 석현이 서 있었다. 아니, 서 있다는 말보단 인사불성이 된 채 우진에게 거의 쓰러지듯 기대어 있다는 표현이 더 정확했다.

"밤늦게 미안해요, 희수 씨."

뒤늦게 끼쳐오는 지독한 술 냄새에 희수의 눈살이 절로 찌푸려졌다. 그녀는 얼른 우진을 도와 석현을 부축하며 집 안으로 들어섰다. 두 사람은 힘겹게 석현을 안방 침대에 눕힌 뒤 거실로 나왔다. 희수는 우진을 소파에 앉아 기다리게 한 다음 주방에서 냉수를 가져와 건넸다.

"고마워요. 목말랐는데."

정말로 갈증이 심했던지 우진은 커다란 컵에 가득 든 물을 단번에 들이켰다.

"대체 얼마나 마신 거예요?"

"미안해요. 제가 말렸어야 했는데……."

"아니에요. 선배 고집을 누가 이기겠어요."

알만하다는 듯 고개를 내저은 희수는 우진을 향해 조심스럽게 물었다.

"혹시…… 오늘 회사에서 무슨 일 있었어요?"

이렇게까지 술에 취한 석현의 모습도 처음이었지만, 그보단 고작 술을 마시기 위해 저와의 약속을 취소했을 리가 없다는 생각이 더 크게 들었다.

"일이…… 있긴 했죠."

느리게 대답하는 우진의 얼굴엔 곤란한 기색이 역력했다.

"말하기 곤란한 거면 하지 않으셔도 돼요. 어차피 회사 일은 들어도 모르니까."

희수의 말에도 우진의 굳은 표정은 좀처럼 풀어질 생각을 않았다. 거실에 어색한 기류가 무겁게 흘렀다. 우진과 한 공간에 있기가 민망할 정도였다. 희수가 슬그머니 우진의 눈치를 보며 테이블에 놓여 있는 빈 컵을 집어 들었을 때였다.

"희수 씨."

뭔가를 고민하는 듯하던 우진이 문득 시선을 들어 희수를 똑바로 바라보며 말했다.

"시간 잠깐 괜찮을까요? 할 얘기가 있는데."

"……."

희수는 저도 모르게 마른침을 꼴깍 삼켰다. 본능적으로 우진의 입에서 나올 말이 가볍지 않을 거라는 걸 알 수 있었다.

"일어나요, 선배. 부사장 취임 첫날부터 지각하겠어요."

어깨를 흔드는 야무진 손길에 석현은 감은 눈을 힘겹게 떴다. 갑자기 밝아지는 시야로 말간 얼굴이 가득 찼다.

"정신이 좀 들어요?"

그녀가 눈앞에서 손을 흔들어 보였다. 석현은 눈을 느리게 감았다 떴다. 필름은 bar에서 끊겼는데, 그는 얌전히 침대 위에 누워 있었다. 심지어 잠옷까지 입은 채였다. 그는 천천히 상체를 일으켰다. 머리가 깨질 것 같았다.

"나 어떻게 들어왔어?"

"우진 씨가 데려다줬어요."

"아, 그래."

석현은 한숨을 내쉬며 앞으로 흘러내리는 머리카락을 거칠게 쓸어 넘겼다.

"마셔요. 꿀물이에요."

그녀가 머그잔을 건넸다. 석현은 샛노란 꿀물의 비주얼에 눈살을 찌푸렸다. 어제 마신 위스키가 떠오른 탓이었다. 그러나 꿀물까지 준비해 준 그녀의 성의를 봐서 억지로 입으로 가져갔다. 입안을 가득 적신 달큰한 액체는 목구멍을 타고 내려가 온몸으로 빠르게 퍼졌다. 아직 가시지 않은 술기운이 조금은 눌러지는 느낌이었다.

"얼른 씻고 나와요. 해장하라고 북엇국 끓이고 있어요."

그녀는 빈 잔을 챙겨 들고 방을 나갔다. 탁. 문이 닫히는 것과 동시에 석현은 침대 헤드에 등을 기댔다.

"……."

창문 너머에서 쏟아져 들어오는 햇살을 멍하니 응시하던 그의 눈빛이 차츰 낮게 가라앉기 시작했다.

✽

　그가 출근 준비를 끝내고 나왔을 때, 그녀는 주방에서 분주하게 움직이고 있었다. 석현은 주방 입구에 서서 그런 그녀의 뒷모습을 물끄러미 바라보았다.

　"거기 서서 뭐 해요? 얼른 앉아요."

　뒤늦게 그를 발견한 그녀가 식탁 의자를 가리켰다. 얌전히 자리에 앉은 그의 앞으로 뽀얀 김이 모락모락 올라오는 북엇국이 놓였다. 맑은 국물을 보고 있자니 잊고 있던 허기가 몰려온다. 그녀가 자리에 앉았을 때, 석현은 맑은 국을 한 숟가락 떠 입으로 가져갔다. 슴슴한 국물이 딱 그의 취향이었다.

　"먹을 만해요?"

　"응. 맛있어."

　고개를 끄덕인 석현의 시선이 문득 그녀의 눈가에서 멈췄다. 뽀얀 눈 밑엔 평소와 달리 푸른 다크서클이 드리워져 있었다. 혹시나 제가 어젯밤 취해서 무슨 소릴 한 건 아닌지. 불안감에 일순간 심장이 덜컥, 내려앉았다.

　"잠…… 못 잤어?"

　그는 떨리는 음성을 애써 다잡으며 조심스레 물었다.

　"맞아요. 한숨도 못 잤어요."

　"……혹시 내가 취해서 뭐라고……."

　"코 고는 소리 때문에요."

302

말이 채 끝나기도 전에 그녀는 대수롭지 않은 표정으로 말했다. 예상과는 전혀 다른 대답에 석현의 눈이 살짝 커졌다.

"내가 코를 골았다고?"

"어찌나 심하게 골던지 집 천장 무너지는 줄 알았다니까요."

"농담이지……?"

"진담인데요?"

본인의 말대로 농담을 하는 것 같진 않았다. 그는 머쓱하게 제 코를 툭 쳤다. 코골이라니. 황당했지만 그래도 제가 걱정했던 일은 없었던 것 같아서 다행이었다.

"어젠…… 미안."

그는 국그릇에 시선을 고정한 채 작게 사과했다. 그러자 기다렸다는 듯이 희수의 대답이 돌아온다.

"앞으로 또 어제처럼 술에 절어서 들어오면, 그땐 침대까지 친히 모시지 않고 현관에다 버려버릴 거예요. 사진도 여러 각도로 수십 장 찍어서 연수랑 동은이한테도 보낼 거고."

"……"

"이번에도 농담 아니니까 조심하는 게 좋을 거예요. 알았죠?"

"……그래. 알았어."

작게 대답한 석현은 국을 한 숟가락 떠서 입으로 가져갔다. 맛있게만 느껴졌던 조금 전과 달리 모래알을 가득 머금은 것처럼 입 안이 버석했다.

"참. 오늘은 정시 퇴근할 수 있어요?"

"무슨 일 있어?"

"어제 못 했던 파티 해야죠. 좋은 소식 있다고 했던 것도 들어야 하고. 내가 얼마나 기대하고 있었는데."

"아……."

바짝 마른 입술 새로 신음 같은 한숨이 흘러나왔다. 좋은 소식
이라……. 원래는 그녀를 만나고 싶다던 부친의 말을 전달하려고
했었다. 거봐. 결국은 허락하실 거라고 했지? 나만 믿으라고 했잖
아. 기세등등 웃어줄 생각이었다. 날짜도 잡고, 식장도 정하고, 웨
딩드레스도 고르고……. 떠올리는 것만으로도 행복한 미래를 꿈
꿨다. 8년 전의 진실을 알게 되기 전까지.

"우리 오랜만에 외식해요."

"……."

"생각해 봤는데, 내가 파티 음식을 준비할 게 아니라 승진한 선
배가 한턱 크게 내는 게 더 맞는 것 같아. 안 그래요, 부사장님?"

석현은 도대체 그녀의 앞에서 어떤 표정을 지어야 할지 알 수가
없었다. 아무것도 모르고 그저 밝게 웃는 말간 얼굴을 보고 있
자니, 가슴 한편이 누군가 힘껏 쥐어짜기라도 하는 것처럼 아프
게 조여들었다.

이대로 모르는 척 덮어두면 안 되는 걸까. 진실을 알게 되면 그
녀도 충격이 클 텐데. 모르는 게 약이라고. 오히려 진실을 모르게
하는 게, 그녀를 더 위하는 게 아닐까. 이미 다 지나간 일이니까.
이제 와 알게 된다고 되돌릴 수도 없는 시간이니까. 어제 하루 종
일. 아니, 솔직히 말하자면 지금까지도. 그는 이기적인 고민을 했
었다. 하지만 역시 그럴 순 없는 거였다. 그래선 안 되는 거였다.
그녀에겐 진실을 알 권리가 있었다. 그리고 그에겐 그녀의 선택을
받아들여야 할 의무가 있었다. 저를 원망하게 된다 해도, 그래서

결국 그녀가 저를 떠나가 버릴지라도…….

숟가락을 쥔 손끝이 하얗게 질려갔다. 속으로 잠깐 심호흡을 한 석현은 이내 그녀의 두 눈을 똑바로 마주한 채 천천히 입술 끝을 끌어 올렸다.

"그래. 그러자."

미술관을 나서고 있던 나정이 문득 걸음을 뚝 멈췄다. 유리로 된 회전문 너머로 건물 외벽에 삐딱하게 기대서 있는 석현의 모습이 보였다. 10분 전이었다. 뜬금없이 석현에게서 전화가 온 것은.

– 지금 미술관 앞이야. 잠깐 나와.

일방적으로 제 할 말만 뱉은 그는 대답도 듣지 않고 전화를 끊었다. 나정은 검게 변한 휴대폰 액정을 바라보며 아랫입술만 잘근잘근 깨물었다. 천하의 최석현이 저를 만나려고 직접 여기까지 행차했다니. 예전 같았으면 반갑다 못해 가슴 떨렸을 것이다. 물론 이번에도 가슴이 떨리기는 했지만, 전과는 전혀 다른 이유였다.

"설마 다 알고 온 건 아니겠지……."

석현을 바라보는 나정의 두 눈이 불안하게 흔들렸다. 제가 피하면 괜한 의심을 살 것 같아 나오기는 했지만, 그를 마주하기가 두려운 건 어쩔 수 없었다. 그렇다고 해서 언제까지고 석현을 피할 순 없는 노릇이었다. 언젠가는 부딪혀야 할 문제이기도 했다.

"최석현이 다 알았다면, 이렇게 찾아오지 않았을 거야. 진작 그

머저리랑 같이 나도 뉴스에 나왔겠지."

나정은 주문이라도 외우듯 낮게 중얼거렸다. 자기합리화를 하다 보니 마음이 조금은 가벼워졌다.

"그래. 모를 거야. 이건 분명 완전범죄였어."

마지막으로 길게 심호흡을 한 후, 그를 향해 다시금 걸음을 옮기기 시작했다.

"갑자기 무슨 일이야?"

나정은 언제 떨었냐는 듯 뻔뻔한 얼굴로 석현을 마주했다. 하지만 저를 바라보는 석현의 서늘한 눈빛에 흠칫, 어깨가 떨리는 것까진 막지 못했다.

"할 말이 있어서."

"……할 말?"

"형이 그러더라? 네가 이 일의 배후라고."

건조한 음성이 귓속을 날카롭게 파고들었다. 일순간 나정의 얼굴에 당황한 기색이 역력하게 스쳐 지나갔다.

"……무슨 말이야? 배후라니?"

"그다지 어려운 말은 아니었을 텐데?"

널을 뛰어대는 심장을 부여잡은 채 나정은 애써 침착을 가장한 시선으로 석현의 표정을 살폈다. 정말 알고 찾아온 건지. 아니면 괜히 저를 찔러보는 건지. 가늠하기 위해서였다. 하지만 워낙 제 감정을 밖으로 드러내는 법이 없는 남자였기에 표정만으론 알 수가 없었다. 잠깐 그의 눈치를 보던 나정은 결국 자신의 촉을 믿기로 했다.

"증거 있어?"

"그러게. 아쉽게도 증거를 못 찾았지 뭐야."

그럼 그렇지. 툭 뱉어지는 말에 나정은 속으로 크게 안도했다.

"하, 기가 막혀서!"

기세등등해진 나정은 보란 듯이 인상을 잔뜩 찌푸리며 석현을 향해 앙칼지게 쏘아붙였다.

"너 지금 그 머저리 말 하나 듣고 엄한 사람을 몰아가는 거야? 누가 봐도 저 혼자 죽기 싫어서 발광하는 거잖아."

"그러니까, 넌 절대 아니라는 거지?"

"뭘 물어? 당연히 아니지."

"……"

"안 그래도 요즘 기분 더러운데 너까지 보태지 마. 누굴 그 머저리랑 동급 취급이야, 짜증 나게."

아닌 게 아니라 최근 나정은, 함께 일하는 직원들에게 걸어 다니는 시한폭탄이라는 소릴 듣고 있었다. 어찌나 예민해져 있는지 누군가가 툭 건들기만 해도 참지 못하고 그때그때 터져버리는 탓이었다.

그럴 수밖에 없었다. 그 사건으로 오히려 두 사람은 돈독해졌고, 석현은 부사장까지 됐다. 윤희 역시 요즘 제 연락을 피하는 걸 보면, 종국엔 석현에게 백기를 들지도 모를 일이었다. 상황이 이렇게 돌아가다 보니, 나정은 자신이 괜히 나서서 두 사람의 큐피드 역할을 했다는 생각을 떨칠 수가 없었다.

아, 짜증 나! 어쩌자고 그 병신한테 이렇게 중요한 일을 맡겨선……! 뒤늦게 후회해 봐야 이미 엎질러진 물이라는 사실이 더욱더 그녀를 괴롭게 만들었다. 다시금 머리끝까지 치밀어 오르는 짜증에 나정이 얼굴을 와락 구겼을 때였다.

"8년 전에도 그러지 그랬어."

별안간 흘러나온 음산한 목소리에 놀란 나정이 석현을 바라보았다.

"지금처럼 깔끔하게. 증거 하나 남지 않도록. 누구도 진실을 알 수 없도록."

"……."

"그랬다면 내가 널 조금은 봐줬을지도 모르는데."

나정은 온몸의 솜털이 쭈뼛 서는 걸 느꼈다. 겨우 안정을 찾았던 가슴이 다시금 빠르게 뛰기 시작했다. 앞뒤 다 잘린 말이었지만 나정은 그가 지금 무슨 얘기를 하고 있는지 단번에 알아들었다. 아무래도…… 이번 일에 대해 캐다가 8년 전 일을 알게 된 모양이었다. 덜덜 떨리는 손끝을 꽈악 그러쥐며 나정은 나오지 않으려는 목소리를 억지로 흘려보냈다.

"그게 무슨……."

"왜. 또 너랑은 상관없는 일이라고 하고 싶어?"

"……."

"그런데 미안해서 어떡하냐. 이 일에 대해선 명백한 증거가 내 손에 들어와 있는데 말이야."

섬뜩하리만치 낮은 음성이었다. 내내 건조하게 저를 바라보던 새카만 눈동자엔 분노의 불길이 치솟고 있었다.

"처음부터 이상하다 싶긴 했어. 네 아버지란 작자가 어떤 사람인지 뻔히 아는데. 고작 고향 후배를 위해서 아무 대가 없이 도움을 건넸다는 게. 하필이면 그게 서희수랑 엮였다는 게."

그는 턱을 악다문 채 실소를 흘렸다. 짧은 숨에서조차 분노가 선명하게 느껴졌다.

"왜 그땐 그저 기막힌 우연이라고만 생각했을까. 누가 봐도 의심 스러운 상황이 분명한데."

일순간 나정을 바라보는 새카만 눈동자에 선득한 섬광이 일었 다. 그와 동시에 본능적으로 느낄 수 있었다. 이번만큼은 그냥 넘 어갈 수 없다는 걸.

"석현아, 잠깐만……! 내 말 좀 들어 봐!"

나정은 다급하게 석현의 팔뚝을 붙들었다.

"네가 뭔가 오해를 했나 본데…… 내, 내가 그런 거 아니야. 이미 그 남자는 서희수 삼촌을 배신하기로 작정한 상태였어. 저, 정말 이야. 나, 나는 그저 도망 길만 돕겠다고 했던……."

급하게 지어낸 변명은 버벅거리며 흘러나갔다. 그러나 나정은 그마저도 끝맺을 수 없었다. 별안간 뻗어온 석현의 커다란 손이 그녀의 목을 꽈악 움켜쥐었기 때문이다.

"허억……!"

나정의 등이 거칠게 벽에 부딪쳤다. 그녀의 목을 쥔 석현의 손에 점차 힘이 들어가기 시작했다. 자비 없는 손길은 미약한 신음조 차 흘릴 수 없을 정도로 점점 더 강하게 옥죄어들었다.

"마음 같아선 이보다 더한 짓도 하고 싶은데 최대치로 인내심 끌어올려 참는 거야."

"……윽……."

"너 따위가 아니라 서희수를 위해서."

극한의 공포에 사로잡힌 나정의 두 눈을 똑바로 마주하고 있는 석현의 얼굴에선 일말의 연민조차 찾아볼 수 없었다. 그녀를 내려다보는 냉정한 눈빛은 마치 하찮은 벌레를 보는 것 같았다. 이대로 가면 정말 죽을 수도 있겠다는 생각이 들었을 때였다. 석현이 손아귀에 힘을 풀었다. 그와 동시에 나정의 몸이 하릴없이 바닥으로 떨어졌다.

"……켁. 케켁켁……!"

나정은 바닥에 나자빠진 채로 거친 숨을 토해냈다. 살고 싶어 발악하는 그녀의 모습을 무감한 시선으로 내려다보며 석현이 입술을 달싹였다.

"기대되지 않아? 네 죗값의 이자가 8년 새에 얼마나 늘어났을지."

머리 위로 떨어지는 서늘한 음성에 나정은 두 눈을 질끈 감았다. 사형선고나 다름없었다.

암막 커튼을 친 캄캄한 방에 불빛이 번쩍이기 시작했다. 침대 위에 아무렇게 던져둔 휴대폰에 전화가 온 것이었다. 잠깐 끊어졌던 벨 소리는 곧바로 다시 울렸다. 그러나 집요한 전화에도 나정은 휴대폰이 아닌 허공만 멍하니 응시하고 있을 뿐이었다. 발신인은 굳이 확인하지 않아도 알 수 있었다. 미술관에서 걸려온 전화였다. 잠깐 나갔다 오겠다는 사람이 갑자기 연락도 없이 깜깜무소식이었으니 찾는 게 당연했다. 아까 석현을 만난 후 나정은 곧장 집으로 들어왔다. 도저히 일할 수 있는 정신이 아니었다. 지금도 마찬가지였다. 어떻게 집에 들어왔는지, 지금 제가 뭘 하고 있는지. 마치 꿈속에 있는 것처럼 현실감이 느껴지질 않았다.

*'기대되지 않아? 네 칫값의 이자가 8년 새에 얼마나 늘어났을 지.'*

배경음악처럼 방 안을 가득 울리는 벨 소리를 비집고 불쑥 튀어나온 서늘한 음성이 그녀의 머릿속을 헤집었다. 등골이 오싹해졌다.

"아악!"

나정은 신경질적으로 비명을 내지르며 양손으로 귀를 막았다. 벌써 몇 시간 째 그의 마지막 말이 끊임없이 귓가에서 반복되고 있었다. 정말이지 미쳐버리기 일보 직전이었다.

최석현이 얼마나 냉정하고 자비 없는 남자인지 누구보다 잘 알고 있었다. 그래서 더 두려울 수밖에 없었다. 제게 곧 들이닥칠 불행의 크기가 도저히 가늠되지 않아서. 무엇을 상상하든 그 이상일 게 분명했다.

"제발. 제발. 제발……."

어두운 방구석에 처박혀 평소 믿지도 않던 신까지 찾으며 불안감에 떨고 있을 때였다. 벌컥, 방문이 예고도 없이 거칠게 열렸다. 환한 불빛을 등진 채 그녀를 향해 성큼성큼 걸어오는 건, 그녀의 부친인 문 의원이었다. 어둠 속에서도 일그러진 문 의원의 얼굴에 담긴 노기가 선명하게 보였다. 부친 역시 사실을 알게 된 모양이었다.

"아, 아빠……."

나정은 주춤거리며 자리에서 일어났다. 그와 동시에 짜악! 하는 날카로운 마찰음이 방 안의 공기를 찢듯이 울렸다. 순식간에 얼굴이 반대편으로 휙 돌아간 나정은 눈을 느리게 깜빡였다. 지금 제게 무슨 일이 일어난 건지. 맞은 왼쪽 뺨보다 정신이 더 얼얼했다.

문 의원은 성격이 불같긴 했지만 하나밖에 없는 딸인 그녀에겐 늘 관대했다. 간혹 그녀가 과하게 고집을 부릴 땐 언성을 높이기도 했지만, 손찌검은 태어나 처음이었다. 충격에 얼어붙은 나정의 눈에서 눈물이 뚝뚝 떨어졌다. 그러나 딸을 달래주기는커녕 문 의원은 오히려 더 크게 역정을 낼 뿐이었다.

"뭘 잘했다고 울어! 너 하나 때문에 당장 집안이 망하게 생겼는데!"

집안이 망하게 생겼다는 부친의 말은 거짓이 아닐 터였다. 지금의 최석현에겐 저 하나가 아닌, 이 집안 자체를 풍비박산 낼 힘이 있었다.

'기대되지 않아? 네 죗값의 이자가 8년 새에 얼마나 늘어났을지.'

또다시 석현의 목소리가 귓가를 울렸다. 나정은 두 눈을 질끈 감았다. 절망이 검은 파도처럼 그녀를 삼켰다.

"뭘 꾸물거리고 있어! 당장 가서 빌지 않고!"

문 의원이 멍하게 서 있는 나정의 한쪽 어깨를 거칠게 잡아당겼다. 그러곤 문 쪽을 향해 우악스럽게 밀어내기 시작했다.

"부친과는 상관없다! 너 혼자 한 짓이다! 부친도 피해자다! 죗값은 너 혼자 받겠다! 집안은 건드리지 말아 달라! 개처럼 빌어먹기라도 하란 말이다!"

문 의원은 명예욕이 아주 강한 사람이었다. 지금의 자리에 오르기까지 수단과 방법을 가리지 않았다는 건, 딸인 그녀도 잘 알고 있었다. 하지만 딸보다 본인의 명예를 더 중요하게 여길 줄은, 정말이지 꿈에도 상상하지 못했었다. 제가 무슨 짓을 해도 부모님은 제 편일 거라 믿어 의심치 않았었다. 처음 보는 부친의 낯선 모습에 충격을 받은 나정은 반항 한번 못 해 보고 복도로 쫓겨났다. 그런 그녀의 뒤통수에 문 의원의 냉정한 음성이 꽂혔다.

"이번 일 수습 못 하면, 다시는 내 얼굴 못 볼 줄 알아라! 호적에서 파버리겠다는 뜻이다! 알겠어!"

평생을 든든하다 믿었던 벽이 한순간에 와르르 무너져 내렸다.

서울 야경이 훤히 보이는 호텔 레스토랑에서 멋진 저녁 식사를 끝낸 두 사람은 한강공원을 찾았다. 희수가 고른 데이트 코스였다.

날씨가 좋아서인지 저녁 산책을 나온 이들은 많았다. 혼자 운동을 온 사람이나 가족 단위도 있었지만, 대부분은 그들처럼 데이트를 즐기는 연인들이었다. 두 사람 역시 그들의 틈에 자연스럽게 섞여 잘 닦인 산책로를 걷기 시작했다. 풀벌레 우는 소리와 잔잔한 물소리가 선선한 밤바람에 실려 귓가로 끊임없이 흘러들었다.

"아, 좋다. 괜히 마음노 여유로워시는 것 같고."

맞잡은 손을 작게 흔들며 희수는 기분 좋은 미소를 지어 보였다.

"선배도 그렇죠?"

"……"

돌아오는 대답은 없었다. 희수는 고개를 돌려 석현을 바라보았다. 식사를 할 때도 계속 굳어 있던 얼굴은 지금도 여전했다.

"근데 좋은 소식은 언제 알려줄 거예요?"

희수는 덩달아 굳어지려는 입매를 애써 끌어 올리며 밝게 물었다.

"아까부터 계속 나중에, 나중에. 대체 얼마나 대단한 거길래 자꾸 미루는 거예요? 그럴수록 기대감만 더 커진다는 건 알죠? 별거 아니면 나 실망할지도 몰라요."

답지 않게 희수는 끊임없이 조잘조잘 떠들었다. 오디오가 빌 때마다 찾아오는 무거운 적막이 불편해서였다. 그런 그녀의 노력이 안쓰럽게 느껴졌는지, 드디어 석현이 입을 열었다.

"우리…… 잠깐 얘기 좀 하자."

희수는 기다렸다는 듯 그를 길가에 놓인 벤치로 끌었다.

"……"

"……"

나란히 자리에 앉았지만 석현은 입을 열지 않았다. 그러나 길어지는 침묵에도 희수는 굳이 재촉하지 않았다. 그저 흘러가는 강물을 느긋하게 감상할 뿐이었다.

"희수야."

한참 만에 그가 운을 뗐다. 희수는 강물에 시선을 고정한 채 말해요. 하고 대답했다.

"……대체 이 얘기를…… 어디서부터 해야 할지……."

늘 자신만만하던 그답지 않게 조심스러운 목소리였다. 오랫동안 고민했음에도 불구하고 어떻게 이야기를 시작해야 할지 모르겠다는 듯 그는 쉽게 뒷말을 잇지 못했다.

"알고 있어요."

옆에서 시선이 느껴졌다. 희수는 강물에 고정돼 있던 시선을 천천히 옮겨 그를 마주 보았다.

"선배가 무슨 얘기 하려는 건지, 나 다 알고 있다구요."

"그게 무슨……."

그는 여전히 그녀가 무슨 말을 하는지 모르겠다는 듯한 얼굴이었다.

"어제요. 우진 씨한테 들었어요."

석현의 눈이 커졌다. 조금도 예상하지 못했던 모양이다.

"어떤 얘길…… 들었는데……?"

그리 묻는 그의 목소리는 사시나무 떨듯 떨리고 있었다. 희수는 두려움이 역력하게 비치고 있는 그의 두 눈을 똑바로 마주한 채 입술을 달싹였다.

"삼촌 회사가 왜 망하게 됐는지. 누구 때문인 건지. 이번 일 또한, 증거는 못 찾았지만 아마도 같은 사람 소행일 거란 것도요."

한 마디, 한 마디 그녀의 입에서 나올수록 그의 얼굴에선 점점 핏기가 사라져갔다.

"나는……."

차마 말을 잇지 못하고 그는 아랫입술을 씹었다. 그러곤 자리에서 일어나는가 싶더니 말릴 새도 없이 그녀의 앞에 무릎을 꿇었다. 사람들의 호기심 어린 시선이 흘긋 이쪽을 향했지만, 지금의 두 사람은 타인의 시선을 신경 쓸 여유가 없었다.

"미안해. 내 입으로 얘기했어야 했는데……."

"선배……."

"미안해. 전부 내 탓이야. 내가 널……."

그녀를 올려다보는 그의 두 눈이 빠르게 젖어 들어갔다. 그의 고개가 바닥으로 향했다. 투둑. 흙길 위로 굵은 눈물방울이 떨어졌다.

"……."

희수는 제 앞에서 고개 숙인 초라한 남자의 모습을 아프게 바라보았다. 그의 새카만 절망이 고스란히 전해지고 있었다. 어제 우진에게서 모든 진실을 전해 들었을 땐, 그녀 역시 엄청난 충격을 받았었다. 머릿속이 하얗게 질리고 손이 덜덜 떨렸다. 밤새 잠들지 못했다. 눈을 감으면 그 여자의 당당한 얼굴이 떠올라 도저히 눈을 감을 수가 없었다.

불쑥 화가 치솟고 억울함이 치솟았다. 당장이라도 달려가 왜 그랬냐고 따져 묻고 싶었다. 사람이 어떻게 그런 무서운 짓을 할 수 있는 거냐고. 그런 주제에 내 앞에서 어쩜 그렇게 뻔뻔하게 굴 수 있었느냐고. 솔직히 아주 잠깐 후회도 했다. 그를 만나지 않았다면 어땠을까. 아무 일도 일어나지 않았을까. 삼촌은 여전히 따뜻하고 다정한 모습이고. 자신은 동은이와 함께 졸업하고 취직을 하고 평범하게 살고. 연수는 일찍 철들지 않아도 됐을까. 제 또래들처럼 그저 순수하게…….

그러나 이미 지나가 버린 시간이었다. 돌이킬 수 없는, 그래서 부질없는 상상이었다. 곱씹을수록 오히려 저를 좀먹을 뿐이었다. 거실 소파 위에서 한참을 숨죽여 울다 겨우 진정하고 안방으로 들어갔다. 그러곤 잠든 남자의 얼굴을 빤히 바라보았다. 악몽이라도 꾸는 건지, 그는 잔뜩 인상을 찌푸리고 있었다.

'석현이는 모든 게 다 본인 때문이라고 생각하고 있어요. 형의 일도, 8년 전 그 일도.'

'……'

'희수 씨의 모든 불행이 저 때문이라고. 제가 무슨 자격으로 희수 씨 옆에 있을 수 있겠냐고……. 본인을 탓하고 있어요.'

'……'

'물론 지금 가장 힘든 건, 당사자인 희수 씨겠지만……. 이런 부탁을 하는 게 너무 이기적이라는 거 알지만…….'

'……'

'희수 씨가 석현이 마음도 조금만 헤아려줄 수 없을까요. 매번 주변인 때문에 희수 씨 앞에서 죄인이 되어야만 하는 녀석의 처지를…… 안쓰럽게 생각해 줄 순 없을까요.'

잔뜩 주름진 미간을 손끝으로 부드럽게 펴 주며 희수는 결심했다. 꿈속에서조차 괴로워하는 이 남자를, 저를 너무나도 사랑해 주는 이 안쓰러운 남자를, 이번에는 제가 안아 줘야겠다고.

"일어나요, 선배."

“······.”

석현은 고집스레 자리를 지켰다. 낮게 한숨을 뱉은 희수는 어쩔 수 없이 그의 앞에 무릎을 꿇었다. 그제야 그가 놀란 얼굴로 시선을 들었다. 같은 눈높이에서 두 사람의 시선이 얽혀들어 갔다. 희수는 젖어있는 그의 눈으로 손을 가져갔다. 뜨거운 눈물방울이 닿은 피부로 스며들었다.

“왜 선배가 사과해요. 죄지은 사람은 따로 있는데.”

“내가 아니었으면······.”

이번에도 그는 말을 마치지 못했다. 왈칵, 뜨거운 눈물이 다시금 고여 들었다. 희수는 아예 양손을 뻗어 그의 얼굴을 부드럽게 감싸 쥐었다. 그러곤 한없이 따뜻한 목소리로 말했다.

“선배가 아니었으면, 난 이렇게 벅찬 사랑 못 받았겠죠.”

“······.”

“사랑해요.”

갑작스러운 고백에 당황한 듯 그의 눈이 살짝 커졌다. 그런 그를 바라보며 희수는 눈가를 예쁘게 접었다.

“아마도 선배가 생각하는 것보다 훨씬 더 많이.”

진심을 가득 담은 마지막 말을 끝으로 희수는 천천히 그에게로 다가갔다. 누가 먼저랄 것 없이 두 사람의 입술이 겹쳐졌다. 맞닿은 틈으로 뜨거운 눈물이 그녀의 입 안으로 흘러들었다. 그의 눈물에선 단맛이 났다.

초인종 소리에 인터폰을 확인한 우진의 얼굴이 딱딱하게 굳었
다. 적어도 지금만큼은 세상에서 가장 반갑지 않은 얼굴이었다.

"후."

낮게 한숨을 내쉰 그는 현관으로 향했다.

"오빠……!"

문을 열기가 무섭게 나정이 그에게로 와락 달려들었다. 그가 입
고 있는 면티의 가슴팍이 축축하게 젖어 들어갔다. 무감한 눈으
로 나정을 내려다보던 우진은 얼마쯤 시간을 준 뒤 그녀를 떼어
냈다.

"무슨 일이야."

"……오빠."

"일하던 중이야. 용건만 간단히 하고 가."

서럽게 울던 눈이 크게 일렁였다. 지금껏 단 한 번도 보지 못했
던 냉정한 모습에 나정은 당황한 것 같았다.

"할 말 있어서 이 시간에 연락도 없이 들이닥친 거 아니야?"

우진이 손목시계를 보며 노골적으로 티를 냈다. 그제야 나정이
정신을 차린 듯 입을 열었다.

"……나 좀 도와 줘……."

"뜬금없이 그게 무슨 말이야?"

"석현이가 우리 집을 풍비박산 내려고 해. 제발 좀 말려 줘……."

"석현이가 왜?"

"그건……."

잠깐 머뭇거리던 나정은 이내 억울하다는 듯 말했다.

"오해가 있었어."

우진의 미간이 와락 구겨졌다. 8년 동안 모두를 속여 온 여자였다. 이번에도 딱 잡아뗄 거라 예상했지만, 그럼에노 실낭스러운 건 어쩔 수 없었다.

"확실해?"

"뭐?"

"오해인 거 맞냐고. 사실이 아니라."

일순간 나정의 눈빛이 확 변했다. 피해자인 척 가련하게 굴던 눈빛은 어딜 가고 표독스럽게 그를 노려본다.

"다 알고 있으면서 물어본 거야? 도대체 왜?"

지금 화를 내야 할 사람이 누군데. 본인의 죄는 조금도 생각 못 하고 저를 힐난하는 나정의 모습에 우진의 눈빛은 한층 더 차게 식었다.

"지금은 그게 중요한 게 아니지 않아?"

뒤늦게 제 처지를 떠올린 듯 나정의 눈에서 독기가 빠르게 빠져나갔다. 그녀는 다시금 가련한 피해자 흉내를 시작했다.

"오빠도 알잖아. 나랑 알고 지낸 세월이 훨씬 더 길다는 거. 그런데 그 기집애 하나 때문에 이렇게까지 하는 건 너무하잖아. 우리 아빠, 엄마는 무슨 죄야."

"……"

"석현이한테 말 좀 잘해 줘. 적어도 우리 부모님은 건드리지 말아 달라고. 오빠가 부탁하면 못 이기는 척 들어줄 수도 있을 거야. 걔는 친형보다 오빠를 더 따르잖아. 응?"

나정은 끝까지 자신의 죄에 대해선 아무 생각이 없는 것 같았다. 저 하나 때문에 얼마나 많은 사람이 피해를 보았는지. 그들의 인생이 얼마나 엉망진창이 됐는지. 그런 것은 아무 상관없다는 듯. 제가 휘두른 칼에 찔린 타인의 상처보다, 어쩌다 한번 바늘에 찔린 제 상처가 더 아프다고 소리치고 있었다.

"……."

우진은 턱을 악다물었다. 지금 입을 열면 그녀를 향한 실망이, 분노가, 성난 힐난이 봇물 터지듯 쏟아져버릴 것 같아서였다. 그때였다. 좀처럼 넘어오지 않는 그를 못마땅하다는 듯 바라보던 나정이 이내, 마치 선심이라도 쓰듯 말을 덧붙였다.

"이번 일만 도와주면, 만나줄게."

"……뭐?"

우진은 저도 모르게 되물었다. 내가 지금 무슨 소릴 들은 거지. 도저히 믿을 수가 없었지만, 나정은 뭐가 문제인지 모르겠다는 듯 다시금 당당하게 말했다.

"못 들었어? 만나주겠다고. 내가, 오빠를."

"……."

"오빠, 나 오랫동안 짝사랑했잖아."

그야말로 결정타였다. 더는 의심할 여지없는.

"너 정말……."

차마 말을 잇지 못하고 우진은 하, 크게 숨을 내뱉었다. 길바닥에 눌어붙은 오래된 껌 자국처럼 마음 한편에 남아 있던 감정의 찌꺼기가, 영영 떨어지지 않을 것만 같던 그 덩어리가, 허무하리만치 말끔하게 떨어져 나가는 순간이었다.

"안 되겠다, 넌."

한숨처럼 뱉어진 말에 나정이 눈을 부릅떴다.

"뭐? 그게 무슨 말이야?"

"……."

"그게 무슨 말이냐니까!"

앙칼지게 쏘아붙이는 나정을 똑바로 바라보며 우진은 한숨처럼 말했다.

"할 수만 있다면 널 마음에 담았던 지난 세월을, 내 인생에서 모두 도려내고 싶다는 뜻이야."

어려운 말이 아니었음에도 나정은 이해가 쉽지 않은 모양이었나. 아니, 어쩌면 이해하고 싶지 않은 걸지도 몰랐다. 우진은 고장 난 인형처럼 눈만 느리게 깜빡이는 나정의 뒤편으로 손을 뻗어 현관문을 활짝 열었다. 그러곤 나정의 팔을 잡아 거칠게 현관 밖으로 끌어냈다.

"뭐야? 지금 뭐 하는 거야? 오빠!"

당황한 나정이 팔다리를 휘두르며 저항했지만 남자의 힘을 이길 순 없었다.

"다신 볼 일 없었으면 좋겠다."

더없이 냉정한 음성을 뱉어낸 우진은 가차 없이 문을 닫았다. 철컥, 현관문이 닫히는 소리와 함께 마음의 문도 걸어 잠갔다.

"오빠!"

쾅쾅쾅!

"야! 백우진!"

쾅쾅쾅!

"이 문, 당장 열지 못해? 네가 감히 나한테 어떻게 이럴 수가 있어!"

밖에서 나정이 현관문을 부술 듯 두드리며 악을 써댔다.

"네가 감히라……."

낮게 곱씹는 입 안이 썼다. 이게 오랜 짝사랑의 대가라니. 제 처지가 비참하기 짝이 없게 느껴진다. 우진은 참담한 얼굴로 인터폰을 들었다. 곧바로 관리실에 연락해 경비를 호출했다.

✳

― ……국회에서 거물로 통하는 문태석 의원의 비리가 하나둘 밝혀지고 있는 가운데……. 검찰은 구속 수사를 할 것으로…….

며칠째 뉴스에서 문태석 의원의 소식이 전해지고 있었다.

― ……문태석 의원의 부인이 운영하고 있던 '은애 미술관'은 그간 정·재계의 비자금 세탁의 장이었던 것으로……. 이 관장 역시 법적 책임을 피할 수 없는…….

처음엔 뇌물수수혐의로 시작됐지만 점점 그가 그간 저질렀던 비리들이 하나둘 밝혀지며, 하루하루 지날수록 죄명이 눈덩이처럼 불어나고 있었다.

― ……이런 와중에 문태석 의원의 딸, 문나정 씨마저 입시 비리를 비롯해 학교 폭력과 가사도우미 갑질 논란에 휘말려…….

게다가 아내인 은애 미술관 이 관장과 딸인 문나정의 죄까지 밝혀져 집안사람 모두가 뉴스의 주인공이 되어버렸다.

*— ⋯⋯그동안 문나정 씨에게 당한 피해자들이 올린 글들로 온라인이 떠들썩한⋯⋯.*

물론 이 모든 건 석현이 직접 쓴 대본이었다. 8년 전 문나정이 저지른 악행 하나가, 8년 후인 지금 본인의 집안을 풍비박산 내 버린 것이다.

"이런 걸 보고 '나비효과'라고 하는 거겠지⋯⋯."

거실 소파에 앉아 뉴스를 감상하던 희수가 작게 중얼거릴 때였다. 석현이 뒤에서 그녀의 양어깨를 꾸욱 잡아 눌렀다.

"하여튼 서희수. 말 더럽게 안 듣지. 뉴스 좀 그만 보라니까."

희수는 얼른 리모컨으로 TV를 껐다.

"보고 싶어서 보는 거 아니에요. 그냥 TV 틀 때마다 뉴스가 나올 뿐이지."

"거짓말."

그가 벌주듯 그녀의 정수리에 턱을 괬다.

"선배 머리통 꽤 무겁거든요?"

"그러라고 한 건데?"

치이, 그를 향해 작게 야유한 희수는 솔직하게 말했다.

"솔직히 궁금하긴 해요. 날마다 소식이 업데이트되니까, 오늘은 또 뭐가 추가됐나 싶어서. 그냥 한꺼번에 확 터뜨려버리지."

"그럼 재미없잖아."

"누가 악당인지 모르겠네, 정말."

석현이 그녀의 머리통을 감싸 자신의 쪽으로 당겼다. 희수의 고개가 뒤로 젖혀지며 석현과 시선이 마주쳤다.

"왜. 갑자기 문나정한테 측은지심이라도 들어?"

"그건 아니에요."

"정말이야?"

석현이 못 믿겠다는 듯 눈을 가늘게 떴다. 그의 반응이 왜 이런 건지 대충 짐작할 수 있었다. 그는 삼촌에게 당하고도 쉽게 내치지 못하는 그녀를 아직도 완전히 이해하진 못하고 있었다.

"오해했나 본데, 선배 여자친구 그렇게 마음 넓지 않아요. 내 측은지심은 가족 한정이에요. 그런 의미에서 문나정이라는 여자는, 적어도 내가 당한 만큼은 꼭 벌 받길 원하고 있구요."

대답이 만족스럽다는 듯 그가 한쪽 입꼬리를 말아 올렸다.

"걱정 마. 서희수가 당한 것보다 100배쯤 더 크게 갚아줄 생각이니까."

그리 말하는 석현의 눈빛은 진지하기 그지없었다. 100배라니……. 앞으로 얼마나 더 그들이 나락으로 떨어질지 희수로서는 상상도 되지 않았다. 등줄기를 타고 소름이 돋는 느낌이었다.

"선배랑은 절대 적으로 만나면 안 되겠어요."

"당연하지. 그러니까 평생 내 편만 해."

단호하게 말한 석현이 그녀의 입술에 자신의 입술을 내렸다. 초옥, 입술이 짧게 붙었다 떨어졌다.

"준비는 다 됐어?"

희수가 작게 고개를 끄덕이자 그가 손을 덥석 잡았다. 그녀는 그를 따라 천천히 자리에서 일어났다.

"선배."

현관을 향해 가다 말고 희수가 뚝 걸음을 멈췄다.

"나 괜찮아요?"

"괜찮냐니. 그게 무슨 말이야?"

"옷이요. 나랑 너무 안 어울리지 않아요……?"

희수는 어색한 얼굴로 제 차림을 내려다봤다. 그녀는 아이보리
색 정장 투피스를 입고 있었다. 오늘을 위해 지난 주말 그와 함께
백화점에 가서 산 것이었다. 백화점 조명과 마법의 거울 덕분이었
을까. 아니면 옆에서 직원과 석현이 너무 잘 어울린다며 호들갑
을 떨어댄 덕분이었을까. 살 땐 나름대로 괜찮았던 것 같은데 막
상 오늘 입어보니 영 어색했다. 마치 남의 옷을 빌려 입은 것처럼.
평소에 입던 스타일과 달라 더 그렇게 느껴지는 걸지도 몰랐다.

"내가 그때도 말했을 텐데? 이 옷은 마치 네가 입으려고 만들
어진 것 같다고."

"너무 과한 찬사라 믿음이 안 가요."

"보이는 그대로 말했을 뿐이야."

더 말해 봐야 소용없을 것 같았다. 부디 다른 이들의 눈에도 그
의 눈에 보이는 반만큼이라도 괜찮아 보이길 바라는 수밖에. 희
수가 결심한 듯 비장하게 고개를 들었다.

"됐어요. 가요."

"오케이, 출발!"

파이팅 넘치는 그의 외침이 신호가 된 듯 심장이 쿵쿵쿵 뛰기
시작했다. 희수는 꼴깍 마른침을 삼켰다. 오늘은 그의 본가에 인

사를 하러 가기로 한 날이었다.

　그의 본가는 상상했던 것보다 훨씬 더 위용이 넘쳤다. 과장을 조금 보태서 축구를 해도 되겠다 싶을 정도로 커다란 정원을 지나자 대궐 같은 집이 나타났다.

　"긴장 안 해도 돼."

　조그마한 얼굴 한가득 드러난 긴장감에, 그가 현관문 앞에서 걸음을 멈추곤 다정하게 말했다.

　"여기까지 부른 거면 90퍼센트 이상 넘어온 거야."

　"10퍼센트가 작은 숫자는 아니지 않아요?"

　"그 정도는 서희수 미모로도 충분할걸?"

　"……우황청심환 하나 더 먹을 걸 그랬나 봐요."

　뒤늦게 후회가 밀려왔다. 하지만 그의 귀에는 농담으로 들렸던 모양이다. 작게 웃더니 그대로 현관문을 열어버리는 게 아닌가. 아직 마음의 준비를 다 끝내지 못했는데……! 그녀의 영혼이 마른 비명을 내지르는 사이 그녀의 육체는 이미 그의 손에 이끌려 집 안으로 들어가고 있었다.

　"어서 오세요. 회장님과 사모님께서 기다리고 계십니다."

　신발을 벗기도 전에 입주 도우미로 보이는 여성이 반갑게 인사를 해 왔다. 희수가 허리를 꾸벅 숙이자 활짝 웃어 보인다.

　실내화로 갈아 신은 후 현관에서 거실로 이어지는 복도를 걸었다. 복도 끝에 다다랐을 때 희수는 그냥 돌아갈까, 하고 진지하게 고민했다. 그러나 결론을 내리기도 전에 그녀는 이미 거실이었고, 그들을 기다리고 있던 최 회상과 윤희의 모습이 보였다. 윤희외는 안면이 있었지만 최 회장의 실물을 보는 건 처음이었다. TV나 경제지에서 봤던 모습 그대로였다. 굳이 다른 점을 찾는다면, 사진보다 실물이 훨씬 더 카리스마가 넘친다는 것이었다.

"여기까지 오느라 고생했네."

최 회장이 자리에서 벌떡 일어나 그녀에게 다가왔다. 커다란 키와 쩍 벌어진 어깨. 최 회장은 나이답지 않게 풍채가 좋았다. 게다가 특유의 카리스마까지 더해져 뿜어내는 위압감이 대단했다. 특히나 석현보다 훨씬 더 날카로운 눈매가 속을 꿰뚫을 듯 매섭게 느껴졌다. 희수가 저도 모르게 슬그머니 뒷걸음질하는 순간이었다. 별안간 최 회장이 그녀의 앞에서 무릎을 꿇은 것은.

"······!"

희수의 눈이 튀어나올 듯 둥그렇게 커졌다. 그녀만큼이나 윤희와 석현도 당황한 눈치였다. 아연실색한 윤희가 최 회장을 향해 꽥 소리를 내질렀다.

"회장님!"

그러나 최 회장은 아무것도 들리지 않는다는 듯 희수만 똑바로 바라보며 입술을 달싹였다.

"첫째 놈 때문에 몹쓸 일을 당했다고 들었어. 이게 다 아들을 잘못 키운 내 탓이니, 혹시라도 석현이는 원망 말고 날 탓하구려."

"아······ 저······."

희수는 마치 물고기처럼 입만 벙긋거렸다. 꿈에서도 상상할 수 없었던 전개가 너무도 당혹스러웠던 탓이다. 그 일이 제 발목을 잡을지도 모른다고 생각했다. 너 때문에 우리 아들들이 서로를 공격했다, 원망의 눈초리를 받을 줄 알았다. 그런데 이건……. 이럴 땐 어떤 반응을 보여야 한단 말인가. 당혹감에 머릿속이 새하얗게 비어버렸다.

"어서 일어나세요! 아무리 그래도 체면이 있는데!"

윤희가 다시 한번 소리쳤다. 그러나 최 회장은 여전히 고집을 부렸다.

"아들 하나도 제대로 못 키운 주제에, 체면은 무슨 체면. 이런다고 내가 지은 죄가 사라지는 건 아닐 테지만, 이 아가씨의 마음이 아주 조금이라도 풀릴 수 있다면 나는 이깟 무릎 천 번이고 더 꿇을 수 있네."

이번엔 석현이 거들었다.

"회장님. 이러시면 이 여자가 더 불편합니다."

최 회장의 시선이 희수를 향했다. 그녀의 얼굴에 역력하게 떠올라 있는 곤란한 기색을 읽은 듯 최 회장이 흠, 하고 고개를 끄덕였다.

"그러면 안 되지. 일어나야겠구만."

겨우 자리에서 일어난 최 회장이 얼어있는 희수를 향해 다시 한번 사과의 말을 뱉었다.

"미안하오. 내가 실례를 범했다면 사과하겠소."

"……"

"혹시라도 내 죄로 인해 둘째한테까지 불똥 튈까 염려가 돼서, 급한 마음에……."

그 순간 희수의 눈엔 최 회장이 한 기업의 총수가 아닌, 제가 사랑하는 남자의 아버지로 보였다. 아들에 대한 애정이 또렷이 드러나는 그 눈빛에 희수의 입술이 질로 움직였다.

"……걱정 안 하셔도 됩니다, 회장님. 선배 잘못도, 회장님 잘못도 아니라는 거. 저도 잘 알고 있습니다."

똑 부러지는 대답이 퍽 마음에 든 모양이었다. 내내 굳어 있던 최 회장의 얼굴이 대번에 화사해졌다. 그가 희수의 손을 덥석 붙들었다.

"말이라도 고맙네. 정말 고마워."

주름이 자글자글 투박한 손이 희수의 손을 따뜻하게 감싸왔다. 날카롭게만 느껴지던 눈매가 살짝 휘어지자, 최 회장의 얼굴에서 석현이 보였다. 맞닿은 손으로 전해지는 온기 때문일까. 석현을 닮은 모습 때문일까. 그제야 희수는 긴장이 조금 풀리는 것 같았다.

솔직하게 말하자면 90퍼센트는 넘어왔다는 그의 말을 완벽하게 믿지 못했다. 이 집에 저를 초대했다고 해서 그게 허락인 건 아니었으니까. 아무리 반대해 봐야 아들에겐 씨알도 먹히지 않으니, 대신 저를 불러 완곡하게 거절하려는 걸지도 모른다고 생각했다. 그래서 더 긴장했던 것이었다. 끝까지 버텨야지. 모진 말을 해도 한 귀로 듣고 한 귀로 다 흘려버려야지. 필요하다면 바짓가랑이라도 붙들고 늘어져야지.

아드님을 주세요. 내조 잘하며 살겠습니다. 오늘만큼은 얼굴에 철판을 깔고 뻔뻔하게 나가리라 다짐했었다. 그런데 이제 보니 걱정과 달리 최 회장은 정말로 제게 호의적인 것 같았다. 굳이 이번 일이 아니더라도 윤희만큼이나, 아니, 어쩌면 윤희보다 훨씬 더 저를 못마땅하게 여길 줄 알았는데. 정말이지 의외가 아닐 수 없었다. 그러나 안도감은 그리 오래가지 못했다. 곧 이어지는 윤희의 말에 그녀의 심장은 다시금 쪼그라들었다.

"그만하고 식사부터 하죠. 음식 다 식겠어요."

윤희는 아까부터 의도적으로 그녀와 시선을 마주치지 않으려 하고 있었다. 아무래도 남은 10퍼센트의 지분은 온전히 윤희의 몫인 듯싶었다.

식사가 끝나고 네 사람은, 티 타임을 위해 식당 바로 옆에 있는 테라스로 이동했다. 바닥과 천장, 테이블과 의자까지 모두 원목으로 되어 있었는데. 사방으로 보이는 탁 트인 전경이 태양 아래 반짝이는 푸른 정원이라 그런지, 도심이 아니라 마치 산속에 와있는 것 같았다. 하지만 안타깝게도 희수의 눈에는 멋진 전경이 눈에 들어오지 않았다. 그녀는 차를 홀짝이며 남몰래 제 가슴께를 꾹 눌렀다. 체기가 느껴진 탓이었다. 식사 분위기가 나빴던 건 아니었다. 석현이 자꾸만 그녀의 밥그릇 위로 반찬을 놓아주는 바람에 어른들의 눈치가 보였던 것만 빼면, 꽤 평화로운 식사였다.

"동생이 아직 고등학생이라면, 자매가 나이 터울이 꽤 있네. 부모님이 금슬이 좋으셨나 보구만."

간단한 호구조사를 끝마친 최 회장이 껄껄, 웃었다.

"우리도 부부 금슬이라면 어디 가서 뒤지지 않는데. 지금은 너무 늦었겠지?"

최 회장의 은근한 시선이 옆자릴 향했다. 윤희가 정색했다.

"뜨신 밥 잘 먹어놓고 왜 갑자기 신소릴 해요?"

"부끄러워할 게 뭐 있소. 애들도 이제 다 큰 어른인데."

"이이가 정말……!"

얼굴이 붉게 달아오른 윤희가 최 회장의 등을 찰싹, 가볍게 내리쳤다. 그러나 밀거나 최 회장은 허허실실 웃을 뿐이었다. 석현이 누굴 닮아 저렇게 능글맞나 했더니. 이제 보니 아버지를 쏙 빼닮은 것 같았다. 노부부가 투닥거리는 모습이 어쩐지 남 일처럼 느껴지지 않아 희수가 속으로 작게 웃었을 때였다. 윤희와 시선이 딱 마주쳤다.

"……."

"……."

어색한 기류에 희수가 먼저 슬그머니 시선을 피하려는데, 윤희의 입이 열렸다.

"아가씨. 잠깐 나 좀 볼까요?"

윤희가 찻잔을 내려놓고 자리에서 일어났다.

"무슨 얘길 하시려고요?"

따라 일어나려는 희수의 손을 잡으며 석현이 물었다. 모친을 향한 그의 눈동자엔 경계심이 그득했다.

"왜. 내가 네 여자친구를 잡아먹기라도 할까 봐 그래?"

"어머니."

"여자끼리 할 얘기가 있으니까 넌 빠져."

"또 괜한 소리로 상처 주려는……."

꾸욱. 희수가 그만하라는 뜻을 담아 석현의 옆구리를 깊게 찔렀다. 그제야 석현은 입맛을 쩝 다시며 입을 다물었다.

"아들 녀석 키워봐야 아무 소용없다더니."

쯧, 못마땅하다는 듯 혀를 찬 윤희가 집 안으로 들어갔다.

"다녀올게요."

석현의 손을 뿌리친 희수가 그 뒤를 얼른 따랐다. 희수가 집 안으로 들어갔을 때, 윤희는 주방에서 나오고 있었다.

"앉아요."

윤희가 눈짓으로 거실 소파를 가리켰다. 희수가 자리에 앉자 윤희가 그녀의 앞으로 주방에서 가져온 쟁반 하나를 내밀었다. 물한 잔과 알약 하나가 담긴 종지 그릇이었다.

"소화제예요."

희수가 의아하게 바라보자 윤희가 설명했다.

"먹어요. 내내 속 불편해 보이던데."

"……감사합니다."

윤희는 희수가 약을 다 먹을 때까지 가만 바라보다가 천천히 운을 뗐다.

"사실 아직도 아가씨 얼굴 보는 게 그리 편하지는 않아요. 물론 그건 아가씨도 마찬가지겠지."

충분히 예상했던 부분이라 조금도 놀랍지 않았다. 딱히 부정도하지 않았다. 희수는 그저 얌전히 윤희의 뒷말을 기다렸다.

"8년 전 내가 두 사람을 반대한 이유는, 오로지 내 욕심 때문이었어요. 인정해. 그런데 이번에 반대를 한 건, 정말로 두 사람의 미래가 행복할 것 같지 않아서였어."

"……."

"사람은 끼리끼리 만나야 하는 법이에요. 결혼은 더욱 그렇지. 둘만 이어지는 게 아니라 집안과 집안이 이어지는 거니까."

"……."

"분명 석현이 옆에 있다 보면 알게 모르게 무시당하는 일 많을 거야. 대놓고 무시하는 사람들도 분명 있을 거고."

전과 비교해 보면 한없이 나긋한 음성이었지만, 말뜻은 같았다. 내 아들과 너는 어울리지 않는다는. 윤희의 말은, 반박할 여지없는 현실이었다. 희수 역시 동의하는 바였다. 그래서 지금까지 석현을 밀어냈던 거고. 하지만 이번엔 얌전히 물러날 생각이 없었다. 다시는 그를 위한다는 핑계로 그에게 상처 주지 않으리라, 굳게 다짐했으니까.

"저는……."

결연한 의지를 입 밖으로 끄내기도 전에 윤희의 질문이 날아들었다.

"그래도 괜찮겠어요?"

"……네?"

"정말 끝까지 행복할 수 있겠어?"

"……."

"그럴 자신 있다면 해요, 결혼."

갑작스러운 변화구에 희수는 커다란 눈을 느리게 껌뻑였다. 분명 제 두 귀로 들었음에도 좀처럼 믿어지지가 않아서였다.

"지금…… 허락하시는 건가요?"

얼빠진 사람처럼 멍하니 되묻자 그 모습이 재미있었는지 윤희가 피식, 옅은 웃음을 흘렸다.

"둘이 죽고 못 살겠다는데, 내가 무슨 수로 말려. 이러다가 정말로 아들 잡게 생겼는데. 물론 석현이 고집은 아가씨도 잘 알고 있겠지만."

처음 보는 윤희의 웃는 얼굴은, 그동안 봐 왔던 얼음장 같은 얼굴과 전혀 달랐다. 봄 햇살처럼 해사했다. 그리고 편안해 보였다.

"대신 조건이 있어요."

"……조건이요?"

"결혼 전에 나랑 먼저 풀 것."

이번에도 역시 희수는 말의 뜻을 단번에 알아듣지 못했다. 혼란스러워하는 그녀의 두 눈을 똑바로 바라보며 윤희가 말을 덧붙였다.

"나는 우리 시어머니처럼 며느리 괴롭히면서 늙어가고 싶지 않거든. 가끔은 만나서 밥도 먹고 쇼핑도 하고, 남자들은 이해 못 할 이야기도 하고. 그렇게 지내고 싶어. 아주 오랜 꿈이었어."

"……."

"이런 귀찮은 시어머니 상대할 수 있겠어요?"

대답보다 먼저 눈물방울이 후드득 떨어졌다. 윤희는 테이블 위에 놓여 있던 티슈를 몇 장 뽑아 그녀에게 건넸다.

"그동안 미안했어요. 진심이야."

귓가로 나긋하게 흘러드는 음성이 더없이 다정했다. 꼭 꿈을 꾸는 것 같았다.

"쉽진 않겠지만, 내가 모질게 굴었던 거 다 잊어요. 나도 그전의 기억들은 다 잊을 테니까."

"……."

"우리 지금 이 순간부터 새롭게 시작해. 오늘 처음 만난 것처럼."

희수의 눈에서 왈칵, 뜨거운 눈물이 다시금 용솟음쳤다. 부드럽게 웃는 윤희의 얼굴 위로 돌아가신 어머니의 얼굴이 겹쳐 보인 탓이었다.

✳

희수는 차창에 이마를 붙인 채로 빠르게 스쳐 지나가는 풍경을 바라보았다. 사실 눈을 뜨고 있긴 했지만, 눈에 들어오는 건 아무 것도 없었다. 아직도 꿈을 꾸는 듯 몽롱했다.

"정말로 어머니가 이상한 소리 한 건 아니야?"

벌써 열 번째 같은 질문이었다. 낮게 한숨을 내뱉은 희수가 자세를 바로 하며 대답했다.

"대체 몇 번을 말해야 해요? 그런 거 아니라니까요."

"그런데 눈이 왜 그래?"

그의 시선이 흘긋, 붉게 달아오른 희수의 눈가를 향했다.

"기뻐서 울었어요."

"그게 말이 돼?"

"왜 말이 안 돼요. 기쁨의 눈물, 몰라요?"

"몰라. 난 기쁨이든 슬픔이든, 네가 우는 거 싫어. 평생 웃게만 해 주고 싶어."

고집스러운 대답에서 그의 진심이 느껴졌다. 반복되는 대화에 살짝 찌푸려져 있던 희수의 미간이 느슨하게 풀어졌다.

"알았어요. 앞으론 너무 기뻐서 눈물이 나오려고 해도 꾹 참아 볼게요."

대답이 마음에 드는 모양이었다. 석현이 씨익 웃으며 그녀를 향해 손을 척 내밀었다. 희수 역시 웃으며 커다란 손 위로 자신의 손을 겹쳤다.

"근데…… 결혼 허락을 이렇게 쉽게 받을 줄은 몰랐어요."

조금 전, 희수와 대화를 끝마치고 나서 윤희는 곧장 두 남자가 있는 테라스로 향했다. 그러곤 두 사람의 결혼을 허락하겠다고 공표했다. 갑작스러운 허락에 눈을 둥그렇게 뜨는 두 남자를 향해, 윤희는 용한 집을 알고 있으니 결혼 날짜는 자신이 받아오겠다는 말도 전했다.

"내가 뭐랬어. 진작 절반은 이미 받았다고 했잖아."

석현은 기세등등하게 웃었지만, 희수는 차마 따라 웃지 못했다.

"선배가 어머니 좀 말려 봐요."

"왜? 처음으로 내 마음에 쏙 드는 행동을 하시는데."

"아까 못 봤어요? 일주일 뒤가 길일이라고 하면, 당장이라도 날을 잡아 오실지도 몰라요."

"그럼 더 좋은 거 아니야?"

석현은 진심으로 그렇게 생각하는 것 같았다. 생각이 많은 건 저뿐인 걸까. 희수의 얼굴에 난감한 기색이 떠올랐다.

"난…… 시간이 좀 필요해요."

말이 끝나기가 무섭게 석현이 매서운 얼굴로 그녀를 획 바라보았다.

"설마, 허락까지 다 받은 마당에 결혼을 고민하는 건 아니지?"

"아니에요, 그런 거."

"그런 게 아니면 시간이 왜 필요해?"

그는 전혀 이해할 수 없다는 얼굴이었다. 희수는 한숨처럼 말했다.

"선배도 잘 알잖아요. 나 지금껏 모아둔 돈이 한 푼도 없다는 거……."

이 나이가 되도록 모아둔 돈이 한 푼도 없다는 게 부끄럽긴 했지만 어쩔 수 없었다. 그동안은 빚을 갚느라 평생 마이너스 인생을 살아왔으니까 말이다.

"그게 왜?"

"왜라뇨. 결혼은 공짜로 해요?"

"내가 너한테 결혼할 때 돈 내놓으라고 할까 봐?"

"그건 아니지만……. 그래도 혼수를 어느 정도는……."

솔직히 말하지면 허락을 받기까지 못해도 3년 이상은 걸릴 거라고 생각했었다. 어쩌면 그 이상이 걸릴지도 모른다고. 그래서 그녀는 그의 부모님께 허락을 구하는 동안 열심히 돈을 모을 생각이었다. 이젠 갚아야 할 빚도 없어졌으니 열심히 아끼다 보면 가능하지 않을까. 그런데 오늘, 나름대로 야심차게 세워두었던 계획이 한순간에 틀어져 버린 것이다.

"그런 건 신경 쓰지 마."

석현은 단호하게 말했다.

"어머니가 그런 걸 바라셨으면, 애초에 널 허락하지도 않았을 거야."

"……."

물론 틀린 말은 아니었다. 제가 3년 동안 한 푼도 안 쓰고 모은다고 해도 만족스러운 혼수를 해갈 순 없을 터였다. 차라리 하지 않으니만 못 한 꼴이 날 수도 있었다. 하지만 그래도 마음 한구석이 찜찜한 건 어쩔 수 없다.

"정 마음에 걸리면, 내 카드로 사."

대단한 해결방안처럼 말하는 석현을 보며 희수는 하, 실소를 흘렸다.

　"뭐예요, 그게."

　"뭐가 문젠데? 어차피 결혼하면 내 돈이 다 네 돈 되는 건데."

　보통 연인 간에 말싸움을 하면 여자가 압도적으로 승기를 잡는다던데, 두 사람은 완전히 반대였다. 석현에겐 억지도 논리적으로 표현할 수 있는 대단한 능력이 있었다. 한두 번 당하는 일이 아니었던지라 희수는 졌다는 듯 고개를 내저었다.

　"그런데 우리 지금 어디 가요?"

　집으로 가는 방향이 아니었다. 의아해하는 희수를 보며 석현이 씨익, 입꼬리를 말아 올렸다.

　"비밀."

　석현이 그녀를 데리고 온 곳은 어느 주택가였다. 높게 솟아 있는 대문 앞에 차를 세운 그는, 그녀와 함께 대문 앞에 멈춰 섰다.

　"여기가 어디예요?"

　그는 대답 대신 대문을 가볍게 밀었다. 육중한 철문은 기다렸다는 듯이 활짝 열렸다. 널따란 정원과 커다란 2층 건물이 보였다. 조금 전 봤던 그의 본가에 비할 바는 못 되지만, 분명 고급주택이었다.

　"여기가 어디냐니까요?"

　"우리가 살 신혼집."

"신혼집이요?"

희수가 놀라 되묻자 그가 덤덤하게 말했다.

"아파트보단 주택이 좋다며."

"내가 언제…… 아."

별안간 뇌리를 스치는 기억에 희수는 말을 하다 말고 입을 다물었다.

'삼촌이랑 같이 사는 거 괜찮아? 물론 피를 나눈 가족이긴 하지만, 그래도 불편할 것 같은데.'

'전혀요. 삼촌이 얼마나 잘해 주는데요. 이젠 부모님만큼이나 편하고 든든해요.'

'그래?'

'그리고 살아보니까 아파트보다 주택이 훨씬 더 좋은 것 같더라구요. 부모님이랑 살던 집은 아파트였는데, 조금 답답했거든요. 주택은 마당도 있고, 내가 원하는 나무나 꽃도 심을 수 있고.'

8년 전에 나눈 대화였다. 무슨 상황에서 나온 얘긴지 기억도 나지 않을 정도로 오래된. 그러나 별로 놀랍진 않았다. 지금까지 이런 식으로 그가 잊고 있던 제 기억을 헤집어댄 게 한두 번이 아니었으니까. 다만 새삼스러운 의문 하나가 드는 것이다. 8년 동안 이 남자에게 나는 대체 어떤 존재였던 걸까……. 울컥, 치밀어 오르는 감정에 희수는 떨리는 시선으로 그를 가만히 바라보았다.

"혹시 8년 사이에 마음이 변한 건 아니지?"

그녀가 무슨 생각을 하는지 알 길 없는 그가 조금 불안한 듯 물었다.

"아뇨. 안 변했어요. 내 마음."

희수는 얼른 고개를 내저었다.

"근데 이 집은 대체 언제 준비한 거예요?"

"프러포즈 준비하면서 같이 알아보고 있었어. 계약은 네가 프러포즈 받아주자마자 바로 했고."

그녀가 프러포즈를 받아준 건 병원에서였으니, 결국 퇴원 후란 뜻이었다. 자신의 전셋집 계약도 해지하고, 짐도 옮기고, 형과 나정에게 복수도 하고, 회사 일도 하고, 신혼집도 구하고……. 그간 그의 행적을 곱씹다 보니 존경스러울 지경이었다.

"선배는 진짜 부지런한 것 같아요."

"내 수많은 장점 중 하나지."

씨익, 웃어 보인 석현은 그녀의 손을 잡아끌고 집 안으로 향했다.

"급하게 구해서 마음에 완전히 다 들진 않을 거야. 여기서 몇 년 살면서, 여유 될 때 네 마음에 쏙 드는 집으로 지어서 이사하자."

그의 말과 달리 집은 첫인상부터 그녀의 마음에 쏙 들었다. 내부가 외부보다 훨씬 더 고급스러운 느낌이었다. 대충 봐도 비싼 자재로 공들여 지은 티가 났다. 수납공간이 많은 넓은 주방도, 고급 호텔 느낌이 물씬 나는 넓고 깨끗한 화장실과 욕실도. 어느 하나 흠잡을 데 없이 모두 완벽했다. 그중에서도 그녀의 마음에 가장 드는 건, 거실 한쪽 벽면을 차지하고 있는 통창이었다. 커다란 유리 너머로 예쁘게 정리된 정원이 훤히 보였다. 조금 전 그의 본가에서 봤던 뷰보단 못했지만, 마음가짐이 달라져서인지 아까는 느끼지 못했던 여유가 느껴졌다.

"2층은 처제 공간이야."

석현이 2층과 이어진 계단을 가리키며 말했다.

"처제요?"

"아내의 여동생은 처제 아닌가?"

"맞긴 한데……."

어쩐지 낯간지럽게 느껴져 희수는 양 볼을 붉혔다.

"그래서 특별히 방음에 신경 썼어. 처제가 사춘기잖아. 사춘기 땐 혼자만의 공간이 필요한 법이니까. 나는 당연히 올라갈 일 없 겠지만, 너도 웬만하면 2층엔 허락 없이 올라가지 말고."

"……."

"예전에 살던 집보단 이 집이 학교랑 더 가깝고. 혼자만의 공간 도 보장되고. 이 정도면 우리랑 같이 사는 것보다 기숙사가 더 편 하다는 말은 못 하겠지?"

기숙사 생활이 좋다던 연수의 말이 거짓이라는 걸, 석현 역시 알 고 있었던 모양이었다. 저보다도 더 동생을 신경 써주는 그의 마 음에 감동한 희수의 눈가가 시큰해져 왔다.

"……고마워요, 정말로."

"벌써 감동하면 어떡해. 하이라이트가 아직 남았는데."

"또 뭐가 남았어요?"

"신혼부부한테 가장 중요한 공간인 안방이 남았잖아."

석현이 그녀를 유일하게 닫혀 있는 방문 앞으로 데려갔다. 그러 곤 뒤에서 그녀의 두 눈을 가린다.

"뭐 하는 거예요?"

"눈 꼭 감아. 아직 보면 안 돼."

그리 말하는 석현의 얼굴은 조금 상기돼 있었다. 희수는 본능적으로 직감했다. 아, 이 방에 뭔가가 준비되어 있겠구나. 뭐가 됐든 감동한 티를 팍팍 내야겠다고 생각하며 희수는 그의 손에 이끌려 방 안으로 들어갔다. 스륵. 그가 그녀의 눈을 가리고 있던 손을 내리며 당부했다.

"잠깐 기다려. 아직 눈 뜨면 안 돼."

희수는 얌전히 눈을 감은 채 기다렸다. 조금 부산스러운 소리가 들리는가 싶더니 이내 그가 말했다.

"됐어. 이제 눈 떠도 돼."

허락이 떨어지는 것과 동시에 희수는 천천히 눈꺼풀을 들어 올렸다. 가장 먼저 보이는 건, 천장과 바닥을 가득 채우고 있는 색색의 풍선들이었다. 그다음으로는 풍선 사이사이에 놓여 있는 꽃바구니들이었고, 그다음은 벽에 붙어있는 금색의 풍선이었다.

[MARRY ME]

어쩐지 기시감이 들어 희수는 눈을 느리게 깜빡였다. 그러다 이내 기억해냈다. 이 장면을 어디서 봤는지. 병원에서 연수가 보여줬던 사진 속 풍경과 똑같았다.

"이번엔 처제 도움 없이 했어."

새빨간 장미와 새하얀 향초로 만들어진 하트의 중심에 우뚝 서 있던 그가 뿌듯한 얼굴로 말했다. 순간 목이 메어서 희수는 큼, 작게 헛기침을 한 뒤 천천히 입술을 달싹였다.

"……실물로 볼 수 있어서 영광이네요."

그가 그녀를 향해 손짓했다.

"이리 와."

발치에 그에게까지 닿는 길이 나 있었다. 말 그대로 꽃길이었나. 희수는 천천히 걸음을 옮기기 시작했다. 그녀가 하트 안에 완전히 들어섰을 때, 석현이 팔을 뻗어 가녀린 허리를 감으며 그녀를 자신의 품으로 끌어안았다. 그와 동시에 그가 지닌 특유의 시원한 향이 희수의 온몸을 포근하게 감싸 안았다. 그가 자신의 이마를 그녀의 이마에 콩, 가볍게 찧었다. 그러곤 저를 올려다보는 그녀의 두 눈을 똑바로 바라보며 말했다.

"혹시나 해서 다시 한번 묻는 건데, 나랑 결혼해야겠다는 그 마음 아직 안 변했지?"

"……아까까진 그대로였는데, 조금 전에 변했어요."

"뭐?"

"어머니께서 일주일 뒤로 날짜를 잡아 온다고 해도, 기꺼이 즐거운 마음으로 선배의 신부가 되어야겠다고 마음먹었거든요."

일순간 하늘 높이 치솟았던 그의 눈썹이 털썩 제자리를 찾았다.

"서희수."

미간을 찌푸린 그가 그녀의 한쪽 볼을 살짝 꼬집으며 볼멘소리를 내뱉었다.

"시도 때도 없이 사람 들었다 놨다 하는 이 기술은 대체 누구한테 배웠어?"

"선배가 아니면, 대체 누가 나한테 이런 얄미운 걸 가르쳐줬겠어요?"

"……그러게. 지금 보니까 진짜 얄밉긴 하네."

그는 빠르게 인정하고 반성했다.

"앞으로 조심할 테니까 너도 이제부턴 금지야. 나 방금 정말로 심장 철렁했다고."

희수는 대답 대신 예쁘게 미소를 지어 보였다. 그러자 그 역시 금세 밝은 얼굴로 돌아왔다.

"구구절절한 프러포즈는 이미 편지로 다 끝냈고. 반지도 미리 줬으니까……."

석현이 살짝 숙였던 허리를 곧게 펴며 말을 덧붙였다.

"이제 본론으로 넘어갈까?"

"본론이요?"

그가 눈짓으로 어딘가를 가리켰다. 그 시선을 따라가자 새빨간 장미 꽃잎이 뿌려진 새하얀 침대가 보였다. 텅 빈 집에 유일하게 있는 가구였다.

"침대는 내가 먼저 샀어. 오늘 필요할 것 같아서."

여상한 어투였지만 속뜻은 전혀 그렇지 않았다. 그가 무슨 말을 하는 건지 단번에 이해한 희수가 눈을 동그랗게 떴다.

"……지금? 여기서?"

설마 아니죠? 하고 부정하는 그녀를 향해 그는 왜 아니겠어? 하는 얼굴로 씨익, 웃어 보였다. 순간적으로 강렬한 위기감을 느낀 희수가 뒷걸음질을 치려던 순간이었다. 석현이 그녀를 덥석 안아 들곤 침대로 성큼성큼 향했다.

"꺄악!"

마른 비명과 함께 희수의 몸이 침대 위로 곱게 눕혀졌다. 그가 그녀의 위로 성큼 올라타듯 다가왔다.

"선배. 여기서는 좀……."

"집에 갈 때까지 못 기다려."

그가 손끝으로 그녀의 뺨을 부드럽게 쓸자 오소소 소름이 돋아났다. 희수는 팔을 뻗어 그의 단단한 가슴팍을 밀어냈다.

"여기서 집까지 얼마 걸린다고 그래요."

"1분 걸린대도 안 돼. 아침부터 이러고 싶은 걸 참느라 얼마나 고생한 줄 알아? 그러게 누가 그렇게 매일 예쁘래? 사람 괴롭게."

어이없는 불만을 토로하는 남자의 눈에선 꿀이 뚝뚝 떨어지고 있었다. 그가 고개를 숙였다. 가까워지는 입술에 희수는 두 눈을 질끈 감았다. 당장이라도 잡아먹힐 줄 알았지만, 예상과 달리 그의 입술은 동그란 이마 위로 깃털처럼 짧게 머물렀다 떨어졌다.

"희수야."

다정한 음성에 희수는 감았던 눈을 떴다. 마주한 그의 새카만 눈동자는 욕망으로 타오르는 대신 은은하고 따뜻하게 그녀를 담고 있었다.

"고맙고 미안해. 미안하고 고마워."

"……"

"앞으로 평생 내가 더 잘할게. 정말로 잘할게."

감히 크기를 짐작할 수 없을 정도의 짙은 감정으로 일렁이는 그의 두 눈을 빤히 바라보던 희수는 작게 도리질을 쳤다.

"선배는 더도 말고 덜도 말고 딱 지금처럼만 해 줘요. 그거면 충분해요."

희수는 팔을 뻗어 그의 목을 부드럽게 감싸 안았다. 눈가를 접어 예쁘게 미소 지었다.

"이젠 내가 노력할게요."

"⋯⋯."

"나 때문에 선배가 힘들었던 만큼 잘할게요. 내가 선배한테 받은 사랑만큼 줄게요."

그녀 자신에게 하는 다짐이자 그에게 하는 약속의 말이었다. 절절한 진심이었다.

"쉽지 않을걸. 내가 준 사랑을 돌려주는 건."

석현의 눈시울이 붉어졌다.

"길고 짧은 건 대봐야 알죠."

희수의 눈가 역시 빠르게 젖어 들어갔다.

"⋯⋯."

"⋯⋯."

한참 동안 닮은 시선으로 서로를 바라보던 두 사람은 이내 누가 먼저랄 것도 없이 서로의 입술을 집어삼켰다.

스물넷의 최석현에게 서희수가 구원이었던 것처럼.

스물일곱의 서희수에게 최석현이 구원이었던 것처럼.

앞으로도 두 사람은 서로에게 구원이 되어줄 것이었다.

영원히⋯⋯.


-The End-